WILLIAMS CRÉPIN

LES PANTHÈRES GRISES

Flics au pair

roman

ALBIN MICHEL

Pour Anne-Marie, ma panthère,
et les jeunes fauves Étienne et Gabriel,
with love.

1

Feu d'artifice

Alice se sentait inguérissable et désorientée : son aventure avec André, le beau parleur, s'était terminée en eau de boudin et l'avait rendue malheureuse comme une midinette qui se fait larguer par son premier flirt. S'il n'avait tenu qu'à elle, Alice se serait enfermée à double tour, les volets de son pavillon clos sur son désespoir. Elle aurait remonté sa vieille couverture en laine d'Écosse jusqu'à son cou, et aurait dormi le temps qu'il lui restait à vivre. Mais c'était sans compter sur sa bande de copines, les Panthères grises, qui ne l'entendaient pas de cette oreille.

– Un de perdu, dix de retrouvés, l'avait houspillée Maria, une vraie spécialiste de la question. Les bonshommes, c'est pas ça qui manque, faut juste pas se tromper sur le spécimen. Autrement, bonjour les dégâts ! Et après, pour s'en débarrasser, pollope ! Tu n'as pas tiré le bon Roméo, c'est tout, mais t'as de la chance dans ton malheur, le malfaisant va passer sa retraite en prison.

– Cette aventure prouve qu'on peut être séduisante et plaire sans cacher nos rides, ajouta Nadia d'une touche positive.

– Le célibat est le meilleur moyen de se préserver de ce type de mésaventure, conclut Thérèse pour qui l'idée même de couple symbolisait l'enfer.

Même Peggy, leur professeure de théâtre qui les avait fait travailler sur *Roméo et Juliette*, s'y était mise et l'encourageait à se ressaisir.

– Je vais nous choisir une nouvelle pièce, une comédie, le genre de farce qui te changera les idées. Après plusieurs répétitions, tu retrouveras ton énergie !

Les Panthères avaient depuis belle lurette abandonné les parties de Triominos et les concours de macramé du club du troisième âge où elles se morfondaient pour se lancer dans la résolution d'intrigues policières ô combien plus exaltantes. Suite au succès de leur première enquête, les quatre amies s'étaient piquées au jeu de l'investigation, des secrets qu'on partage et des aventures extraordinaires qui les extirpaient de leur quotidien. Elles avaient résolu une énigme, mais pas seulement, l'action leur avait donné un coup de boost. Alice avait ressenti l'agréable picotement de la passion, elle s'était sentie moins usée, moins décrépite, que dire : rajeunie ! Le désir avait réveillé ses sens en hibernation depuis la disparition de Marcel, son bien-aimé mari. Elle avait chevauché une machine à remonter le temps qui l'avait abandonnée, dégonflée, ridée et flasque tel un ballon de baudruche. Alice s'était sentie vieille à rajeunir trop vite, et se retrouvait désormais accablée par un déplaisant sentiment de culpabilité qui l'empêchait de savourer ses souvenirs heureux. Elle s'en voulait d'avoir sauté à pieds joints dans le piège de la passion, même si elle savait, au plus profond d'elle-même, qu'elle y replongerait corps et âme si l'occasion se représentait demain.

Solitaire, elle tournait et retournait dans son lit avec la frénésie d'un hamster prisonnier dans sa roue. Sa quête de sommeil se fracassait contre le mur de l'angoisse. Elle gambergeait dès que son esprit l'entraînait sur le chemin de l'endormissement, ainsi commençait la farandole sans fin des « si » et des « pourquoi » qui l'empêcherait de profiter d'un repos bien mérité.

Avant que son cerveau ne s'entortille en nœuds indémêlables, Alice décida de se lever. Cette nuit, elle n'attendrait pas le sommeil jusqu'aux premières lueurs de l'aube. Elle prit une profonde inspiration, planta ses coudes dans le matelas, et c'est là qu'elle s'aperçut qu'un poids pesait sur ses jambes. La couverture tendue comme la corde à linge de son jardin lui comprimait la poitrine, entravant sa respiration. Elle releva les genoux vivement au risque de se froisser un muscle, le poids chaud valsa et se révolta en feulant.

– Minnie ! Qu'est-ce que tu fabriques dans ma chambre ? Retourne chez tes parents.

Alice râlait pour la forme.

Bien qu'approchant un âge vénérable, elle n'était pas encore gâteuse au point de croire qu'un chat lui répondrait. Comment la minette des voisins était-elle entrée ? Alice ne l'avait pas remarquée en se glissant dans son lit. Ce n'est pas qu'elle n'aimait pas les animaux de compagnie, mais Minnie n'était pas sa chatte, un point c'est tout. Quand on a une bête, on en prend soin, et ses nouveaux voisins, des Parisiens venus chercher de l'espace en banlieue, ne s'en occupaient pas vraiment. Pas plus tard que la veille, elle les avait entendus comploter derrière la haie. Non, elle ne jouait pas à la vieille dame qui espionne, mais bon, ce n'était pas sa faute si leur jardin était mitoyen. L'espace a les limites de ses moyens, et ses nouveaux voisins appartenaient justement à la classe moyenne, très moyenne.

Installée pour profiter du soleil des premières journées d'été, Alice ne perdait pas une miette de la conversation de ces anciens pauvres qui se croyaient riches, maintenant qu'ils étaient entourés de plus démunis qu'eux. Quand elle comprit qu'ils parlaient d'elle, elle en oublia presque de respirer et imita le lézard immobile qui se dorait à ses pieds, avachi sur la terrasse en ardoise.

– Minnie est constamment fourrée chez Alice, annonçait la voix étouffée du mari.

– La compagnie d'un animal lui fait du bien, notre voisine n'a pas l'air en super forme en ce moment, répondait sa jeune épouse.

– C'est déjà bien qu'elle vive encore chez elle.

– Quel âge tu crois qu'elle a ?

Le moteur d'un scooter rugit dans le lointain et masqua une partie des messes basses.

– … en tout cas, il faudrait qu'on se mette sur les rangs, continua la voix de l'autre côté des thuyas, une fois que la pétarade se fut évanouie. Sa maison est mieux exposée que la nôtre. On profiterait du soleil plus longtemps.

– Dis pas des choses pareilles, elle n'est pas encore enterrée.

La morte, c'est ce que fit Alice en attendant qu'ils terminent leur conversation. Résultat : dès le lendemain, le couple avait disparu en week-end en laissant son chat vagabonder dans le quartier.

– Si Minnie vous embête, mettez-la dehors. Nous avons installé une chatière pour lui permettre de rentrer chez nous même si la porte est fermée à clé. Elle a un collier avec une puce, c'est bien pratique.

Bah tiens, plus facile à dire qu'à faire, surtout que la minette adorait se prélasser sur sa couverture en laine d'Écosse.

Tandis qu'Alice ressassait, debout au pied de son lit, la chatte avait repris ses aises. Elle ronflait comme un enfant, installée exactement à la même place, pelotonnée dans le creux formé par son corps. Alice renonça à la déranger, cette boule de poils semblait si tranquille.

– Ce n'est pas parce que moi je n'y arrive pas qu'il faut empêcher les autres de dormir, philosopha-t-elle.

Puisqu'elle était debout, autant ouvrir la fenêtre et les volets pour faire entrer de l'air frais dans la pièce. La vision de la nuit d'été, calme et tiède, l'apaisa. Elle resta un instant à humer l'atmosphère nocturne, une subtile combinaison de ville et de campagne, d'herbe et de bitume, de ciel étoilé et de halos de lampadaires. Alice aimait son quartier, mélange de pavillons sans prétention et de tours arrogantes qui cherchaient à toucher les étoiles ; alliance d'origines, de saveurs, de langues. La pleine lune, dans sa pâleur, lui fit penser à un cachet d'aspirine. L'entrée de l'immeuble au loin était calme, le canapé que les jeunes avaient installé pour « chiller » restait vide. Aucune pétarade de moteur trafiqué ne troublait le silence de la nuit, même la rumeur du périphérique semblait s'être mise entre parenthèses.

Alice s'apprêtait à refermer la fenêtre, quand tout à coup, le faisceau des phares d'une voiture découpa l'obscurité et illumina sa chambre. La lumière crue lui brûla les yeux ; éblouie, elle plissa les paupières pour se protéger. Un crissement de pneus déchira la quiétude du quartier. Un « boum-boum » de basses rythma la nuit, résonnant comme le cœur d'un monstre qui s'abat sur un paisible faubourg pavillonnaire. Des portières claquèrent. Des rires explosèrent. Des aboiements. Des cris étouffés, des murmures.

Quand Alice rouvrit les yeux, tout était redevenu calme. Un grand silence régnait, de ceux qui précèdent les pires tempêtes.

Alice avait-elle rêvé ?

Non.

Soudain une fusillade éclata, des coups de feu… des rafales d'armes automatiques ?

D'instinct, elle baissa la tête pour éviter d'être fauchée par les balles, trébucha, chuta. La chatte, effrayée par les crépitements stridents, s'enfuit par la fenêtre. La chambre se teinta de rouge, de bleu, de jaune. Les détonations rebondissaient contre les meubles, déséquilibrant les bibelots. La musique reprit, plus puissante, à faire trembler les fleurs séchées dans les vases de Murano, souvenirs rapportés de son voyage de noces à Venise.

Alice se releva. La main agrippée au sommier pour ne pas perdre l'équilibre, elle se frotta les genoux. Heureusement, son épaisse descente de lit avait amorti sa chute.

Elle avait paniqué. On tirait un feu d'artifice dans le jardin de la maison d'en face, de l'autre côté de la rue. Pas celui des maîtres de Minnie, les bobos partis en week-end à la mer en abandonnant leur chat. Non, on tirait des fusées du pavillon de Juliette, sa voisine… son ancienne amie Juliette.

Les deux femmes avaient vécu presque la totalité de leur existence l'une en face de l'autre. Leurs enfants avaient joué et grandi ensemble, s'étaient envolés du nid familial à la même époque ; et un jour, elles s'étaient retrouvées seules entre quat'z'yeux avec leurs époux sans savoir quoi se dire, puis sans eux, décédés à quelques mois d'intervalle.

Les deux veuves avaient vieilli, s'étaient tassées, fâchées, jamais rabibochées, plus jamais fréquentées, sans pouvoir se perdre de vue. Et un matin pas si lointain, moche et pluvieux comme il se doit, Alice avait revêtu une robe et des collants noirs et était allée accompagner, dans son dernier voyage, la vieille qui habitait en face. Une cérémonie toute simple, limite expédiée, dans l'église Saint-Pierre-et-Saint-Paul de Montreuil. Peu de monde à l'office religieux. Le temps qui passe décime les connaissances mieux qu'une guerre meurtrière.

Tout à coup, la chambre d'Alice se peupla de fantômes. Elle se retourna et surprit Marcel, son mari, couché dans le lit, Juliette, sa voisine, revenue du royaume des morts, allongée nue à ses côtés. Alice se retrouva le jour où elle les avait découverts ainsi, dans l'intimité de leur chambre conjugale. Alors la Juliette, si Alice s'était rendue à son enterrement, c'était bien parce qu'elle était la dernière survivante des anciens habitants du quartier.

Un chien, une masse trapue dans le clair-obscur, sortit en trombe de la maison d'en face, à la poursuite de Minnie.

Des cris, des aboiements, les alentours se réveillaient et gueulaient, menaçant d'appeler la police si le grabuge persistait.

Alice resta un moment immobile puis referma la fenêtre avec douceur. Le matou s'en sortirait sans elle, ces bêtes possédaient un gros avantage sur les chiens, elles savaient grimper aux arbres. Alice n'avait pas bien vu le molosse, il lui avait semblé massif, court sur pattes, pas gros mais épais, trop pour passer dans une chatière. Elle l'espérait de tout son cœur.

Les murs étouffaient les bruits en provenance de l'extérieur. Une voix, celle d'une jeune femme. Elle hurlait, des larmes mêlées à ses cris.

– Arrêtez, vous êtes fous !

– Chope-le, bouffe-le !

Un homme, un son de gorge cassé par l'alcool, encourageait le molosse.

D'autres cris suivirent.

– Vas-y, tue-le !

– Prouve que t'es un tueur !

– Vas-y, Tupac !

Des jappements, des rires, des pleurs. Puis plus rien. Le silence à nouveau. Et la nuit.

Le feu d'artifice terminé, l'obscurité nappa le pavillon. Alice n'avait aucune envie de s'allonger à côté des fantômes qui roucoulaient dans sa couche. Elle sortit dans le couloir, pressa l'interrupteur. Rien. Elle demanderait à Marc, son fils aîné, de passer changer l'ampoule. Il adorait lui rendre service, il se sentait utile, indispensable à sa vieille mère, alors elle ne se gênait pas pour lui demander de l'aide plus souvent que nécessaire.

Alice se dirigea vers la cuisine à petits pas, comme la vieille dame qu'elle était. L'obscurité ne la gênait pas, elle connaissait les lieux par cœur. Elle était enceinte des jumeaux quand ils avaient fait construire le pavillon.

– Arrête de ressasser… Le passé, c'est le passé.

Elle ouvrit le robinet, remplit un verre d'eau qu'elle but lentement, avec plaisir, le somnifère lui donnait soif. Elle le reposa, manqua de peu le bord de l'évier.

Cling ! Splash !

Le verre explosa sur le carrelage. Alice ouvrit le réfrigérateur pour profiter de la veilleuse de l'appareil. Rien, plus de courant : les plombs avaient dû sauter. Il lui suffisait de pousser le bouton du disjoncteur, une chose qu'elle pouvait encore faire à son âge, mais les éclats de verre lui interdisaient le passage vers le tableau électrique. La prudence la fit se replier vers la salle à manger. Elle marchait pieds nus, ses chaussons abandonnés dans la chambre.

Dans la tête d'Alice, trop de choses se mélangeaient. Juliette, sa voisine, était morte et enterrée, son pavillon, à peine libéré, n'avait pas encore été revendu à des bobos en manque d'espace. Personne n'habitait cette maison, sauf peut-être des fantômes qui prenaient plaisir à la harceler. Elle s'écroula dans le fauteuil favori de

Marcel, c'était comme si elle était assise sur ses genoux, enlacée par ses deux bras musclés.

À la longue, elle avait pardonné à son mari, jamais à Juliette. Voilà comment on perd sa meilleure copine.

Dehors un chien jappait. Quelqu'un pleurait aussi. Doucement.

Alice délirait : Juliette était morte, son pavillon inhabité, vide. Seuls des esprits malins encombraient sa mémoire.

Même morte, Juliette continuait de la tourmenter.

2

Une belle inconnue

Au lever du jour, d'épais nuages sombres se cramponnaient à la ligne de crête formée par les immeubles qui encerclaient le pavillon d'Alice. Le soleil ne parvenait pas à percer l'épais manteau gris. Le ciel plombé, l'atmosphère liquide et poisseuse, les insectes en folie, tous ces éléments annonçaient l'orage imminent.

Alice se réveilla en sursaut. Le carillon sonnait à la porte d'entrée et les notes stridulantes rebondissaient dans son crâne. Elle ne fut qu'à moitié étonnée de se retrouver installée dans le fauteuil de son défunt mari, planté au beau milieu de son salon. Plus elle vieillissait, moins elle dormait. Comment pouvait-elle occuper tout ce temps à sa disposition ? C'est avant qu'elle en avait besoin, quand les enfants étaient jeunes, qu'elle jonglait entre les courses, les repas, les activités, sans oublier les histoires à raconter. Maintenant, trop de moments libres s'offraient à elle, mais c'était trop tard, elle ne pouvait pas revenir en arrière.

La nuit, elle traînait, ouvrait de vieux cartons emplis

de souvenirs poussiéreux, feuilletait ses albums photo et sanglotait en se rappelant les jours heureux. Un matin, elle s'était réveillée allongée sur la banquette de la Renault 25 Baccara, l'antique voiture de Marcel. Elle imitait les jumeaux qui, petits, s'installaient à l'arrière pour faire la sieste, en attendant l'heure du départ en vacances. Quand elle leur avait demandé pourquoi ils faisaient ça, ils lui avaient expliqué, avec leurs délicieux mots d'enfants, leur angoisse d'être oubliés.

Alice avait-elle peur de rater l'appel du grand voyage ou devenait-elle folle ou simplement gâteuse ? Un jour, elle tomberait dans l'escalier qui mène au sous-sol et terminé. Out. Rideau baissé. La pièce est terminée. Le dernier rôle d'une grand-mère qui s'était passionnée pour le théâtre sur le tard.

– Alice, reprends-toi ! Joue pas à la petite vieille, ton heure n'a pas encore sonné !

Si son amie Maria l'entendait ressasser et déprimer, elle la houspillerait, et pas seulement Maria, les autres Panthères s'en donneraient à cœur joie. Alice les entendait déjà lui rebattre les oreilles.

– Une belle journée t'attend ! Tu ne vas pas rester enfermée, avec ce soleil !

Elle soupira. Plus facile à dire qu'à faire, les filles. L'envie de lutter l'abandonnait, elle se sentait fatiguée, exténuée, elle avait mal dormi, mal à la tête, l'esprit empâté par le somnifère.

On sonnait toujours à la porte.

– J'arrive, une minute !

Elle se leva et clopina jusqu'à la cuisine sans prendre garde.

– Merde !

Ça faisait rudement mal.

En baissant les yeux, elle vit son sang colorer l'eau échappée du réfrigérateur. Privé d'alimentation électrique, l'engin avait dégivré pendant la nuit. Elle repensa à toute cette agitation. Les débris de verre qui jonchaient le sol lui rappelèrent la réalité. Les éclats s'éparpillaient autour de l'évier jusque dans la salle de bains et tapissaient le carrelage de la cuisine en prenant la forme d'une couche de grêlons après l'orage. Tout lui revenait maintenant : le feu d'artifice, l'électricité coupée, les cris, les aboiements du chien. Minnie ! Et si le molosse avait bouffé la chatte des voisins ? Elle frissonna à cette perspective. Elle se sentait responsable de cette petite bête, même si on ne lui en avait pas officiellement laissé la garde. Elle chercha ses chaussons : où les avait-elle fourrés, ceux-là ? Elle ne les trouva pas, tant pis. Elle boitilla dans le couloir en se tenant à la cloison pour soulager ses pieds blessés. Son poids amplifiait la douleur, les profondes coupures qui entaillaient sa chair la lançaient.

Arrivée au niveau de l'escalier qui menait au sous-sol, elle écarta le rideau qui masquait la boîte à fusibles, l'ouvrit et réenclencha le tableau électrique. L'opération était simple à effectuer depuis que son fils Marc avait fait mettre le pavillon aux normes.

Encore le carillon.

– Voilà, ça vient.

Qu'est-ce qu'on allait vouloir lui vendre cette fois ? Une assurance, une encyclopédie, des tableaux peints par des aveugles, un calendrier... Alice ouvrait aux démarcheurs. Elle écoutait poliment le boniment avant de faire entrer, de proposer une boisson, d'offrir une parenthèse de chaleur humaine à de pauvres bougres qui se prenaient les portes dans le nez. Parfois elle se laissait convaincre et craquait. Elle achetait leurs babioles pour faire plaisir, pour aider, quitte à les jeter ou à les vendre une somme ridicule pendant un vide-grenier de quartier. Elle n'en parlait jamais à Marc, cet idiot aurait eu vite fait de monter sur ses grands chevaux.

– Qu'est-ce que tu veux qui m'arrive ? On ne va pas me violer, j'ai passé la date de péremption.

Son fils aîné imaginait toujours le pire. Les catastrophes, les accidents, les côtés sombres de l'existence hantaient son quotidien. Comment s'était-elle débrouillée pour faire un gosse aussi désespérément pessimiste ?

On carillonnait encore.

Elle croisa son visage dans le miroir qui l'avait vue vieillir. Elle l'avait installé, dès leur emménagement, à côté du portemanteau pour l'ultime vérification avant les sorties qui se faisaient rares. Elle observa son reflet et battit des paupières en découvrant une vieille femme aux yeux gonflés, à la peau luisante et moite, un tas de chairs chiffonnées. Ce matin, elle n'aima pas les rides qui couraient autour de ses yeux, mais elle allait faire avec. Elle ajusta sa chemise de nuit, passa les doigts dans ses cheveux clairsemés au risque d'en décrocher une poignée, et ouvrit.

Une fille lui souriait, très jeune, toute pâle. Un foulard s'enroulait autour de son cou, une paire de lunettes de soleil cachait ses yeux, la capuche de son sweat rabattait une mèche de cheveux emmêlés sur son front.

Belle et rebelle.

– Je vous réveille ?

Sa voix était enrouée, sa respiration précipitée et laborieuse, une vieillarde dans un corps de jeunette. Vingt ans maximum, peut-être même moins. Quand elle baissa ses lunettes sur son nez, ses yeux brillèrent au centre de ce visage blême. Mais ce qui choqua le plus Alice, ce furent les vilaines traces sombres qui ourlaient ses paupières. Marques de fatigue ou séquelles de violences, des coups maladroitement cachés ? Alice pensa avoir affaire à une étudiante qui gagnait un peu de sous pour améliorer l'ordinaire en faisant du porte-à-porte. Pourtant, son visage lui était familier : une vedette de la télé, une voisine ? Alice avait la mémoire des visages mais pour les noms, c'était une autre histoire.

Cette fille lui disait quelque chose, ou plutôt lui faisait penser à quelqu'un.

– Entrez, vous me ferez votre baratin devant un café, je n'ai pas encore déjeuné.

Alice sentit sa bouche pâteuse, sa langue épaisse collait contre son palais. Elle se promit de ne plus avaler de somnifère, quitte à passer la nuit debout. Saloperie de médicament qui vous abrutit sans vous faire dormir pour autant. Le matin, la machine prenait ses aises avant de se mettre en marche, le temps de chauffe indispensable à sa vie quotidienne s'allongeait.

– Quand je vous propose un café, c'est plutôt de la chicorée… Que voulez-vous me vendre, jeune fille ?

– En fait, rien. Je suis votre nouvelle voisine, déclara-t-elle sans entrer.

La visiteuse avait remis ses lunettes noires, elle ajusta son foulard autour de son cou en se dandinant d'un pied sur l'autre. Alice pensa à une de ces starlettes qui font la une des magazines dans la salle d'attente chez le coiffeur. Son jogging pochait aux fesses et le sweat à capuche qui l'habillait, deux tailles trop grand pour elle, dissimulait ses formes.

– Comment ça, quelle voisine ?

Alice ne comprenait pas. Elle connaissait tout le monde aux alentours. La jeune femme se retourna et montra le pavillon de Juliette dans son dos.

– J'habite ici… juste en face de chez vous !

Alice, interloquée, digérait l'information.

– Vous deviez connaître ma grand-mère…, précisa la jeune femme.

– Ta grand-mère ?

Alice chercha de la main une chaise pour s'asseoir.

Il n'y en avait pas, elle se contenta du mur, auquel elle s'adossa pour digérer sa surprise. C'était donc ça, cette impression de déjà-vu : cette petite avait un air de famille avec…

– Juliette ! Mémé Juju a toujours habité le quartier.

Alice comprenait maintenant, la petite-fille de la traîtresse se tenait devant elle. Les deux avaient un air de famille.

– Vous avez dû la connaître.

– Oui, c'était, heu…, une amie, mentit Alice, tétanisée.

– Vous savez qu'elle est…

Alice était au courant.

– Je suis allée à la cérémonie… Je ne crois pas vous y avoir vue.

Alice ne cherchait pas à être désagréable ni à l'agresser, elle constatait simplement. Malgré cela elle avait prononcé cette remarque d'un ton sec et peu aimable. Elle s'en voulait, cette jeune fille n'était en rien responsable des agissements de sa grand-mère. Chloé glissa les doigts sous sa capuche et se gratta le crâne. Elle hésita avant de répondre.

– Oui, je sais… En fait, non… Oui…

– Oui ou non ?

Cette petite n'était pas très claire.

– Je n'y suis pas allée parce que je ne voulais pas tomber sur ma mère. Les affaires de famille, vous savez…

Sa mère devait être Mylène, Juliette avait eu deux

enfants : un garçon et une fille, qui avaient joué avec Marc et les jumeaux. Le garçon était décédé et Alice ne savait pas ce qu'était devenue sa sœur, perdue de vue après les événements. En tout cas, cette gamine plantée sur son perron ne savait rien de l'aventure survenue entre son mari et mémé Juju. Le scandale avait été évité. Une bonne engueulade avec Marcel et ils n'en avaient plus parlé, le coup de canif dans le contrat était passé par pertes et profits. Ni l'un ni l'autre n'avaient plus jamais adressé la parole à Juliette.

– Je m'appelle Chloé ; mais on dit Cloclo, comme le chanteur mort… Et vous, c'est Alice ?

Alice hocha la tête. Maintenant que les présentations étaient faites, Chloé prenait de l'assurance.

– J'ai hérité du pavillon… En fait, pas vraiment… Mais bon, en attendant qu'il soit vendu… Les histoires d'héritage, vous savez ce que c'est ? Non ? Enfin, vous allez voir quand ils se disputeront votre maison quand vous serez… Oh, pardon ! Vous n'êtes pas encore morte… Bien sûr, que je suis bête ! Bref, toute la paperasse qu'il faut, c'est dingue ! Et ce serait dommage qu'une chouette baraque reste vide… ou squattée… Elle aurait été d'accord ! Je veux dire Juliette, ma grand mère, mémé Juju… Pas ma mère… Parce que avec elle, c'est pas pareil !

Alice ne l'écoutait plus, elle repensa aux bruits, aux cris, aux pleurs de la nuit. Elle n'avait pas rêvé, ses nouveaux voisins avaient fait du chambard. Pour lui donner raison, la chatte arriva tel un ouragan et passa entre ses jambes. Alice, déséquilibrée par l'animal, tituba, manquant de s'étaler de tout son long.

– Au moins elle ne s'est pas fait bouffer, celle-là, constata Chloé avec satisfaction.

– Hier soir, le chien…, Alice insista. Votre chien avait l'air enragé…

– Oh, je suis désolée. Tout est de ma faute. J'ai offert Tupac à mon ami. Il est encore jeune et tout foufou… Pas mon mec, hein, mon chien !

Alice sourit, elle pouvait encore suivre une conversation, elle n'était pas complètement ramollie du cerveau.

– Avec ses copains, ils avaient un peu bu, ils l'ont énervé… Il est pas méchant, mon Tupac. Mais c'est un mâle, un pitbull pure race, super costaud, il déborde d'énergie. Ils veulent l'entraîner pour… Enfin pour se faire un peu d'argent… On en a pas des masses… (Elle changea tout à coup de tonalité, passant de l'exaltation à l'inquiétude.) Mais, vous saignez, vous êtes blessée ?

Alice avait complètement oublié son pied, la logorrhée de sa nouvelle voisine l'anesthésiait et, pour ne rien arranger, elle terminait rarement ses phrases.

– Faut vous soigner, entrez, on va regarder.

Alice s'écarta pour la laisser passer et repoussa la porte d'entrée derrière elle. La petite-fille de Juliette s'engagea dans le couloir d'un pas lent, inspectant tous les coins sans chercher à être discrète. Elle stoppa devant la cuisine, la main plaquée sur sa bouche grande ouverte.

– Dites donc, y a eu la guerre là-dedans ?

Chloé clignait des yeux et tournait la tête comme si elle était étourdie.

– Les plombs ont sauté, du coup le frigo a dégivré. Je ne sais pas si c'est à cause de votre feu d'artifice, répliqua Alice, qui boitillait à sa rencontre.

Chloé glissa son pouce dans sa bouche comme un bébé qui tète et balança doucement sa tête d'avant en arrière.

– Désolée… Les fusées qui éclatent dans les fils électriques, c'est pas terrible.

Son pouce fit un « plop » humide quand elle le retira d'entre ses lèvres.

– Je vais vous aider à nettoyer.

– Laissez, je m'en arrangerai… Les journées sont longues à remplir.

Alice la poussa de l'épaule pour passer. Elle en profita pour refermer la cuisine. Le courant d'air fit voleter les post-it collés sur les portes et les meubles comme des feuilles d'automne soulevées par la brise.

– Vous avez quelque chose pour désinfecter, de l'alcool, un truc qui pique ?

Deux minutes plus tard, Chloé s'occupait des coupures d'Alice. Les deux femmes s'étaient installées dans le salon. Alice assise dans le fauteuil de Marcel, le pied posé sur le genou de Cloclo accroupie devant elle. L'infirmière de fortune découvrait le matériel rangé avec soin dans la trousse de secours.

– Avec ce qu'il y a là-dedans, vous êtes parée pour la prochaine guerre mondiale !

Elle redressa la tête et grimaça comme si elle avait dit une énorme bêtise.

– Oups, désolée, s'excusa-t-elle une nouvelle fois. Vous l'avez faite la dernière, si ça se trouve… heu… je veux dire la Deuxième Guerre mondiale…

– J'ai l'air si vieille ?

Alice fit semblant d'être vexée. Cette gamine qui faisait tout pour la fâcher finalement l'amusait.

– Mon fils m'a acheté cette trousse d'urgence, annonça-t-elle fièrement. Il prévoit tout.

– C'est bien d'avoir quelqu'un qui prend soin de vous.

– Un peu trop parfois…, corrigea Alice.

– Qu'est-ce qu'il fait ?

– Il met des post-it sur les portes des pièces, de peur que je me perde dans le pavillon ! Il descend mes plus beaux tapis à la cave sous prétexte que je pourrais me prendre les pieds dedans et me casser la margoulette… ou pire, le fémur ! Il tient absolument à ce que je porte, 24 heures sur 24, une espèce de bracelet hideux en plastique qui donne l'alerte si je tombe. Je n'ai pas besoin d'une laisse.

Alice s'emportait en pensant aux conséquences de sa

perte d'autonomie. Chloé ne réagit pas, elle se contenta de répéter sa question.

– Qu'est-ce qu'il fait ?

– Mon fils ? Vous voulez dire, dans la vie ?

– Oui, quand il ne prend pas soin de vous, sourit-elle.

– Il travaille dans l'informatique, il a monté une starte-machin-bidule-truc…

– Une start-up ?

– Si vous le dites.

Alice ne savait pas ce qu'il trafiquait exactement, mais elle avait compris que son activité lui rapportait un maximum.

– Des gens mettent des millions dans ces trucs qui servent à rien, c'est honteux.

– Des millions, répéta Chloé avec gourmandise.

Alice désigna les photos qui tapissaient les murs tout autour d'elles.

– J'ai deux autres enfants : des jumeaux, un garçon et une fille.

La présence de cette petite lui donnait de l'énergie, elle lui faisait l'effet revigorant d'un arc-en-ciel après la pluie.

Chloé tendit le cou en arrière pour échapper à l'odeur du désinfectant et appliqua le coton sur la plaie d'un geste décidé.

– Attention, ça va piquer…

Alice ne broncha pas, elle en avait vu et espérait en voir d'autres.

– Voilà, c'est terminé, vous n'avez rien senti, fit l'apprentie infirmière en se redressant.

Elle se massait les reins, engourdie par son inconfortable position.

– Je reviendrai vous voir… Je pense qu'on va bien s'entendre, toutes les deux ! On parlera de mémé Juju, je ne l'ai pas beaucoup connue. Vous me raconterez, j'aime bien les histoires de vieux… heu… de mamies… Enfin bref, vous voyez ce que je veux dire. Quand on est jeune, on n'a pas grand-chose à raconter. Je peux vous appeler mamie Alice ?

Ses petits-enfants le faisaient, pourquoi pas elle ? Alice opina de la tête et s'appuya contre le dossier de son fauteuil, elle ne se sentait pas la force de lui avouer qu'elle était fâchée avec sa grand-mère. Elles échangèrent un bref sourire pour sceller leur toute nouvelle connivence. Chloé n'en avait pas terminé, elle était en mal de confidences.

– À la mort de mémé Juju, j'en ai profité pour me tirer de chez ma mère. Elle ne supporte pas mon mec. Un petit voyou, qu'elle dit. Elle aime ça, juger les gens, elle le connaît même pas… Enfin, pas vraiment… Alors ici, on va être bien. Et puis mémé Juju, à Noël, la dernière fois que je l'ai vue vivante, elle m'a dit que c'est à moi qu'elle laisserait le pavillon. Elle n'a pas fait de papiers, mais elle l'a dit. Alors les conneries des notaires, on s'en fout.

Chloé secoua la tête pour se convaincre. Elle interprétait le silence d'Alice comme un assentiment.

– Mon mec, il veut changer de vie, fonder une famille… On peut tous faire des conneries… Et moi qui organise cette fiesta qui dégénère, complètement naze comme idée pour s'intégrer dans le quartier. Je fais que des conneries. On va se faire mal voir à peine arrivés.

Chloé recommença avec son pouce, qu'elle attrapa et engloutit. Il ressortit presque immédiatement brillant de salive, accompagné d'un drôle de suintement. Elle reprit comme si de rien n'était.

– Les guirlandes, c'est ça qui a fait sauter l'électricité. Si ça se trouve, ça n'a rien à voir avec le feu d'artifice ! Je me suis inspirée de la décoration de Nabilla à Dubaï pour Noël.

Chloé hocha la tête, et pouffa sans raison apparente.

– C'est sûr, à Montreuil, s'ils étaient équipés comme là-bas, on le saurait !

Alice n'avait pas vu de guirlandes et n'aurait pas pu indiquer Dubaï sur une carte. Quant à Nabilla, elle en avait vaguement entendu parler, une histoire de cheveux et de téléphone… Mais c'était déjà loin.

– Bon, à la prochaine…

Chloé s'engageait dans le couloir, prête à partir.

– On sera pas longtemps sans se revoir, maintenant que j'habite en face.

Alice la vit ralentir le pas, poser la main sur son ventre, ses jambes tremblèrent et se dérobèrent sous elle. Chloé blanchit, s'évanouit à moitié.

– Vous allez bien ?

– Oui, oui, j'ai juste envie de vomir, je sais pas ce qui m'arrive en ce moment.

Alice lui versait un verre d'eau au robinet de la cuisine quand la porte d'entrée du pavillon s'ouvrit avec fracas.

3

Une belle fête

– Joyeux anniversaire ! Joyeux anniversaire !

Maria menait la petite troupe indisciplinée et vociférante avec l'autorité d'un arbitre de foot face à un contingent de supporters qui contestent un penalty litigieux.

– Où t'es fourrée ? Nous dis pas que tu es encore couchée ! Debout, la feignasse !

L'ancienne femme de ménage d'Alice n'avait pas sa langue dans sa poche, ni rien d'autre d'ailleurs. Maria s'était déguisée en panthère des pieds à la tête, ce qui ne la changeait pas énormément de ses habitudes vestimentaires. Généralement, elle s'habillait de jupes trop courtes aux couleurs chatoyantes en pensant, à tort, que ça la rajeunirait. Ses amies râlaient mais rien n'y faisait, elle persistait à s'accoutrer de la manière qui lui semblait la plus efficace pour attirer des hommes.

– Notre temps est compté, il ne s'agirait pas de rater une occasion à cause d'un mauvais choix de jupons !

Aujourd'hui, Maria avait sorti le grand jeu. On découvrait, en partant du bas pour remonter vers le haut, ses bottines fourrées tachetées sur le dessus et garnies à l'intérieur d'un épais pelage fauve, élégantes tout en restant très confortables et chaudes. Un legging imprimé de rosettes en anneaux du plus bel effet adhérait à ses jambes et fesses. Maria s'efforçait de garder ses muscles fermes en suivant de multiples cours de yoga et de pilates. Pour couronner le tout, un crop top, digne d'une ado en plein conflit générationnel, exhibait son nombril et le piercing qui l'ornait. L'ensemble était tacheté panthère et…

– Regarde, tu m'en diras des nouvelles !

Maria fit volte-face et exhiba son dos à Alice, statufiée par la découverte. Une magnifique panthère, toutes griffes dehors, la gueule ouverte sur des crocs étincelants, épousait la courbure de son épaule gauche. Le félin semblait doué de vie, prêt à fondre sur le premier qui oserait s'intéresser de trop près aux épaules de la sexagénaire.

Alice posa délicatement ses doigts sur le dessin de l'animal et caressa la peau avec précaution. Elle souffla, admirative :

– C'est drôlement bien fait… On dirait un vrai.

– Mais c'est un vrai, ce n'est pas une décalco, qu'est-ce que tu crois !? s'offusqua Maria en feignant l'outrage et la fâcherie avec un certain talent.

Alice prit la peine de détailler le dessin indélébile en appréciant le travail de l'artiste tatoueur. Les bords encore rougis par l'irritation trahissaient une œuvre récente, à peine cicatrisée. Maria se comportait comme une folle, Alice le savait depuis longtemps ; mais son amie arrivait toujours à se surpasser.

– Tu vas avoir ce dessin collé sur ta peau pour la vie… Tu te rends compte de ce que tu as fait ?

– Et alors : Panthères un jour…, commença Maria.

– Panthères toujours ! conclurent à l'unisson Nadia et Thérèse, vite rejointes par Alice qui n'avait pas l'intention de se désolidariser de ses amies.

– Enfin, pour ce qui nous reste à vivre, constata amèrement Nadia, qui la suivait dans le couloir.

Autant par souci d'économie que par volonté personnelle, tout en restant fidèle à son esprit pratique, l'ancienne cantinière du collège Colonel-Fabien de Montreuil avait confectionné elle-même sa tenue.

– À quoi bon dépenser de l'argent quand on peut faire aussi bien, sinon mieux que ce que l'on trouve en magasin ? Moi, au moins, je ne suis pas complice de ces salopards qui exploitent des enfants dans leurs usines à fringues !

En plus de son engagement dans leur troupe de théâtre, Nadia profitait de sa retraite pour s'investir dans des associations qui militaient pour de nobles causes. Suivant les mêmes honorables principes, elle ne se maquillait plus.

– On ne sait pas ce qu'ils mettent comme saloperies dans leurs cosmétiques !

Nadia avait abandonné son sempiternel manteau écossais élimé pour arborer un gilet tricoté main, disposé sur un chemisier de couleur fauve, à manches longues. Les deux étaient ornés des célèbres taches reconnaissables des félins. L'ancienne dame de la cantine avait tricoté un bonnet avec, cousues sur les côtés, de petites oreilles anguleuses noires et de longues moustaches faites en lacets de chaussures qui pendaient aux coins de sa bouche. Pour compléter sa tenue, des bottes en caoutchouc aux couleurs des Panthères l'obligeaient à adopter une allure de canard boiteux. Nadia était bien loin de la démarche féline et souple de ses modèles.

Thérèse complétait le trio. Elle fermait la marche en arborant une tenue sobre remarquable à sa blouse imprimée foncée sur laquelle on distinguait à peine les taches noires caractéristiques des fauves.

– Il faut savoir accepter la différence pour toutes et tous : certaines panthères sont noires et d'autres sont grises, même si leurs cheveux sont blancs. J'ai choisi de faire honneur à une représentante atteinte de mélanisme, c'est une mutation génétique courante chez les félins.

Thérèse ne pouvait s'abstenir d'étaler sa science et accessoirement de tout entreprendre pour énerver Maria, ce qu'elle réussit parfaitement cette fois encore.

– Dis que t'assumes pas ta félinité, ça sera plus simple !

– Pourquoi sa féminité ? demanda Nadia, qui ne comprenait pas de quoi elles parlaient.

– Félinité, répéta Thérèse en dévisageant Maria qui ne prit pas la peine de lui répondre. Elle préféra s'adresser à Alice.

– Qu'est-ce que tu penses de nos tenues ? C'est chouette, non ?

Alice, sous le choc, ne savait que répliquer. Elle repensait au jour où, après bien des chicaneries, elles avaient décidé d'appeler leur troupe de théâtre « Les Panthères grises ». De là à adopter un uniforme, il y avait un pas qu'elle ne se voyait pas franchir. Elle n'allait pas faire la tête, les filles lui avaient organisé un anniversaire-surprise.

– Et Peggy, elle est où ? demanda Alice, en espérant noyer le poisson.

Il ne manquait que leur professeure de théâtre pour que la bande soit au complet.

– On est passées à la Maison populaire, mais on ne l'a pas trouvée, expliqua Nadia, désolée.

– C'est pas grave, je lui ai pris une tenue, elle n'y échappera pas, s'empressa d'ajouter Maria en levant un sac plastique, lui aussi aux couleurs de la bande.

– Bon, c'est pas le tout, mais c'est l'heure de la distribution des cadeaux.

– Quel âge ça te fait ? demanda innocemment Nadia.

Thérèse ne lui laissa pas le temps de répondre.

– Il faut savoir bloquer le compteur à un certain moment, sinon le moral part en digue-digue.

La plus maigre des Panthères fêtait son soixante-dixième anniversaire tous les ans, depuis pas mal de temps.

– Quel âge ? Je ne sais plus… Je suis en roue libre, constata sobrement Alice qui oubliait sa date de naissance comme elle avait oublié Chloé, qui interrompit les retrouvailles en sortant de la cuisine où elle s'était réfugiée depuis l'arrivée des Panthères. Le verre d'eau lui avait fait du bien, la jeune femme affichait une meilleure mine et n'avait rien raté de l'arrivée en fanfare des copines d'Alice.

– Super, c'est votre anniversaire ? Vos amies travaillent dans un cirque ?

– Nous faisons du théâtre ensemble, répondit Alice avec une fierté revendiquée.

– Moi, c'est Maria. (Elle tendit sa main gantée de velours au pelage ras.) Nous nous appelons les Panthères…

– … grises, compléta Nadia.

– En référence aux années qui passent, déclara Thérèse pour conclure d'un ton monocorde.

Les présentations faites, les filles se retrouvèrent dans le salon et disposèrent leurs paquets cadeaux sur la table à manger. Alice, les yeux humides, n'arrivait pas à endiguer l'émotion qui la submergeait. Ses enfants lui avaient téléphoné pour tenter, comme tous les ans, d'organiser un repas de famille sans y arriver. Avec ses copines, c'était autre chose... Elles n'avaient pas besoin de consulter leur agenda : elles déboulaient à l'improviste... Et hop ! Le tour était joué !

– Fallait pas, les amies, fit-elle, la voix cassée.

Alice commença par déballer le plus petit paquet. Une habitude. Enfant, elle gardait le plus gros, celui qui à ses yeux devait contenir le plus beau cadeau, pour la fin.

– Un porte-clés en fausse fourrure de panthère ! s'exclama-t-elle après avoir pris une bonne minute pour comprendre à quoi pouvait bien servir l'étrange objet poilu qu'elle venait de déballer.

– Pratique pour accrocher les clés de ton pavillon ou celles de ta voiture, t'as le choix. Tu n'auras plus d'excuses si tu les égares !

Avec Nadia, les cadeaux se devaient d'être utiles et surtout pas futiles. Dans sa famille, les anniversaires et autres fêtes étaient l'occasion de renouveler la garde-robe ou le matériel de cuisine.

– Moi, je le verrais bien accroché au rétroviseur de la R25, proposa Thérèse.

Suivirent dans le désordre et l'euphorie du déballage : un mug, des pantoufles, un chemisier, un parapluie et divers gadgets à l'avenant tous floqués de l'habituel pelage.

Le silence se fit pendant l'ouverture du dernier paquet, le plus volumineux.

Suspense…

– Une robe de chambre avec… un col en fourrure ! s'extasia Alice en découvrant son dernier cadeau.

– C'est du synthétique, t'inquiète, on a pas tué d'animal ! précisa Nadia en palpant la matière pour se rassurer.

Maria l'avait achetée, et Thérèse ne lui faisait pas confiance.

– Idéale pour passer de longs moments cocooning à la maison, coupe longue pour éviter de prendre froid aux jambes, matière hypoallergénique. Épaisse et ultra-douce à la fois, confortable et mode, pour un toucher agréable au porter. Tu vas être la reine des grasses matinées, là-dedans.

Thérèse improvisait d'après le texte du dépliant publicitaire qu'elle avait appris par cœur.

Pour répondre aux sollicitations enthousiastes et pressantes des Panthères, Alice dut échanger sur-le-champ sa vieille robe de chambre contre cette tenue beaucoup moins discrète. En un instant, le pavillon se transforma en gigantesque cabine d'essayage sous les rigolades des filles. Chloé, la voisine d'en face, participait, applaudissait, riait, son petit malaise semblait oublié.

Les Panthères furent bientôt toutes habillées en panthères, seule Chloé enfreignait la règle en jouant l'exception qui la confirme. Maria lui proposa d'enfiler l'ensemble prévu pour Peggy qui n'était pas là et qui, d'après elle, ne viendrait plus.

– Je ne sais pas si c'est ma taille…

– Les jolies pépettes comme vous ont toutes le même gabarit. Qu'est-ce que vous en pensez ?

Les Panthères enthousiastes applaudirent pour l'encourager.

– Tu vas être belle, là-dedans !

Maria la tutoyait déjà. Les autres ne tardèrent pas à l'imiter.

Chloé ne se fit pas prier et partit s'habiller dans l'intimité de la chambre d'Alice.

Quand elle réapparut, un minishort panthère lui moulait les fesses, des collants et un soutien-gorge pigeonnant assortis mettaient en valeur ses fines jambes qui se terminaient par des escarpins à talons vertigineux comme la tour Eiffel.

Chloé possédait un corps magnifique, mais…

– Dis donc, c'est quoi ce délire ? demanda Thérèse en examinant, l'air sévère, les hématomes sombres qui s'étalaient sur son dos et ses épaules.

Cloclo lui répondit avec repartie en affichant un sourire ravageur.

– J'ai la peau tachetée naturellement. Je vais vous avouer un secret : moi aussi, je suis une panthère… une vraie !

Son nez frémit sous le mensonge. Le carillon sonna à la porte. Sauvée par le gong.

– La surprise arrive.

– Pile à l'heure !

Les Panthères oublièrent Chloé et s'agglutinèrent devant l'entrée. Seule Thérèse resta en retrait à observer de plus près les marques qui marbraient le corps de la jeune femme.

– Ouvre ! Qu'est-ce que tu attends ?

Deux costauds entrèrent, sourire aux lèvres et dents éclatantes, les bras encombrés d'un cadeau-surprise énorme et visiblement très lourd.

– Qu'est-ce que c'est ? demanda Alice.

– Si on te le dit, ce n'est plus une surprise, répondit Maria en haussant les épaules.

Les deux garçons installèrent l'énorme paquet dans le jardin. Maria avait pris la direction des opérations et leur donnait des indications.

Profitant de leur arrivée, Nadia sortit les bouteilles de champagne qu'elle avait discrètement placées au réfrigérateur qui reprenait des forces après sa nuit de décongélation. Une fois le colis posé, les deux porteurs ressortirent sans un mot.

– Devine ce qu'il y a dans la grosse boî-boîte…, plaisanta Nadia en retirant le fil de fer d'un bouchon de champagne.

Alice paniqua en s'imaginant qu'elles lui avaient offert une panthère. Avec ses copines, elle s'attendait à tout.

Qu'est-ce qu'elle allait en faire, l'installer dans son jardin ? Que mangeait un fauve ? Comment allait se passer la cohabitation avec Minnie ?

Les filles ne lui laissèrent pas l'occasion de s'angoisser davantage. D'abord une musique binaire, volume à plein tube, couvrit le chant des oiseaux. Thérèse venait de mettre un disque, une compilation, « Le meilleur des années disco », sur la platine du salon.

Boum !

Un bellâtre surgit de la boîte, douché par un nuage de confettis colorés.

Le danseur, un homme en string panthère avec bretelles, fesses très apparentes et galbées, étalait son corps d'athlète et ses pectoraux de concours. Ses yeux de braise, renforcés par un léger strabisme, lui donnaient un air mystérieux et surtout empêchaient de savoir avec précision qui il regardait. Comme ça, pas de jalouses : il les couvait toutes de son regard ténébreux, sans qu'elles puissent être envieuses l'une de l'autre. Il connaissait son métier, le bellâtre, ses cils légèrement maquillés, son bronzage régulier, ocre, chaud ; son épilation lui donnait un potentiel érotique exacerbé. Un travail de professionnel, sexy sans être vulgaire, l'illustration parfaite de ce qui était écrit, noir sur blanc, sur la brochure que

Maria avait montrée à ses copines pour les convaincre de passer le cap.

– Ce n'est pas trop ?

– Trop quoi ? Quand tu boufferas les pissenlits par la racine, il sera trop tard ! Profite de tes derniers instants, ma chérie !

Thérèse avait senti le rouge lui monter aux joues et s'était rangée aux arguments de sa meilleure ennemie.

– Si ce genre d'exhibition peut consoler Alice, il ne faut pas s'en priver, admit-elle.

Dans le jardin, la créature se trémoussait au rythme de la musique et des acclamations des Panthères échauffées par les coupes de champagne servies avec générosité par Nadia.

Ces dames mataient l'apollon sous toutes les coutures. Avec son physique avantageux, yeux bleus, menton carré, il avait l'habitude qu'on le dévore tout cru. Leurs regards plus qu'insistants ne l'affolaient pas outre mesure, ce n'étaient pas quatre mamies et une ado qui allaient l'effrayer, ses interventions l'avaient habitué à bien pire. Il se méfiait par-dessus tout des enterrements de vie de jeune fille. Lors de ces fiestas païennes, ses deux comparses restaient pour le protéger ; par contre, quand il était appelé pour un anniversaire de grand-mère, comme aujourd'hui, il se débrouillait seul, pas besoin de service d'ordre. Les organisatrices s'étaient cotisées pour payer un spectacle à leur copine qui ne se remettait pas d'une déception amoureuse. Rien de très compliqué.

– Vous ne pourrez pas vous tromper, elle portera une robe de chambre panthère avec un col en fourrure, lui avait indiqué la plus excitée, celle qui se déguisait comme une lycéenne un jour de fête.

Le danseur n'eut aucun mal à repérer Alice. Elle lui semblait un peu âgée pour le clou du spectacle, mais ses amies avaient insisté. Le chippendale s'exécuta et lui proposa le grand jeu. Après l'avoir entraînée dans un slow langoureux, il l'invita à dévorer les bonbons qui composaient son string comestible. Alice n'avait pas tellement envie de participer à ce strip-tease un peu spécial mais elle céda devant l'insistance de ses copines. Elle se prêta à l'exercice en priant pour que ses voisins ne rentrent pas en avance et ne la découvrent pas à genoux devant cet homme quasi nu, à la peau luisante d'huile parfumée. Le danseur abrégea son calvaire en s'apercevant que les fragiles dents de la grand-mère ripaient sur les bonbons et risquaient de se casser. Il fit glisser le sous vêtement sucré sur ses cuisses.

– Ouais, enfin du spectacle ! hurla Maria au bord de la congestion.

Thérèse fermait les yeux et Nadia faisait semblant de regarder ailleurs.

Grande fut leur déception quand elles découvrirent un genre de sous-string minuscule, dernier rempart avant le nu intégral.

– C'est de l'arnaque ! pleura presque Maria, extrêmement déçue.

– Dans ton état, t'en as pas assez vu ? T'es pas lassée, il t'en faut encore ? demanda Nadia.

– On regarde avec les yeux, pas touche, rappela Thérèse.

– Quoi ! Qu'est-ce que tu racontes ?

Maria s'approcha, la mine gourmande, elle semblait avoir mangé les consignes.

– Je te rappelle ce qui est indiqué sur la brochure et sur le contrat que nous avons signé.

– Que tu as signé ! Rabat-joie, va...

Finalement, c'était la plus jeune la plus calme. En bon professionnel, après le refus d'Alice dont la tête tournait à cause des coupes de champagne qu'elle avait descendues, il invita Chloé à danser. Les deux chaloupèrent, collés-serrés, dans un frotti-frotta sensuel.

Les Panthères profitèrent du show par procuration ; à leur âge, il ne leur restait qu'à se goinfrer de gâteaux et boire du champagne en savourant le spectacle. Elles se vengeaient sur les glucides et l'alcool pour satisfaire leurs corps vieillissants. Thérèse sortit son polaroïd et fit des photos pour les souvenirs.

Chloé dansait admirablement bien. Les deux corps lascifs ondulaient, prenant la forme de serpents entrelacés. Ils s'attiraient pour aussitôt se repousser dans une parade nuptiale érotique où les peaux se frôlaient dans de tendres caresses.

– Pas touche, pas touche, il y en a une qui se gêne pas, pesta Maria en proie à une sévère crise de jalousie.

C'est ce moment que choisit Chloé pour sauter sur la table de jardin… qui se cassa net.

– Qu'est-ce que tu fous là ?

Un jeune type venait d'arriver. Maria le prit pour un danseur en retard et l'entraîna par la main pour le faire guincher.

– Lâche-moi, vieille peau, brailla-t-il.

L'intrus avait la peau blanche, trop blanche, comme un vampire qui ne connaît pas la lumière du jour. Ses traits étaient creusés, son arcade tuméfiée peinait à cicatriser. Une mèche de cheveux dépassait de sa casquette de base-ball. Il était accompagné de son chien, un pitbull musclé et râblé qui aboyait pour faire peur.

– Gentil, Tupac ! ordonna Chloé. (Elle se relevait de sa chute en se frottant les genoux.) Voici Dan, mon copain.

Ce furent de drôles de présentations. Le chien n'aimait pas Nadia, allez savoir pourquoi il se focalisait sur elle. L'animal grognait dès qu'elle bougeait. Il sentait qu'elle avait peur et devenait agressif. Dan lui écrasa l'extrémité de sa laisse en cuir sur le museau pour le faire taire. Le molosse poussa un jappement aigu qui brisa le cœur des Panthères. Puis, il s'échappa et fonça sur Alice, mais la bête ne se précipitait pas pour l'attaquer. Elle s'assit sans attendre qu'on lui en donne l'ordre et ne bougea plus, ses oreilles se dressèrent, une de ses pattes se leva en direction de la Panthère. Alice, sous l'emprise de l'alcool, comprenait le pitbull : « Donne-moi du gâteau, j'ai faim. »

Elle lui tendit la part qu'elle n'avait pas terminée. Le molosse l'avala d'une bouchée, ce qui n'était pas recommandé pour la digestion, et remua la queue en quémandant des caresses. Alice se pencha pour flatter l'échine du chien qui frotta son museau humide sur sa robe de chambre toute neuve. La trace faite par l'auréole mouillée se perdit dans les taches sombres de l'imitation peau de panthère. L'imprimé n'était pas salissant, un avantage conséquent par rapport à son ancienne robe de chambre.

Ce qui devait arriver arriva : le pitbull, qui avait avalé sans mâcher, vomit sur la pelouse artificielle de la terrasse.

– Voilà ce qui se passe quand on lui file n'importe quoi à bouffer…

Dan se racla la gorge et tapa sur la tête du chien qui déglutit en manquant de s'étouffer.

– Crache ça tout de suite, Tupac… Tu vas faire du gras.

Maria s'approcha de Dan, ce n'était pas un voyou à casquette flanqué de son pitbull affamé qui la ferait se dégonfler.

– Tupac, c'est original comme nom, c'est en hommage à un personnage de dessin animé ?

Dan grommela, il n'était pas venu pour faire la conversation.

Nadia, morte de trouille, avait trouvé refuge derrière la table de jardin cassée. Elle fit signe à Maria de faire attention, mais la Panthère ne bougea pas d'un cil, inconsciente du danger.

C'est à cet instant délicat que Minnie, attirée par la crème du gâteau, pointa ses moustaches. Dès qu'il l'aperçut, le molosse s'enfuit à la poursuite de la chatte des voisins.

– Tupac ici, au pied, couché !

Les deux bêtes traversèrent la haie dans un nuage de poussière. Le mec d'en face, venu chercher sa copine, n'était pas content et montrait les dents. Il s'en prit à Chloé sans se préoccuper du reste de l'assistance.

– T'étais pas là quand je suis rentré, je t'avais demandé de rester. T'as laissé le chien tout seul, il aurait pu s'enfuir. Tu fais rien de ce que je dis !

– Pourquoi tu gueules ? Maintenant, c'est fait ! constata Chloé.

Il leva la main devant l'insolence de la gamine mais son bras ne retomba pas. Maria l'avait saisi. Elle avait encore de la poigne pour une petite mamie. Le morceau de musique s'était tu. L'agitation céda la place à un silence pesant. Le bras suspendu, le voyou détaillait les vieilles, sur ses gardes, mal à l'aise. Il repoussa Maria qui le libéra et attrapa Chloé par l'épaule. La jeune femme grimaça de douleur.

– Laissez-la, vous voyez bien que vous lui faites mal !

Peu de choses faisaient peur à Maria et surtout pas un jeune crétin qui se la pétait. Il obéit devant l'air décidé de la Panthère. Chloé se couvrit avec l'ancienne robe de chambre qu'Alice avait retirée pour enfiler son cadeau.

Dan embarqua Chloé qui se retourna et leur fit un petit salut de la main avant de disparaître.

Maria bouillait d'une furieuse envie d'aller toucher un mot à ce petit con. Alice la retint, l'alcool et le comportement de Dan la rendaient triste. Elle temporisa les élans de la Panthère.

– Laisse, c'est pas nos oignons.

– Tu as changé de camp, maintenant ? l'accusa Maria. Tu soutiens les abrutis qui tabassent leur copine ?

– Il faudrait prévenir la police, proposa Nadia, qui était systématiquement du côté de l'ordre et de la légalité.

– Pour qu'ils le notent dans un grand cahier qu'ils rangeront dans le fond d'un tiroir et qu'ils n'ouvriront jamais plus ? Je ne vous reconnais plus, les Panthères.

Alice baissa les yeux, elle repensait au malaise de Chloé.

La fête terminée, Maria tenta sa chance avec le chippendale qui avait passé un peignoir de boxeur. Maria le dévorait, la mine gourmande, la montagne de crème fouettée ne l'avait pas rassasiée. Le danseur se coupa les pieds en buvant un verre d'eau dans la cuisine, il en sortit furieux.

– Je vous emmène à la clinique, proposa Maria, à l'affût de la moindre occasion.

Il l'envoya balader et disparut sur le parking où l'attendaient ses deux collègues.

Les Panthères grises se retrouvèrent seules dans le pavillon dévasté.

– C'est pas toi qui devais réserver quelqu'un pour le ménage ? pesta Maria.

– Finalement, je l'ai pas fait, on est assez grandes pour nettoyer nous-mêmes.

Nadia n'avait pas imaginé qu'elles mettraient un tel chaos pour l'anniversaire d'Alice.

– J'ai bossé toute ma vie. Maintenant que je suis à la retraite, je paie pour regarder les autres brosser. À chacun ses petits plaisirs, fit Maria en pouffant de sa blague.

– On reviendra nettoyer… plus tard, proposa Thérèse dont le mal de tête s'amplifiait.

4

Voisins vigilants

Le soleil s'était couché et l'ombre rafraîchissait le bitume tiède. Alice aux trois quarts pompette s'était endormie au milieu des vestiges de la fête. Elle pensa qu'une Panthère grise prise de remords revenait faire le ménage quand des coups de klaxon la réveillèrent.

– Ou alors c'est Peggy qui arrive après la fête !

Alice parlait toute seule en titubant entre les coupettes et les bouteilles de champagne vides.

– Bobo la tête ! Ça tangue…, gémit-elle.

Elle poussa la porte palière. Une Peugeot 205 pourrie, cabossée, cahotait au ralenti sur le parking.

– Pourquoi tu as changé de voiture, Peggy ? cria-t-elle dans la nuit. L'autre était très bien.

La portière passager s'ouvrit dans un grincement lugubre. Une silhouette apparut, découpée par les phares de la petite auto. La démarche chaloupée ondulait dans le puissant contre-jour. L'ombre libéra sa chevelure qui doucha ses épaules nues. Ce look n'avait rien en commun avec celui de la professeure de théâtre des Panthères.

– Mamie Alice, n'ayez pas peur, c'est Cloclo, votre voisine d'en face.

– Désolée, je ne t'avais pas reconnue.

La forme s'écarta du rayon de lumière et une Chloé bien différente se dévoila. Les marques sur son visage avaient disparu sous de discrets, mais efficaces, traits de maquillage. Chloé lui sembla plus mûre, enfant le jour, femme fatale le soir. Ses yeux marron étincelaient dans la nuit. Alice, perturbée par cette transformation physique, avait du mal à soutenir son regard. Chloé n'était pas seulement belle, elle était magnifique.

– Vous dormiez ?

– Non, non, mentit Alice en retenant un bâillement, je ne me couche pas encore avec les poules.

– Nous sortons… et… j'ai peur des voleurs.

Alice ne se souvenait pas d'un seul cambriolage, et encore moins d'une agression. Le secteur n'était pas à l'abri d'incivilités, comme les crottes de chien essaimées çà et là le long des trottoirs ; une nuit, une vitre de voiture avait été cassée, mais rien de plus qu'ailleurs.

– On n'a pas envie de revenir pour découvrir que notre maison est squattée.

« Notre » maison, comme Chloé allait vite en besogne ! pensa Alice.

– Tupac, le chien, monte la garde, mais on ne peut pas lui faire confiance, c'est un bébé. Si vous l'entendez aboyer, jetez un coup d'œil…

– Tu sais, l'anniversaire m'a fatiguée, je vais pas tarder à aller au lit…

Alice était cuite, recuite, bonne à rien et certainement pas à jouer les vigiles, ce qu'elle n'avait jamais fait de sa vie et pas l'intention de commencer ce soir. Elle était persuadée que cette idée venait de son copain. Elle apercevait son bras posé sur la portière, vitre ouverte. Un tatouage décorait sa peau, pas artistique comme celui de Maria, non, un tatouage de mauvais garçon, un de ceux que l'on ramène d'un passage en prison, verdâtre, mal foutu, sommaire. Alice devinait un cœur avec une sirène aux seins nus qui l'enlaçait. Un « boum-boum » lancinant, comme celui qu'elle avait entendu la nuit dernière, s'échappait de la fenêtre grande ouverte de la 205 transformée en discothèque sur roues.

Dan s'impatientait. Chloé allait le rejoindre quand Alice demanda sans élever la voix, pour rester inaudible du conducteur :

– Ton retour à la maison s'est bien passé ?

Alice revoyait, avec la précision d'un flash-back, les bleus qu'elle avait planqués sous son maquillage comme on cache la poussière sous un tapis, les vilaines marques sur ses épaules, la main levée retenue par Maria. Elle essaya de chasser ces images insupportables, tandis que Chloé dodelinait de la tête et attrapait son pouce qu'elle suçota rapidement.

– Qu'est-ce que vous voulez qu'il me fasse ?

La jeune fille s'était rapprochée, elle posa la main sur l'épaule d'Alice.

– Je me suis cognée toute seule, n'allez pas imaginer des trucs. Il a l'air comme ça, il joue au caïd, mais c'est parce qu'il est à cran. Vous savez, c'est pas facile quand on…

Le klaxon l'interrompit. Chloé se pencha pour lui faire la bise.

– Bon, j'y vais. Super chouette, votre anniversaire ! On s'est bien éclatées. Je suis désolée pour la table, je me suis laissé dépasser par l'ambiance.

Alice se moquait du meuble vermoulu.

– Tu aurais pu te faire mal.

Chloé repoussa ses cheveux en arrière et provoqua Alice d'un sourire mutin.

– Il est à la coule, votre copain en string.

Alice jeta un regard paniqué aux alentours. Si ça se savait, elle n'oserait plus sortir de chez elle. Elle lui lança sèchement :

– Je ne connais pas ce monsieur.

– Ils étaient bons, les bonbons ?

Les joues d'Alice, soudain écarlates, lui incendièrent le visage.

– Tais-toi ! hurla-t-elle sans se soucier du voisinage.

– Faites pas la tronche, je blague… Avec toute cette agitation, j'ai oublié de vous rendre votre robe de chambre.

– Tu peux la garder, j'en ai une nouvelle maintenant.

Alice montra le magnifique peignoir qu'elle portait.

– La panoplie de Panthère, celle que j'ai enfilée, elle ne va pas manquer à votre copine qui n'est pas venue ? demanda Chloé.

Alice doutait que cette tenue outrageusement sexy fasse défaut à Peggy.

– Je la lave et je vous la rapporte… Vous avez de vraies copines, pas besoin de discours. Avoir des amies, c'est ce qu'il y a de plus important dans la vie.

Alice le savait ; sans les Panthères, elle n'était rien. Pour preuve : dès qu'elles sortaient de sa vie, elle redevenait une triste mémère accablée par la déprime et ses désolantes habitudes.

– Qu'est-ce que tu fous, t'arrives ?

Le moteur de la 205 vrombissait, son chauffeur s'agaçait.

– Vas-y, tu vas encore te faire houspiller par ton…

Alice n'arrivait pas à le dire.

– Mon copain attendra… Qu'est-ce qu'il croit ? C'est pas lui, le patron ! Bonne soirée, faut quand même que j'y aille.

Chloé amorça quelques pas, se retourna, mais ne dit rien. Elle se contenta de lui sourire et grimpa dans la voiture.

Désormais seule, Alice observa la maison de feu Juliette. Les lumières éteintes, rien ne la distinguait de celles de ses voisins. La Panthère se demanda ce que pouvaient cacher ces murs de parpaings qui nécessitaient la surveillance d'une vieille dame. Elle aurait pu traverser la rue pour satisfaire sa curiosité, mais son estomac barbouillé et le mal de tête lancinant lui rappelèrent son piètre état. Une aigreur acide lui enflamma l'œsophage comme un rappel à la raison. Alice espérait passer une bonne nuit, mais en doutait. Elle était énervée. Dans quel état les Panthères avaient laissé sa maison !? Ses amies avaient promis de revenir faire le ménage. Penser à elles lui redonna le moral.

Elles lui avaient organisé une fête d'anniversaire du tonnerre.

Des adolescentes, voilà ce qu'elles étaient redevenues pour un après-midi d'été, ça valait bien un peu de casse et une bonne gueule de bois.

Alice rentra se coucher des étoiles plein la tête.

5

Aux voleurs !

La fête avait dévasté le salon, la collection de bibelots qu'Alice entassait avait valdingué des étagères. Certaines poteries avaient résisté à la furie de ces dames, d'autres non.

Malgré l'heure tardive et son envie de se reposer, Alice trouva le courage de ramasser les disques vinyles qui gisaient au pied du meuble stéréo. Les Panthères les avaient laissés en vrac après les agapes, ils gisaient à même le sol, sortis de leurs pochettes. Chacun des trente-trois-tours lui rappelait des souvenirs, des rengaines, les tubes des jours heureux ; la vie s'enfuyait avec les chanteurs disparus ou tombés dans l'oubli. Alice sentait le cafard se réveiller et chasser ses pensées positives pour l'étouffer de ses bras sombres. Elle ne devait pas laisser la nostalgie la submerger. Un peu d'air frais lui libérerait la tête.

Elle se dirigea vers le jardin, les poubelles papier passaient le lendemain matin, autant en profiter pour mettre l'énorme emballage du paquet cadeau aux ordures. Elle s'imagina le danseur enfermé à l'intérieur, à l'affût, silencieux, prêt à jaillir au milieu des confettis.

– T'as dû avoir chaud, plié là-dedans, mon bonhomme !

Un bel homme, attirant, avec tout ce qu'il fallait où il fallait, sans compter ce slip en bonbons multicolores. Alice ne s'en remettrait jamais. Il existait pire comme traumatisme.

– Une idée de Maria, à coup sûr.

Elle n'imaginait pas un seul instant la douce Nadia ou l'austère Thérèse proposer une idée aussi farfelue. Sacrée Maria, quelle emmerdeuse, mais qu'est-ce qu'on rigolait en sa compagnie !

Alice traînait le carton dans le couloir quand les hurlements du chien en face l'alertèrent. Le dénommé Tupac gueulait à réveiller les morts. Les jeunes avaient oublié quelque chose et rentraient déjà ou alors ils s'étaient disputés et Dan recommençait à frapper Chloé. De funestes idées trottaient dans la tête d'Alice. Les horribles hématomes de sa voisine lui encombraient l'esprit. Quoi qu'elle affirme, ce type avait la main leste, et la femme battue couvrait son persécuteur. Prise d'un mauvais pressentiment, Alice se précipita à la fenêtre et fit ce qu'elle détestait faire : espionner comme une commère.

Le pavillon de mamie Juju, toutes fenêtres éteintes, se découpait dans la clarté de la lune. Elle attendit en imaginant que Chloé et son sinistre compagnon allaient allumer la lumière. Elle les surprendrait en pleine dispute, mais rien ne vint.

Fausse alerte, leur pitbull avait dû sentir Minnie passer dans le secteur. Il y avait un moment qu'elle ne l'avait pas vue, celle-là.

Alice allait abandonner son poste de contrôle quand un mouvement furtif sur le parking l'alerta. Elle n'avait tout d'abord rien remarqué, mais maintenant que ses yeux s'habituaient à l'obscurité, elle distinguait des ombres se glisser entre les voitures en stationnement. Elle put constater encore une fois l'efficacité de sa vue laser. Deux implants remplaçaient ses pupilles depuis qu'un vilain glaucome l'avait attaquée. C'est son fils Marc qui s'était occupé de lui programmer l'intervention. Qu'est-ce qu'elle deviendrait sans lui ? Elle n'avait jamais aussi bien vu depuis qu'elle était équipée de ses nouveaux yeux.

Alice n'avait pas rêvé. Les grondements du chien effrayaient et repoussaient de possibles visiteurs nocturnes. Dans la pénombre, elle devina un maigre et un gros, couple improbable échappé d'un film de Laurel et Hardy. Les jappements de Tupac avaient calmé les ardeurs des cambrioleurs. Qu'est-ce qui pouvait les intéresser dans cette vieille baraque ? Alice avait entendu parler de malfaiteurs qui passaient en revue les avis de décès avant de visiter les maisons laissées vides par les morts récents.

Chloé lui avait fait confiance en lui demandant de

jeter un œil. Elle devait intervenir, mais comment la prévenir ? La jeune femme ne lui avait pas laissé son téléphone... Par contre, Alice se souvint que le capitaine Moelleux lui avait donné sa carte à la fin de leur dernière aventure. Autant qu'elle serve à quelque chose.

Où l'avait-elle fourrée ?

Elle se rappela l'avoir d'abord jetée à la poubelle, puis finalement Marc l'avait repêchée en lui affirmant que c'était toujours utile d'avoir le portable d'un flic sous la main.

Pas moyen de se rappeler où elle l'avait mise ! Quelle déchéance de perdre la mémoire !

Son sac ! Voilà, elle l'avait rangée dans son sac à main. Si au moins elle pouvait allumer pour le retrouver dans ce fatras, mais impossible de le chercher sans signaler sa présence aux voleurs. Elle se revit le poser dans l'entrée, elle l'accrochait toujours au portemanteau.

Le temps de mettre la main sur la carte de visite du policier et de retrouver le téléphone, elle composa le numéro du capitaine. C'est en revenant à la fenêtre de la cuisine, en tirant sur le fil du combiné fixe, qu'elle aperçut le plus mince des deux cambrioleurs se cacher derrière une fourgonnette.

Alice se recula du plan de travail pour ne pas être visible de l'extérieur. Ça sonnait sur la ligne mais personne ne décrochait. En face, le plus épais des deux hommes fouillait dans sa poche en se tortillant.

Au bout du fil, une voix répondit enfin à faible volume, visiblement Alice dérangeait le policier.

– Capitaine Moelleux, j'écoute, souffla-t-il d'un ton excédé.

Elle avait l'impression de l'interrompre en plein gueuleton. Elle se mit à chuchoter, pour ne pas risquer d'être entendue de l'extérieur.

– Alice Lamour au téléphone.

– Pardon ?

– Alice… la Panthère grise, vous savez bien, l'affaire Mirko[1]…

– Ah…

Un frisson parcourut l'échine du capitaine Moelleux. Qu'est-ce que pouvait lui vouloir une de ces folles au beau milieu de la nuit ? Encore des emmerdements en prévision, ces engeances avaient le chic pour le perturber au pire des moments. Les Panthères grises ne lui évoquaient que de mauvais souvenirs. Il décida de botter en touche.

– Excusez-moi, je suis en opération. Appelez le commissariat, un fonctionnaire de garde s'occupera de vous.

Il s'apprêtait à raccrocher, sans formule de politesse, quand Alice vit le cambrioleur se redresser et se tourner vers elle. Elle avait l'impression qu'il la regardait dans les yeux. Elle s'accroupit vivement, ses genoux craquèrent, ses articulations lui firent un mal de chien.

1. Voir le premier tome, *Amour et vieilles dentelles*.

Serait-elle capable de se redresser ou resterait-elle bloquée dans cette inconfortable position la nuit entière ?

– Je n'ai plus beaucoup de temps, implora-t-elle dans le combiné, il m'a repérée.

– Calmez-vous ! De qui parlez-vous ?

Le capitaine, en bon professionnel, ne pouvait pas laisser tomber une victime qui courait un danger.

– Ils sont deux devant chez moi… Je vous en supplie, venez vite. Un homme, un monstre limite obèse me fixe de ses yeux bovins… Il n'a pas l'air commode… Il m'a repérée, il me fait signe, je… Il vient dans ma direction ! Allô… Allô ?

La panique rendait Alice paranoïaque, les types sur le parking avaient piraté sa ligne de téléphone, elle ne voyait pas d'autre explication.

Les rayons de la lune se reflétaient sur la lame de son couteau de découpe posé sur le présentoir. Le jumeau le lui avait offert pour la fête des Mères. Présent qui avait provoqué la colère de Marc, son frère aîné.

– On n'offre pas des cadeaux qui pourraient blesser une vieille dame !

Ces deux-là n'étaient pas d'accord sur grand-chose. Elle trouverait un meilleur moment pour ressasser ses histoires de famille ; pour l'instant, elle devait penser à se défendre en vendant chèrement sa peau. Elle attrapa l'arme blanche. Avis aux prochains cambrioleurs : les vieilles dames ne se laissent pas abattre dans le secteur.

– Madame Lamour… Alice… Hé ho, madame la Panthère ! C'est le capitaine Moelleux, vous m'entendez ?

Alice, accroupie, prête à frapper si la situation le nécessitait, serrait le manche du couteau de cuisine dans une main, et dans l'autre tenait le combiné du téléphone. Elle lui répondit, effrayée.

– Je vous avais perdu. Vite, je ne sais pas ce qui se passe. Le gros costaud m'entend, sa voix se rapproche, il arrive… J'ai peur.

– Gardez votre calme, madame Lamour. Ici le capitaine Moelleux et le lieutenant Dupuis… Nous sommes devant chez vous.

La présence policière la rassura, pour une fois ils avaient fait vite, mais où se cachaient-ils ? Alice prit appui sur la table, elle se redressa fébrile, les muscles engourdis. Le meuble de cuisine se renversa, ajoutant du désordre au désordre. Elle leva la tête. Les yeux à hauteur du plan de travail, elle distingua la silhouette du deuxième type qui époussetait sa veste. La camionnette contre laquelle il s'était dissimulé était abandonnée depuis plus de six mois. Alice l'avait signalée, mais rien ne s'était passé, la fourrière ne l'avait pas dégagée. Les ombres avançaient, pliées en deux. Maintenant, elle distinguait leurs visages, et ils ne ressemblaient en rien à Laurel et Hardy.

Elle les avait démasqués.

Mais que faisaient-ils là ?

Alice reconnut le corpulent bonhomme, c'était le

capitaine Moelleux, que ses collègues surnommaient Gorby à cause de sa tache de vin sur le front, et le maigrichon, son fidèle lieutenant Dupuis, son souffre-douleur, trop sympathique pour son boulot. Le capitaine haussa les épaules et lança un regard perdu dans sa direction. En le découvrant, n'importe qui aurait conclu que son bide proéminent l'encombrait plus que son intellect. Mais attention à la ruse, Alice savait par expérience qu'il aimait paraître plus idiot qu'il ne l'était, une technique de manipulation toute personnelle.

Elle se redressa, le combiné collé à l'oreille.

– Je vous vois, fit-il en renouvelant son bonjour de la main.

Par courtoisie, elle lui renvoya son salut, mais le cœur n'y était plus : ces deux idiots lui avaient collé une trouille bleue. Elle sentait le tempo irrégulier de son cœur frapper sa cage thoracique, sa respiration sifflait dans un bruit de moteur diesel encrassé. Elle s'assit, la main posée sur la poitrine, de l'acide lui brûlait les poumons. Elle ne se voyait pas mourir dans sa cuisine en désordre.

– Nous arrivons avec mon collègue.

Les flics entrèrent dans le pavillon sans sonner. Ils voulaient rester discrets, si c'était encore possible.

Les deux pandores avaient à peine passé le seuil de la porte que le « boum-boum » caractéristique d'un caisson de basses se rapprocha. Cette fois, les voisins revenaient.

– N'allumez pas, et surtout restez tranquille, pas un geste, ordonna Moelleux.

– Pourquoi je n'aurais pas le droit d'allumer la lumière chez moi ? Je suis une honnête citoyenne qui paie ses impôts.

Alice ne comprenait pas la situation.

– Il est tard et, à cette heure de la nuit, les dames de votre âge sont au lit et dorment sur leurs deux oreilles.

Le capitaine cligna brièvement des yeux. Il ne fallait pas se laisser impressionner par les Panthères. S'il se laissait dépasser, après c'était foutu, impossible de redresser la barre. Les premiers mots étaient aussi importants que pendant une prise d'otages.

– Vous savez, les vieilles dames sont souvent insomniaques.

Retrouver Moelleux réveillait son sens de la repartie et la régénérait. Il n'y avait pas plus efficace qu'une joute verbale avec le capitaine pour qu'Alice retrouve de l'allant.

Les deux policiers pataugeaient dans les éclats de verre.

– Qu'est-ce qui s'est passé chez vous ? demanda le lieutenant Dupuis en soulevant les pieds, aussi dégoûté que s'il avait écrasé une déjection canine.

– On a fêté mon anniversaire.

– Hein ?

Gorby se passa discrètement la main sur le crâne pour vérifier l'état de sa tache de vin qui fonctionnait comme un thermomètre en gonflant et se colorant s'il s'énervait.

– Mais qu'est-ce que vous avez fabriqué ?

Alice ne se voyait pas lui expliquer par le détail leur petite sauterie.

– On a dansé…

– Vos invités sont drôlement maladroits.

Il ramassa un cadavre de bouteille de champagne.

– Vous avez bu aussi ?

– Une coupette n'a jamais fait de mal à personne.

– Qu'est-ce que vous mangez, Dupuis ?

Le lieutenant venait de découvrir les restes du string en bonbons. Il était tard, il n'avait pas dîné, et n'avait pas pu résister à l'appel du sucre. Il s'était trahi en croquant dans la confiserie. Moelleux, qui n'était pas le dernier des gourmands, avait toujours peur de rater quelque chose de bon. Il attrapa le slip comestible des mains de son adjoint et, comprenant au dernier moment ce qu'il allait manger, le laissa tomber, écœuré.

– Ne vous étonnez pas de tomber malade à bouffer n'importe quelle saloperie ramassée par terre !

Pour se racheter, Dupuis lui montra les polaroïds éparpillés.

– Regardez ce que j'ai trouvé. Je pense que ça va vous intéresser.

Moelleux les éclaira avec la torche de son téléphone.

Les photos prises par Thérèse rendaient assez bien compte de leurs folles libations.

– Et alors, vous n'avez jamais fêté vos vingt ans ? se justifia Alice en découvrant la mine renfrognée du flic.

– Disons que si… Comme tout un chacun, au restaurant avec des gens civilisés… Et surtout pas en me trémoussant à moitié à poil !

Gorby bouillait, la tache de vin qui sculptait son front s'empourpra. La sueur déborda de ses sourcils foisonnants. Il tapait du pied, broyant les éclats de verre. Ses lèvres tremblantes ânonnaient un mantra : « Ne pas se laisser entraîner dans le délire des Panthères. » Il souffla et redevint pro.

– Vous connaissez cette jeune personne assez… comment dire… peu vêtue ?

Le capitaine désignait Chloé de son épais index qui s'écrasait en encerclant la danseuse d'une auréole de gras.

– Dans la famille, on ne bave pas.

Alice n'avait pas pour projet de se transformer en informatrice de la police. Elle saisit le polaroïd du bout des doigts. Sur le cliché, Chloé paraissait encore plus dénudée que pendant la fête-surprise. Avec le recul, elle comprenait mieux la réaction de son « copain » quand il l'avait surprise dansant dans les bras du chippendale. Elle pinça la bouche, l'air de chercher dans sa mémoire défaillante.

– C'est une danseuse professionnelle, il ne faut pas être fin observateur pour s'en apercevoir. Elle faisait partie du spectacle que mes copines m'ont offert à l'occasion de mon anniversaire.

– Et quel âge avez-vous donc ? Vous parliez de vos vingt ans, mais ça me paraît… comment dire… peu réaliste.

Le capitaine Moelleux se comportait comme un rustre. Il montra du menton les restes du gâteau à la crème qu'avait laissés le pitbull des voisins.

– Je n'arrive pas à compter, on dirait qu'un éléphant a écrasé les bougies.

– Ce n'est pas très poli de demander l'âge des dames.

– Et ce n'est pas beau de mentir.

– Venez voir, chef !

Le lieutenant Dupuis appelait en allant et venant devant la fenêtre de la cuisine.

À l'extérieur, Dan faisait pisser Tupac contre la voiture banalisée des policiers.

– Merde, il nous a repérés.

Le pitbull renifla et grogna en direction du pavillon d'Alice. Dan interpella Chloé qui sortait prendre le frais.

– Depuis que t'es allée chez cette vieille conne qui lui file de la merde à bouffer, Tupac réclame. Il n'a qu'une envie, c'est d'y retourner. Comment veux-tu que je l'entraîne s'il devient aussi gras qu'un porc ?

Chloé portait un tee-shirt qui lui couvrait la moitié des fesses. Elle gardait les yeux au sol tandis que son « copain » montait en pression tout seul.

Postés dans la cuisine, les policiers n'entendirent pas toute l'altercation entre les deux jeunes. Par contre, ils virent parfaitement Dan donner une baffe à Chloé qui rentra dans la maison en claquant la porte.

– C'est pas la danseuse sexy des photos ?
– Vous croyez ?
Alice plissa les yeux et fit semblant de mieux regarder le polaroïd.
– Vous savez je ne suis qu'une vieille dame à la vue basse.
Elle trouvait le moment mal choisi pour leur vanter son opération de la cataracte. Le capitaine Moelleux rentra le menton, enfouit ses mains dans les poches de son pantalon. Il était convaincu que cette attitude lui donnait l'air sérieux.
Alice détailla la photo.
– Vous avez peut-être raison. Vous savez, je ne connais pas tous mes voisins, il ne se passe pas une semaine sans qu'il y ait un déménagement… Et d'ailleurs, je peux vous demander ce que vous faisiez cachés sur le parking avec vos mines de comploteurs ?
– Nous sommes là pour la vue.
– La vue ? Quelle vue ?
Le capitaine Moelleux, impassible, restait sur son idée et se rapprochait de la fenêtre en prenant garde où il mettait les pieds.
– Le panorama que l'on a de votre pavillon.

Alice imita le policier et s'approcha ; depuis quarante ans qu'elle habitait le quartier, elle avait peut-être raté une curiosité.

– J'aurais une vue admirable qui justifie le déplacement de fonctionnaires de police par une magnifique nuit d'été ?

Un long moment de silence s'installa où chacun rumina.

Moelleux décida de ne pas envenimer la situation qui ne débutait pas sous les meilleurs auspices. Il est parfois plus simple de dire la vérité.

– Vous êtes capable de tenir votre langue ? (Le capitaine n'attendit pas qu'elle lui mente, et continua.) Nous étions en planque pour surveiller de dangereux délinquants qui préparent un hold-up ou pire encore.

– Vous ne savez pas de quoi vous les soupçonnez en fait ?

Cette femme avait le don de l'énerver. Il ne fallait pas craquer, répondre calmement.

– Justement, c'est ce qu'on cherche à découvrir pour intervenir avant qu'il ne soit trop tard.

Alice eut un rire étouffé, les secousses se propagèrent dans tout son corps. Elle hocha énergiquement la tête.

– Ils sont jeunes et habitent en banlieue, ce qui en fait forcément des voyous.

Elle ne voulait pas le croire, la police ne changerait donc jamais.

– Votre voisin sort de prison, annonça Moelleux.

Alice encaissa l'information, même si elle l'avait deviné à la suite de ses conversations avec Chloé.

– Je connais cette petite…, commença Alice, décidée à convaincre le capitaine.

– Faudrait savoir, il y a deux minutes vous ne la connaissiez pas.

– La mémoire me revient sans que je contrôle, c'est pas beau de perdre la boule, vous verrez quand ça vous arrivera.

Alice n'avait pas l'impression de mentir, c'était son processus habituel, ses souvenirs lui revenaient progressivement, touche par touche.

– Je connaissais surtout sa mère, Mylène, et sa grand-mère, Juliette.

Moelleux se désintéressait de l'arbre généalogique de Chloé. Il n'avait aucune envie de mettre une Panthère grise dans le coup, surtout sénile, mais l'emplacement du pavillon se révélait formidable, merveilleusement situé en face de leur cible, idéal pour une surveillance statique. Installés aux premières loges, ils seraient moins détectables que dans une voiture banalisée.

– Vous avez bien une chambre qui donne de ce côté ? fit-il en désignant le parking. On ne vous dérangera pas.

– Non, répondit Alice du tac au tac. Elle n'avait aucune envie de les aider.

Moelleux proposa l'étage pour ne pas trop déranger, placés en plongée, ils auraient un point de vue parfait pour observer les faits et gestes des voisins. Il monta les escaliers sans attendre l'autorisation de la propriétaire.

– Qu'est-ce que vous fabriquez ? Revenez ici !

Trop tard, Moelleux entrait dans la chambre de Stéphanie, la fille d'Alice.

L'endroit n'avait pas changé depuis son départ. La pièce était parfaitement rangée, immaculée, figée comme les photos jaunies par le soleil punaisées au mur.

Alice grimpa au premier, ce qu'elle n'avait pas fait depuis des lustres. Elle arriva essoufflée, au bord de la syncope.

– Foutez le camp !

Impressionné par le cri, le capitaine obtempéra. Elle ferma la porte à double tour avant de glisser la clé dans la poche de sa robe de chambre.

Alice aspirait au calme et paniquait devant cet envahissement. Elle commençait à perdre les pédales, entre sa nuit agitée, la visite de sa nouvelle voisine, son anniversaire copieusement arrosé, et maintenant l'irruption de la police résolue à s'installer dans ses meubles pour surveiller une petite qui l'attendrissait. Elle tituba jusqu'au rez-de-chaussée, aidée par le lieutenant Dupuis qui la soutenait en fronçant les sourcils à l'intention du capitaine.

– Venez vous reposer, lui susurra-t-il pour l'apaiser.

Le lieutenant comptait l'emmener se coucher dans sa

chambre mais Alice ne voulut rien entendre. Elle resterait tant qu'ils persisteraient à camper chez elle.

Hors de question de les laisser seuls.

Alice s'endormit dans son fauteuil fétiche, bercée par les policiers qui discutaient à voix basse de ce qu'il convenait de faire.

Moelleux rechignait à prendre ses quartiers au rez-de-chaussée. Il craignait qu'Alice traîne sans cesse dans leurs pattes, et surtout, il ne voulait pas que les Panthères grises interfèrent dans son enquête comme pour l'affaire Mirko qu'elles avaient manqué de faire foirer.

Après une discussion houleuse avec son lieutenant, Moelleux décréta que la pièce serait spacieuse, une fois le bordel rangé, et que la vue du salon n'était pas si mauvaise.

Le lieutenant Dupuis attendit qu'Alice dorme à poings fermés pour la porter dans sa chambre. Il poussa le chat qui somnolait sur le lit, le fauve dérangé lui sauta dessus. Les bons réflexes du policier lui permirent d'échapper à la griffure. Minnie s'éclipsa dans le couloir et se précipita dans le séjour où elle s'allongea sur les genoux de Moelleux.

Le capitaine caressait la chatte d'une main tandis que Dupuis tirait une chaise vers lui. Il sortit les jumelles de leur étui, et observa.

– Alors ? demanda son supérieur.

– Ils se réconcilient sur l'oreiller…

– Faites voir !

Moelleux scruta un moment les fenêtres d'en face. Le chat, dérangé par ce chambardement, sauta des genoux du policier et disparut, la queue dressée pour clamer sa contrariété.

– Je vois rien.

– Justement…

Moelleux mit un instant à comprendre et lui tendit les jumelles en haussant les épaules.

– Il ne se passera pas grand-chose de palpitant ce soir, vous pouvez rentrer chez vous, je vais prendre la première garde.

Le lieutenant se leva et étira ses bras vers le plafond.

– Dites donc, patron, vous êtes certain de votre informateur ?

– Écoutez-moi bien, mon petit Dupuis, le jeune délinquant d'en face s'est fait protéger par les nervis de Ramsès pendant son séjour en prison… Vous connaissez le truand. Les protections, je peux vous dire que c'est pas gratuit, paiement cash au retour à la liberté, sinon… Slashh !

Moelleux fit le geste de passer une lame, avec son pouce tendu, sur sa proéminente pomme d'Adam.

– Je ne vois pas comment il va rembourser ! Il n'a pas l'air de rouler sur l'or…

– Justement, il va falloir qu'il trouve du pognon, et vite fait… Son protecteur va réclamer son fric, et s'il n'en a pas… Il n'a pas le choix en fait.

Le lieutenant Dupuis s'apprêtait à sortir en catimini par le jardin pour ne pas se faire remarquer, mais un doute le fit hésiter.

– Ce couple, je sais pas… Ils n'ont pas le profil.

– Mon indic partageait la même cellule que le garçon qui n'a pas arrêté de se vanter d'être sur un gros coup… Il n'y a plus qu'à attendre bien au chaud qu'ils se décident, qu'est-ce qu'il vous faut de plus ?

– C'est Ramsès, le vrai méchant, pourquoi ne pas s'en prendre à lui directement ?

– Si vous avez une idée, je suis preneur. On a une piste, on tire sur le fil, et avec un peu de chance on pêche le gros poisson. Faute de mieux, on chope les jeunes, c'est jamais bon de rentrer bredouille à la maison.

Le jeune policier enfila sa veste sans argumenter.

Moelleux prenait ses aises, les mains croisées derrière la tête.

– On est pas bien dans ce charmant pavillon, des vrais coqs en pâte ? Bon, c'est un peu le bordel mais je suis certain que ces dames vont finir par ranger, les vieux détestent le désordre. Dites, elles n'étaient pas femmes de ménage dans le civil nos Panthères ?

6

Le fantôme

Le lendemain matin, Alice se leva en sueur. Un chat dormait sur le lit de sa chambre, Marcel allait râler.

– Les humains dans leurs draps, les animaux dans leur panier, chacun à sa place et les veaux seront bien gardés, avait-il coutume de dire.

Quand elle voulut caresser l'animal, il lui balança un coup de patte en feulant avant de disparaître dans un nuage de poils. Mauvais caractère, la bestiole. Alice crevait de chaud, elle portait une nouvelle robe de chambre en imitation fourrure sur ses vêtements. Peau de léopard, de panthère ? Elle ne se souvenait pas avoir acheté une tenue aussi excentrique. Drôle d'idée. Un cadeau de Marcel ? Bizarre. Qu'avait-elle fait de son vieux peignoir qu'elle adorait ?

Alice fut attirée par le bruit de l'eau qui coulait dans la salle de bains. Marcel se levait avant elle, il avait gardé cette habitude depuis qu'il avait pris sa retraite. Son travail le menait aux quatre coins de la banlieue et l'obligeait à se lever tôt. Depuis des années, Alice lui préparait son petit déjeuner pendant qu'il se lavait. Son café passait dans la machine, ses tartines grillaient dans le toasteur, une routine qu'elle appréciait comme on affectionne les habitudes qui nous rassurent. Elle s'assit sur le bord de son lit, ça tournait un peu, elle avait mal dormi, fait un drôle de rêve avec un chien qui aboyait sans fin, un molosse taillé pour les combats, avec des cuisses comme des jambonneaux dans l'étal du charcutier, des policiers cachés devant son pavillon, et Juliette… sa voisine Juliette, l'ignoble traîtresse qui se trémoussait à moitié nue sur la table de son jardin avant de la faire céder sous son poids. Elle portait un horrible short ras la moule aux couleurs de panthère comme sa robe de chambre. Une coïncidence ? À quoi rimait cette nouvelle mode ? Alice chercha ses chaussons, ne les trouva pas, ils devaient être cachés sous le sommier. En jetant un coup d'œil vers ses pieds, elle remarqua sa blessure, le sparadrap qui se décollait, la croûte de sang séché. Elle se leva, pieds nus, sortit dans le couloir. Le choc. Un ouragan avait massacré le pavillon, tout était renversé. Alice eut envie de pleurer devant les dégâts, une vie en fatras comme dans les reportages sur les sinistrés d'inondations à la télévision. Dans le jardin, la table était couchée sur la pelouse avec ce qui semblait être les vestiges d'une fête éparpillés tout autour. À ses pieds traînait une photo, à moitié masquée par des confettis multicolores. Elle la ramassa et n'en crut pas ses yeux : elle reconnut immédiatement la traîtresse, aucun doute, c'était bien elle. Un frisson la traversa. Cette salope venait la provoquer chez elle, remuer du popotin sur sa pelouse. Un homme chantonnait dans la salle de bains. Elle poussa la porte sans se faire remarquer. Marcel se rasait. Elle se précipita et se serra contre lui. Il adorait l'embrasser en lui étalant de la mousse partout. Elle raffolait de cette sensation. Elle trouvait la mousse soyeuse comme des flocons de neige et douce comme une soirée au coin du feu. Il ne fallait pas se laisser attendrir : plus tard les câlins, d'abord les explications. Elle tenait la preuve dans sa main, la photo du forfait, et elle avait bien l'intention de lui demander des comptes.

Les choses ne se passèrent pas comme prévu, son Marcel la repoussa en hurlant avant qu'elle ouvre la bouche.

– Qu'est-ce que vous fabriquez ?

Le capitaine Moelleux, méconnaissable en débardeur blanc, une épaisse couche d'écume blanche sur les joues, qu'il essuya avec une serviette, se trouvait nez à nez avec Alice. Comment aurait-elle pu le reconnaître ? Elle ne l'avait jamais vu autrement qu'habillé de son éternel costume de tergal élimé, sa chemise douteuse tendue à craquer sur son estomac proéminent !

Sa tache de vin enfla sous le coup de la colère.

– Laissez-moi passer, brailla-t-il en la bousculant sans ménagement.

Gorby s'élança hors de la salle de bains en laissant Alice seule. Elle vit son reflet dans le miroir et se trouva une certaine ressemblance avec la Mère Noël, la mousse à raser en guise de barbe étalée sur la figure.

– Marcel, mon Cécel, tu n'aimes plus ta Cécette ? Qu'est-ce qui t'arrive ? Reviens !

Alice en aurait pleuré, mais ce n'était pas le moment, la fureur la nourrissait : ce salopard filait se réfugier chez Juliette, la perfide.

Le lieutenant Dupuis arrivait avec les croissants au moment où son supérieur se rhabillait précipitamment dans le salon. Le capitaine avait passé la nuit sur place à somnoler plus qu'à surveiller la villa endormie de ses supposés braqueurs. Au réveil, il avait utilisé la salle de bains sans demander l'autorisation à Alice qui ronflait comme une bienheureuse. Il ne voulait pas la déranger ni courir le risque d'essuyer un refus. Maintenant, il regrettait d'avoir pris ses aises. Ce qu'il avait accompli ne se faisait pas. Il n'était pas chez lui, il se savait en tort et était prêt à s'excuser, c'est dire s'il se sentait piteux. Dupuis, choqué par le spectacle de son chef habillé comme l'as de pique, en fit tomber son sac de viennoiseries.

– Qu'est-ce qui vous arrive, chef ?

Moelleux n'eut pas le temps de répondre. Alice, en mode furie, bouscula le pauvre lieutenant qui ne la vit pas débouler car il se baissait pour ramasser ses croissants. La Panthère sortit à la poursuite du fantôme de Marcel qui venait de l'abandonner.

– Cécel, reviens, va pas chez cette salope de Juliette, me fais pas ça !

Le temps que Moelleux réagisse, Alice avait disparu des radars.

– Qu'est-ce qui se passe par ici ? s'informa Dupuis.

Son supérieur le jaugea du regard, il n'allait pas perdre son énergie à tenter de lui expliquer l'inexplicable.

– Il faut la retrouver avant qu'elle nous dénonce ! déclara-t-il sans détour.

– C'est une emmerdeuse, d'accord, mais de là à penser que c'est une moucharde…

– Peut-être bien, mais elle perd la boule. Elle va jacasser à notre sujet sans même savoir ce qu'elle radote et nous dénoncer sans s'en apercevoir ! Hors de question de la laisser traîner dans le quartier avec ces malfrats qui écument le secteur.

Moelleux terminait de se rincer le visage dans l'évier de la cuisine quand il repéra Alice qui sonnait à la porte de la maison d'en face. Justement celle que les policiers étaient venus surveiller.

– Regardez, elle n'est pas allée bien loin.

En plein jour, on voyait distinctement le pavillon. Il était resté dans son jus, un rectangle en meulière coiffé d'un étage sans style particulier. On accédait à un balcon qui courait sur toute la façade par un escalier d'une dizaine de marches. Le bâtiment était désuet, vieillot, la peinture délavée, les volets branlants, l'humidité tachait l'ensemble de traînées mousseuses, verdâtres et sombres, la gouttière d'angle brisée en son milieu dégueulait des toiles d'araignée momifiées. La boîte aux lettres vomissait des prospectus et des magazines télé gondolés par la pluie et décolorés par le temps. Un potager abandonné calciné par le soleil et un abri de jardin transformé en niche entouraient la construction.

Une idée soudaine rendit son allant au capitaine. Il se précipita sur sa mallette en cuir qui traînait par terre et y piocha un micro accompagné de son émetteur miniaturisé et de son adhésif. Le matériel du parfait espion.

– Mon petit Dupuis, c'est l'occasion ou jamais, fit-il en logeant une minipuce sous la membrane du micro.

Dupuis ne bougeait pas d'un millimètre, anticipant le pire.

– Vous allez me chercher cette mamie et vous posez le matériel chez ces individus… Qu'est-ce que vous attendez ? Allez hop, exécution !

Le lieutenant n'était pas emballé : trop précipité, pas de plan, pas de concertation. Il n'avait pas la moindre idée de la façon dont il allait s'y prendre sans déclencher une cascade de questions et de doutes, sans parler d'accès de violence toujours envisageables.

– Vous allez vous débrouiller parce que vous êtes jeune et… débrouillard justement. Vous avez de l'imagination à revendre et en plus, à voir la trombine que vous avez affichée devant les photos, cette petite dame qui se trémousse en tenue plus que légère n'a pas l'air de vous laisser indifférent !

– Qu'est-ce que vous insinuez ? Je fais mon travail, j'ai observé les polaroïds… en professionnel, et…

Dupuis parlait dans le vide, son chef fixait le pavillon d'en face sans écouter ses protestations.

– Qu'est-ce que vous attendez, que je vous foute un coup de pied là où je pense ?

Le lieutenant n'avait pas l'ombre d'une idée de ce qu'il allait faire, mais il obtempéra. Quand on est sous-chef, il faut obéir à son supérieur, c'est la base.

– Et embarquez-moi ces pantoufles, fit Moelleux en tendant les chaussons tachetés panthère qu'Alice avait oubliés, elles peuvent servir si vous êtes à court d'idées.

Le lieutenant Dupuis chaussait du 44 et visiblement ces mules taillaient un petit 37, il ne voyait pas comment elles pouvaient lui être utiles. Moelleux, devant l'air interrogateur du lieutenant, prit la peine de lui expliquer.

– Donnez-les-lui, elles feront office d'entrée en matière. Vous n'êtes vraiment pas réveillé, mon petit Dupuis ! Qu'est-ce qui vous arrive ? Allez ouste, dégagez !

Grossie par les jumelles du flic, Alice tambourinait contre la porte de son ex-copine, Juliette l'hypocrite, pour savoir si son Marcel se cachait chez elle. Alice crevait de jalousie, cette vieille histoire la travaillait, et ressortait au moindre aléa avec la réalité.

Chloé lui ouvrit et découvrit sa voisine en robe de chambre, pieds nus devant sa porte.

– Qu'est-ce qui vous arrive ?

– Je voudrais voir Juliette, ta mère, cette traînée, ordonna Alice en la bousculant pour entrer sans attendre.

– Vous voulez dire Mylène ?

– Non, ta mère, cette salope de Juliette.

Alice confondait Chloé avec Mylène.

– Mémé Juju, mais elle est…

– Morte…

Alice comprit d'un coup qu'elle avait fait une erreur, une colossale. Ce matin, le moteur avait mis beaucoup de temps à chauffer… Et que foutait ce flic dans sa salle de bains ? Elle ne comprenait plus rien, elle s'effondra dans les bras de Chloé, sanglotant, la tête enfouie dans sa poitrine.

– Je suis désolée, tu ressembles tellement à ta mère. Je perds la boule…

Chloé lui caressa le dos comme elle le faisait avec Tupac pour le calmer.

Le lieutenant Dupuis avançait vers le pavillon. Il regarda dans la direction de son chef en espérant qu'il annulerait l'ordre au dernier moment. Il ne le sentait pas, ce truc, sans oublier le chien. Ce n'est pas parce qu'il ne l'entendait pas aboyer qu'il n'était pas tapi dans un coin, prêt à lui sauter à la gorge pour le dévorer. Il l'avait vu la nuit dernière, et en avait conclu qu'il n'avait pas l'air commode du tout. Dupuis n'appréciait pas particulièrement la gent canine, encore moins les pitbulls qui lui foutaient une peur bleue.

En face, Moelleux lui faisait de grands signes en scrutant ses faits et gestes à travers ses jumelles. Dupuis devinait une ombre s'agiter derrière le rideau de la cuisine d'Alice.

– Vas-y ! Qu'est-ce qu'il attend pour entrer ? J'aurais dû y aller moi-même, pestait son patron.

Dupuis avait déjà frappé à plusieurs reprises sans résultat. Il allait renoncer, quand on ouvrit enfin. La jeune femme de la photo d'anniversaire se tenait face à lui, encore plus sexy en vrai mais un peu plus habillée quand même. Il la prenait au saut du lit, elle avait enfilé un sweat qui lui tombait à mi-cuisse. Dupuis lui inspira tout de suite confiance avec son sourire de premier communiant.

– Toc-toc, vous n'auriez pas vu une dame âgée ?

Le lieutenant la jouait décontracté, il ne savait pas comment la conversation évoluerait, autant commencer tranquille et détendu. Elle lui souriait, les choses ne s'engageaient pas si mal. Chloé éclata d'un rire qui illumina son visage encore davantage.

– Je ne serais pas étonnée si vous cherchiez une Panthère, fit-elle en tapotant les chaussons qu'il tenait à la main.

Le capitaine Moelleux avait encore une fois raison, l'expérience payait. Cendrillon avait oublié ses chaussons au bal, les pantoufles seraient son sésame.

Il entra à la suite de la jeune femme en essayant de ne pas jeter de regards trop appuyés sur ses jambes nues.

– Mamie Alice se passe de l'eau sur la figure, déclara-t-elle.

« Mamie Alice, elle l'appelle mamie Alice, elles se connaissent plus que ce que nous a raconté la Panthère », en déduisit le lieutenant.

– Elle est un peu confuse. Il faut dire que c'est ma faute… Je suis le portrait craché de ma mère.

Tandis que Chloé se lançait dans un des monologues dont elle avait le secret, Dupuis en profitait pour faire une inspection visuelle. Des vêtements en vrac étalés par terre, tout droits sortis d'un sac à dos. Un carton ou deux à moitié déballés, un autre éventré, peu d'affaires, un sac de marin, des sacs plastiques vides… Le tout éparpillé dans un décor tout droit sorti des années 1950. Une odeur de renfermé mélangée à des effluves de frites trop grasses et de kebab, des emballages de fast-food, des boîtes de conserve ouvertes, des restes d'alimentation basique et bon marché. Dupuis balaya l'espace, emmagasinant le plus d'informations possible car il savait qu'à peine rentré il devrait faire un compte rendu au capitaine. L'atmosphère sentait le chien mais, pour son plus grand bonheur, l'animal n'avait pas l'air d'être là. Son tour d'horizon visuel ne révéla rien d'extraordinaire, sinon l'absence de luxe. Des jeunes habitaient chez de vieux parents absents ou plus vraisemblablement décédés, de vulgaires squatters qu'il n'imaginait pas préparer un braquage.

– Ne faites pas attention au désordre, ma grand-mère vient de mourir.

Le raisonnement du lieutenant se confirmait.

– Je suis désolé…

– C'est le cours normal des choses, elle était comme qui dirait au bout du rouleau… Et bref… Bon voilà… C'est vous qui avez fait fortune avec une start-up ? demanda Chloé en sautant du coq à l'âne.

Dupuis ne savait pas de quoi elle parlait. Cette jeune femme semblait bavarde, il la laissa causer plutôt que de raconter des bêtises.

– Votre mère m'a parlé de vous, elle ne pige pas tout ce que vous faites, mais elle est très fière de la réussite de son fils.

Le lieutenant ne comprenait pas encore tout mais la situation s'éclaircissait progressivement.

– Ma mère ?

– Oui, Alice, la Panthère, fit la jeune femme en levant les chaussons à hauteur d'yeux, elle est là. Elle m'a rendu une petite visite de courtoisie. C'est sympa d'apporter ses pantoufles. Elles sont assorties à sa robe de chambre… Ce sont ses cadeaux d'anniversaire. J'y étais… Une belle fête… On s'est bien amusées… Dommage que vous n'étiez pas là !

Chloé se pencha vers lui en signe de confidence. Elle sentait bon. Qu'allait-elle lui avouer ?

– Les Panthères grises m'ont fait l'honneur de m'inviter.

Elle ne lui apprenait rien, il l'avait vue sur les photos, il s'abstint de lui demander comment elle s'était retrouvée si peu habillée… Cette information ne le regardait pas, même si tout intéresse un flic.

– Oui, les Panthères, bien sûr. Heu… ma… maman va bien ?

Après ce que lui avait confié Alice sur l'empressement de son fils, Chloé lui cacha la réalité. Elle ne voulait pas qu'il s'inquiète et qu'il lui vienne la mauvaise idée de la placer dans une maison de retraite.

– Oui, oui, entrez, installez-vous. Je… je lui montrais un truc… Je vais la chercher, je reviens…

De l'autre côté de la rue, Moelleux bichait.

– Yes ! La France compte sur toi, mon petit.

Le lieutenant patientait dans la cuisine. L'aménagement du pavillon n'avait pas évolué depuis la mort de mémé Juliette. De vieilles chaises bonnes à rempailler boitaient comme des culs-de-jatte autour de la table de la salle à manger où il s'était assis pour attendre « sa maman ». Plusieurs couches de toiles cirées superposées la recouvraient. Dupuis s'en aperçut quand le verre d'eau que son hôte lui avait servi manqua de perdre l'équilibre sur la surface molle. Au moins avec ce mille-feuille de nappes, s'il se renversait, il n'exploserait pas.

Dupuis pencha la tête. D'un geste rapide et précis, il sortit son matériel d'espion de sa poche et fixa le micro accolé à son émetteur sous le plateau de la table. Il estima le risque que le couple le découvre assez faible, voire inexistant. Le nettoyage ne semblait pas être dans leurs habitudes, vu la couche de gras et de poussière qui couvrait les meubles.

– Elle arrive. Je suis désolée, je n'ai pas grand-chose d'autre à vous proposer. On vient de s'installer…

Le lieutenant la laissa parler pour vérifier que la liaison avec Moelleux fonctionnait. Il ne doutait pas un instant que le capitaine trouverait un moyen de l'informer si son installation ne marchait pas. Mais Chloé ne parlait plus, sa loghorrée s'était tarie soudain, se doutait-elle de quelque chose ?

– Maman n'a plus toute sa tête, tenta-t-il de relancer en terminant son eau.

Il trouva le verre gras dans le reflet du soleil, et d'un coup regretta d'avoir bu alors qu'il n'avait pas vraiment soif.

– Elle m'a dit que vous vous occupiez bien d'elle, que vous étiez aux petits soins… Un peu trop parfois.

Le lieutenant ne savait que répondre. Il pensa à sa propre mère, qui était décédée, et se reprocha justement de ne pas s'être assez occupé d'elle et de l'avoir laissée dépérir dans un mouroir. À cette époque, il repoussait toujours ses visites, la faute au boulot ou à n'importe quoi d'autre qui l'arrangeait bien. Le jour où il se rendit enfin disponible, on lui annonça son décès. Il ne savait même pas si elle voulait être incinérée ou enterrée. Il rougissait encore de honte rien que d'y repenser.

– Vous êtes un bon fils.

Dupuis savait que c'était faux, mais ne la contredit pas.

– Je suis désolée, je suis désolée…

Le lieutenant avait encore les larmes aux yeux en pensant à sa mère quand Alice entra dans la pièce. Chloé le remarqua, c'est touchant un homme qui pleure. Elle n'imaginait pas une seconde Dan sangloter.

– C'est rien, maman. Viens, je te ramène à la maison.

Dupuis se leva, l'attrapa par le bras avec énergie et se dirigea vers la sortie.

– Merci pour tout, mademoiselle.

– Appelez-moi Chloé, nous sommes voisins maintenant. Enfin presque…

Alice qui pensait avoir recouvré la raison avait de sérieux doutes sur sa santé mentale. Ce flic qui l'appelait « maman » n'était pas son fils et pourquoi lui faisait-il un clin d'œil appuyé en lui interdisant de se retourner ?

7

Sous surveillance

Après cette escapade chez mémé Juju, Dupuis raccompagna Alice à son domicile. Le capitaine Moelleux les accueillit, impatient de savoir si son adjoint avait mené à bien sa mission. Les deux flics débriefèrent sans se soucier un instant de la présence de la vieille dame. Alice comprit qu'ils s'étaient servis d'elle et de ses délires passagers pour installer un micro espion chez ses nouveaux voisins. Elle se sentit coupable d'avoir aidé la police, réaction curieuse pour l'honnête citoyenne qu'elle était, mais elle n'arrivait pas à croire à la complicité de Chloé. La jeune fille lui apparaissait plus comme une victime que comme une complice de son compagnon violent.

Alice allait se mêler de leur conversation et les contredire quand son ex-femme de ménage, Maria, accompagnée de Nadia manifesta sa présence sur le parking. Elle les vit s'approcher, les bras débordant du matériel nécessaire, balai, serpillière, produits, sacs-poubelle, pour astiquer le pavillon dévasté.

Les Panthères tenaient leur promesse. Alice n'en avait jamais douté.

– Dites-leur de rentrer chez elles, on a du travail, pesta Moelleux en les apercevant.

Le capitaine craignait qu'avec ces pipelettes leur présence soit découverte par tout le quartier.

– Qu'est-ce que vous foutez ? Chassez-les avant qu'il soit trop tard !

Plus facile à décréter qu'à faire. Comment Alice pouvait les mettre dehors alors qu'elle avait insisté pour qu'elles viennent nettoyer le chaos généré par sa fête d'anniversaire-surprise ? Les flics n'avaient plus le choix, ils les entendaient bavarder.

– On se planque en attendant qu'elles fichent le camp.

Le capitaine Moelleux amorça un tour sur lui-même et fit signe à Dupuis de le suivre. Il fallait réagir, la porte du pavillon s'ouvrait déjà.

– Où tu te caches, Alice ? Prépare-toi à l'arrivée des nettoyeuses !

Dans la précipitation, le capitaine poussa involontairement son lieutenant dans l'escalier qui menait au sous-sol. Son adjoint aurait basculé en arrière si son supérieur ne l'avait pas retenu d'extrême justesse par la manche.

– Restez avec nous, mon ami.

Les deux flics descendirent silencieusement les marches qui menaient au garage. Il ne leur restait plus qu'à trouver une planque et attendre patiemment. Gorby se rappela la pièce décorée par la fresque de Mirko.

– Je crois que c'est là ! (Moelleux poussa la porte.) Allumez donc, on y voit rien.

Dupuis s'exécuta. Sa main tâtonna dans l'obscurité, ses doigts entrèrent en contact avec une protubérance dure et moite. Le lieutenant n'était pas certain de tenir un interrupteur.

– Qu'est-ce que c'est ?

Moelleux déclencha la fonction torche de son portable. La lumière s'alluma.

– Eh bé, c'est du propre, jeune homme !

Le lieutenant sursauta. Il tenait à pleine main la serpillière qui recouvrait le sexe du satyre créé par Mirko.

– C'est pas humain, un truc pareil.

– Je ne vous le fais pas dire, c'est ce qu'on appelle de l'art !

– C'est malsain, décréta Dupuis, angoissé devant l'œuvre du peintre ukrainien.

– Si vous voulez une aide psychologique, ne vous gênez pas, j'appuierai votre demande, blagua Moelleux.

Il chuchotait pour ne pas se faire entendre mais sa voix grave rebondissait contre les murs bruts de béton.

Dupuis inspectait la fresque murale en affichant une moue dubitative.

– Rappelez-moi combien coûte une horreur pareille…

– La cote du sieur Mirko est montée en flèche dès que la presse l'a déclaré mort.

– Si on y réfléchit bien, elle nous appartient aussi, cette fresque, raisonna Dupuis.

– J'en voudrais pour rien au monde chez moi…, cracha Moelleux avec une grimace de dégoût. Imaginez la tête de ma concierge en découvrant un machin pareil accroché au mur du salon ! Mais qu'est-ce qu'elles foutent ? On va pas passer la journée dans ce garage.

Au même moment, au-dessus d'eux, les Panthères grises prenaient soin d'Alice, installée devant un bol de chicorée fumant et une tartine de confiture à la rhubarbe du jardin.

– T'es pâle comme si tu avais vu un fantôme.

Nadia tapota la main de son amie. Alice sursauta, elle ne s'attendait pas à autant de petites attentions, elle se sentait honteuse. Il n'était pas question que ses copines pensent qu'elle perdait la raison. Alice reprenait toujours le dessus. Elle leur expliqua ce qui venait de se passer.

– J'ai pris le capitaine Moelleux pour mon Marcel.

– Ce gros patapouf pour ton mari si svelte et si élégant ? T'as de la merde dans les yeux ou quoi ?

– Maria ! fit le chœur des Panthères grises, outrées par son vocabulaire.

– Chloé ressemble tellement à sa mère.

– Tu confonds ta voisine d'en face avec ta belle-mère, la maman de Marcel ?

Nadia n'y comprenait rien. Elle se leva pour aller chercher la boîte de sucre.

– Fais pas ta bécasse, râla Maria. Chloé ressemble à sa mère Mylène, la fille de Juliette qui est décédée dernièrement !

Nadia secoua la tête pour remettre toutes ces informations dans le bon ordre, mais à voir son expression, elle ne réussit qu'à ajouter de la confusion.

– Ce n'est pourtant pas plus compliqué que les feuilletons que tu regardes avant de t'endormir.

– Pour quelle raison voulais-tu rendre visite à cette femme ? demanda Nadia qui savait qu'Alice n'avait jamais pu piffrer sa voisine.

– Pour l'engueuler, tu crois que j'allais lui offrir des fleurs à cette briseuse de ménage ?

La violente mélancolie qui assaillait Alice déformait sa réalité et lui faisait vivre un calvaire.

– J'ai fait un bond dans le passé. Mon Marcel était là, j'étais jeune, enfin pas aussi vieille que maintenant.

Alice manqua d'éclater en sanglots, elle se frotta les yeux pour cacher ses larmes. Ses copines s'en aperçurent et tentèrent de la rassurer.

– C'est de notre faute, admit Nadia. On n'a plus l'âge de faire des boums, et ce beau gosse qui se déhanche, ça m'a travaillée toute la soirée.

– Moi, je suis redevenue une jeune fille en fleur !

– Et ça t'a servi à quoi ? Tu n'as rien fait… Comme d'habitude.

– Rien que l'idée me maintient en forme, conclut Maria en se frottant les mains avec satisfaction. Bon, on est pas venues pour causer de notre libido, y a du boulot !

Les deux Panthères se levèrent d'un bond. Nadia passa un tablier à fleurs et Maria enfila des gants en caoutchouc.

– Attendez, je ne vous ai pas tout dit…

– On ne les entend plus depuis un sacré moment, chuchota Moelleux, elles ont vite fait de tout ranger.

Les flics remontaient du sous-sol sans se douter qu'Alice avait mis les Panthères au courant de leur présence. Maria poussa la porte exactement au moment où ils arrivaient en haut de l'escalier. Le lieutenant prit la clenche dans le ventre et partit en arrière, la panse de Moelleux l'accueillit avec la douceur d'un airbag.

– Allez-y, essayez de nous tuer ! Vous savez combien ça coûte de s'en prendre à un agent de la force publique ?

– Et d'abuser de la faiblesse d'une pauvre femme ?

Maria n'avait pas l'intention de se laisser impressionner par le gradé, elle enchaîna sur le même ton :

– Traîner à moitié nu dans la salle de bains d'une ménagère honorable, on appelle ce comportement du harcèlement… De nos jours, ce genre de fantaisie peut vous coûter votre poste, direct en prison sans passer par la case retraite. Vous n'êtes qu'un vieux satyre libidineux, commissaire !

– Pas commissaire, capitaine… Et on ne va pas me virer. Ils ne trouveront jamais de remplaçant, et dénudé, n'exagérons rien, j'étais juste en marcel.

– Marcel voilà ! Vous provoquez cette pauvre mamie, l'enfonça Maria.

Moelleux, dépassé par la situation, ne pouvait pas comprendre : il ne connaissait pas le prénom du défunt mari d'Alice.

– J'aurais réagi de la même manière si je vous avais croisé en tenue d'Adam, renchérit Nadia, scandalisée.

De son côté, Maria aurait eu une tout autre réaction qu'elle leur expliqua sans complexe.

– Moi, si je me retrouve face à un pervers de bon matin, je lui balance un bon coup sur le carafon… Et hop, on n'en parle plus !

Les épaules de Gorby s'effondrèrent comme une barre d'immeuble qu'on dynamite, ses traits s'affaissèrent, sa tache de vin rosit, son état dépassait la fatigue. Il savait que la confrontation ne serait pas facile avec une de ces bêtes sauvages, mais avec tout le troupeau… la tâche était perdue d'avance.

– Tout ce délire pour poser un micro ! Qui habite en face, Al Capone ? Vous avez pensé à la santé de notre amie ?

Nadia montra Alice assise dans la cuisine qui amassait un tas de miettes sur un coin de la nappe sans paraître s'intéresser à la conversation.

– Quels risques lui a-t-on fait courir ? se défendit le capitaine avec véhémence. Faudrait pas tout nous mettre sur le dos, non plus. Si elle perd la boule et décide d'aller rendre visite à une morte, c'est pas notre faute. Toujours à critiquer la police. Vous devriez nous remercier, nous lui avons sauvé la vie. Mon courageux lieutenant n'a pas manqué d'audace pour l'extraire des griffes de ces brutes.

– Avez-vous remarqué que ce type tabasse sa copine, sans parler de son clébard ? demanda Maria qui ne décolérait pas.

Moelleux parut soudain intéressé par l'information.

– Qu'est-ce qu'il a de spécial, leur chien ?

– C'est un de ces molosses… un pit machin-chose, se plaignit Nadia qui se rappelait avec effroi leur première rencontre.

– Un pitbull, de mieux en mieux… Je vous l'avais dit, mon petit Dupuis : je les sens pas, ces deux-là. Un chien de combat dans ce quartier de retraités, si c'est pas malheureux.

– Tupac n'est pas méchant, se réveilla Alice qui écoutait la conversation d'une oreille distraite. Il adore les sucreries, ce n'est pas sa faute s'il est agressif, c'est parce que son maître le traite mal.

– Jette un œil à l'extrémité de la laisse pour savoir si le chien va te mordre, philosopha Maria.

– Chien ou pas chien, ce type n'a besoin de personne pour tabasser sa copine, regretta Nadia. Elle est couverte de marques sur tout le corps, la pauvre. Vous verriez ça !

Moelleux rebondit en entendant cette révélation. Il avait trouvé un moyen de leur clouer le bec. Il s'engouffra dans la brèche.

– Justement, c'est ce qui justifie notre présence…, annonça-t-il d'un air martial.

Le lieutenant Dupuis interrogea son supérieur du regard. Parfois, il ne comprenait pas le raisonnement tortueux de son chef qui précisa :

– Nous sommes là… pour protéger les femmes battues ! déclara-t-il. Vous connaissez l'administration… tatillonne à l'extrême… Il faut constituer des dossiers… que toute cette paperasse tienne la route devant un tribunal, autrement, c'est même pas la peine, il y aura toujours un juge pour classer l'affaire.

– Le problème de la police, c'est la justice : tout le monde le sait, railla Maria.

Malgré la pluie de protestations, Moelleux avait réussi à semer le doute dans l'esprit des filles. Si la surveillance des policiers avait pour but de sauver Chloé des griffes de son copain violent, ça changeait la donne.

Maria écarta légèrement les rideaux. Dans la maison de l'autre côté de la rue, des ombres circulaient derrière les fenêtres sans se douter de ce qui se tramait en face.

– On s'installe chez vous le temps de recueillir des preuves des mauvais traitements que ce type fait subir à sa compagne, et après on s'en va. Marché conclu ?

Moelleux tendit la main dans la direction d'Alice qui chercha l'approbation des Panthères avant de toper. Elles acceptèrent pour la bonne cause : celle des femmes battues.

– La colocation fera du bien à tout le monde, rigola Maria qui n'y croyait pas une seconde.

– Bon, le pavillon va pas se nettoyer tout seul… Y a du boulot.

Nadia n'oubliait pas leur mission.

Les Panthères attaquèrent le grand nettoyage tandis que les flics sortaient leur matériel d'espionnage sophistiqué d'une mallette noire en plastique. Alice s'installa dans le fauteuil de Marcel et les observa faire.

– C'est quoi votre déballage, un vide-grenier ? On n'a besoin de rien, décréta Maria en jetant un œil sur l'attirail des parfaits voyeurs. Vous en êtes là, après le non-remplacement d'un fonctionnaire sur deux ? On assiste en direct au démantèlement du service public ! Vive le libéralisme sauvage !

La Panthère en furie passait l'aspirateur en dessinant des cercles concentriques autour des deux flics. Le rapace planait autour de sa proie avant de foncer. Nadia et Alice la guettaient du coin de l'œil en se demandant jusqu'où elle irait. Elles la savaient capable d'à peu près tout, elles faisaient confiance à son imagination.

– Taisez-vous une minute, même dix secondes si vous pouvez. J'arrive pas à réfléchir !

Maria commençait à peine, et Moelleux n'en pouvait déjà plus. Leur surveillance débutait mal. La Panthère observa avec intérêt le policier qui fixait une sorte de parabole en matière plastique sur un pied et ajustait un casque sur ses oreilles. Le capitaine tripota les boutons d'une mixette afin de capter les conversations en provenance du pavillon d'en face. Maria se pencha pour mieux voir. Un sifflement strident leur endommagea les tympans. Le flic arracha son casque d'un geste brusque. Moelleux, sinistre, presque méchant, le menton tremblant, se transformait en Gorby.

– Ne refaites jamais ça, finissez votre ménage et laissez-nous faire notre travail !

L'attitude du flic effraya Maria qui entama un mouvement de recul en se protégeant avec le balai de son aspirateur.

– Sans vouloir critiquer, je trouve que votre équipement fait amateur… disons, bricoleur du dimanche… pour rester correcte !

La furie repartit vers l'armoire normande. Elle reprenait le parcours antipoussière qu'elle avait effectué les années où elle était la femme de ménage d'Alice.

– Vous voulez le numéro du ministre de l'Intérieur ? Si vous arrivez à faire voter des subventions, vous ferez des heureux au syndicat !

Moelleux savait que répondre aux attaques de la Panthère n'était pas le meilleur moyen de la calmer mais il ne pouvait s'abstenir de répliquer. Maria partit passer son engin plus loin sans lui répondre. Nadia, qui ne ratait aucun des feuilletons policiers qui envahissaient la télévision, ajouta son grain de sel.

– Pour les écoutes, il faut des trucs électroniques qui clignotent, des infra-machins qui font des « plich », des « whoop », et des « zap » !

Quand une Panthère se calmait, une autre prenait le relais. Moelleux ne savait plus à qui donner la réplique.

– Qu'est-ce que vous y connaissez, vous êtes technicienne ?

– Oui… de surface, ne put s'empêcher de rajouter Maria en se marrant dans son coin.

La blague eut le mérite de détendre l'atmosphère. Nadia, même si elle n'avait jamais suivi une opération de police de près, en avait vu de nombreuses sur le petit écran. Elle était convaincue que si la surveillance se déroulait de cette manière dans les séries, c'est que c'était ainsi dans la réalité. Les scénaristes avaient toute sa confiance. Moelleux ne partageait pas cette admiration.

– Redescendez sur terre, on n'est pas dans un de vos feuilletons débiles. Cette planque, c'est du sérieux.

Moelleux, à bout, continuait sa diatribe, qui couvrait le ronflement asthmatique de l'aspirateur en manque d'un sac neuf.

– Ici, c'est la France, on a gardé un côté artisanal... On n'a pas le pognon, mais on a les idées ! Et puis, ce qui compte c'est d'attraper les méchants à la fin. Que des gadgets multicolores clignotent ou pas, peu importe ! Vos flics du petit écran sauvent le monde en une demi-heure, ça rassure la populace... Dans la vraie vie, c'est plus long... et on a besoin de calme pour se concentrer, bordel !

Maria profita de la diatribe de Gorby pour s'éclipser et téléphoner discrètement à Thérèse, à qui elle demanda de les rejoindre en urgence. Elle avait une mission à la hauteur de ses compétences.

En attendant l'arrivée de leur geek de service, elle revint dans la pièce, un sourire hypocrite affiché sur les lèvres.

– Dites donc, les filles, c'est pas l'heure de notre feuilleton ? annonça-t-elle avec la voix doucereuse de celle qui prépare un mauvais tour.

– Allumez votre poste et laissez-nous faire notre boulot tranquilles, renchérit le capitaine Moelleux.

Les Panthères obéirent sans rechigner, ce qui provoqua l'étonnement du belliqueux policier. Elles se replièrent dans le salon sans rien ajouter de désagréable, fermèrent délicatement la porte derrière elles, et tinrent conseil en sourdine. Maria leur expliqua le plan qu'elle avait mis en branle.

– Thérèse est en route. Elle va pirater leur système archaïque de surveillance en deux temps trois mouvements… et nous pourrons écouter ce qui se dit en face.

Maria enchaîna en exprimant ses doutes sur la volonté des flics de mettre en place un tel dispositif pour une femme battue.

– Ou alors je me trompe, la police a bien changé depuis que j'ai appris à rendre les coups sans perdre mon énergie à porter plainte.

Nadia croyait les policiers. Elle protesta et cita l'expérience de Peggy, leur professeure de théâtre, qui avait rencontré son prétendant, le lieutenant Dupuis, en déposant plainte pour coups et blessures. Son ancien petit copain n'avait pas apprécié leur rupture.

– Le policier a été charmant…

– Qu'est-ce que tu crois ? C'est parce qu'il voulait la sauter.

– Maria ! fit le chœur des Panthères.

– Bande de saintes-nitouches, vous cachez bien votre jeu.

– Qu'est-ce qu'elle fout, Thérèse ?

Justement, la voilà qui arrivait. Elle passa devant les policiers en saluant vaguement de la tête avec un air de conspiratrice puis alla s'enfermer avec ses copines.

Quelques instants plus tard, de l'autre côté de la

cloison, les doigts de Thérèse pianotaient à la vitesse d'une fusée sur le clavier de l'ordinateur qu'elle avait apporté avec elle, planqué dans son sac plastique de supermarché. Après diverses manipulations, elle désigna l'écran du menton, un large sourire affiché sur les lèvres.

– Comment tu as fait ?

Dans son genre, Thérèse avait le niveau d'une virtuose. La hackeuse ne prit pas la peine de répondre à Maria. La seule fois où elle avait tenté de le faire, elle avait renoncé devant les Panthères qui ne comprenaient rien à rien et posaient des questions plus stupides les unes que les autres. Seul le résultat comptait et aujourd'hui, l'important était qu'elles puissent entendre ce que les flics écoutaient sans qu'ils s'en aperçoivent.

Pour toute réponse, elle piocha un casque sans fil dans son sac publicitaire, qui parfois semblait ne pas avoir de fond, et le plaça sur ses oreilles. Maria remarqua une vilaine grimace qui défigurait le visage déjà austère de la Panthère.

– Il y a quelque chose qui cloche ?

Thérèse ne répondit pas et prit un air attentif.

– Laisse-la tranquille ! Tu sais bien qu'elle n'aime pas qu'on la dérange quand elle fait ses bidouilles, intervint Alice qui n'avait pas parlé depuis longtemps, préférant reprendre des forces.

Elles firent un grand silence pour ne pas distraire l'experte.

Autonome, car son casque ne comportait pas de fil, Thérèse se leva, ouvrit la porte du salon, et se glissa dans le dos de Moelleux sans qu'il la sente arriver. Elle s'arrêta, revint en arrière, l'air préoccupé, et recommença son drôle de pas de danse. Finalement, elle s'immobilisa, pétrifiée dans une posture inconfortable et chancelante.

– C'est marrant, quand je passe à côté de vous, il y a des interférences !

– Je suis mort de rire…, pouffa Moelleux en la découvrant en équilibre dans une étrange position qui rappelait celle d'un flamant rose au repos.

Le visage de Thérèse s'éclaira.

– J'entends chez la voisine…

Maria, de l'autre côté de la porte, fit la grimace.

– C'est justement ça qu'on veut : entendre ce qui se passe dans la maison d'en face… mais sans que les flics le sachent ! Thérèse va tout faire foirer !

– On devrait échanger nos casques ! proposa le capitaine.

– Et pourquoi donc ?

– Parce que moi, j'entends votre feuilleton télé !

Moelleux retira son casque et le lui tendit. Il se lança dans un résumé de l'épisode, à la surprise de Thérèse qui ne lui avait rien demandé.

– Vous n'avez rien raté de capital… Jeffrey a rendez-vous avec Alli…

– Allison ? fit Nadia qui rentra précipitamment dans la pièce en prenant le risque de faire capoter leur opération.

– Je ne comprends pas ce qu'il lui trouve à cette pimbêche… à part les deux obus qui détendent son tee-shirt trop court !

Moelleux comprit que Thérèse ne portait pas Allison dans son cœur.

– Comme il ne veut pas que Laura le sache, il a menti à Stéphanie.

– Steph est sortie du coma ?

Alice manquait rarement un épisode, plus pour partager les sujets de conversation avec ses copines que par véritable intérêt.

Maria resta la bouche grande ouverte devant ses amies qui n'auraient pas pu inventer pire si elles avaient décidé de tout faire échouer. Le salon virait à la foire d'empoigne, où gagnerait celle qui parlerait le plus fort.

– Oui, elle a été soignée par son médecin, répondit gravement Moelleux.

– Lord Darlington l'a sauvée ? Mais c'est pas possible, il est trop chou ! hurla Thérèse qui en oubliait le casque posé sur ses oreilles.

– Qu'est-ce que vous racontez, capitaine ?

En entendant l'intervention de Dupuis, Moelleux prit soudain conscience de ce qui arrivait. Il s'était laissé dépasser par la ferveur des Panthères. Il tenta de rectifier le tir devant le lieutenant qui, à voir son expression effarée, se demandait si son patron n'était pas mûr pour l'asile.

– Si la terre entière s'abrutit devant les mêmes inepties… c'est à désespérer de la nature humaine !

Thérèse se sentit visée par le réquisitoire de Moelleux. Elle contre-attaqua.

– Vous avez du mal à accrocher parce que vous avez loupé le début et que vous passez à côté de détails psychologiques capitaux. Nous avons affaire à une histoire plus subtile qu'elle n'en a l'air.

Maria intervint d'une voix autoritaire pour faire cesser les délires de ses copines.

– Retournez regarder votre feuilleton, la police essaie de travailler tranquillement !

Elle poussa Thérèse dans le dos, les autres suivirent, puis elle claqua la porte derrière elle. Le mur trembla, laissant Moelleux perplexe et interrogateur. Il ne s'attendait pas à ce que la plus insupportable des Panthères vienne à son secours.

En cette fin d'après-midi d'été, deux clans s'opposaient dans le pavillon d'Alice. Les hommes installés avec leur matériel d'espionnage dans la salle à manger et les femmes retranchées dans le salon. La cloison faisait office de frontière séparant les deux groupes.

Au premier jour de leur surveillance, les flics n'apprirent pas grand-chose de concret. Dan préparait quelque chose de louche. Mais quoi ? À eux de le découvrir, ils étaient payés pour répondre à cette question. Moelleux, conforté dans son intuition, jubilait.

– Ce voyou prépare un gros coup, j'en suis certain !

Le capitaine en était convaincu depuis le début et déduisait ce qui l'arrangeait de ses écoutes. Dupuis se montrait toujours aussi dubitatif : certes le couple avait évoqué des soucis d'argent, et quelques pistes pour se refaire, mais de là à imaginer qu'ils préparaient un casse…

De l'autre côté de la cloison, les filles comprirent que Moelleux leur avait menti. Le policier n'avait jamais eu pour projet d'aider une femme battue.

Elles décidèrent de s'installer sur place, chacune à tour de rôle, pour veiller au grain.

– On ne peut pas abandonner cette gamine, fit Alice.

Les Panthères approuvèrent, l'air sérieux.

8

Réveil

Ce fut au tour du lieutenant Dupuis de passer une nuit agitée à se retourner en tous sens sur le divan du salon. De peur de faire des histoires, il n'avait pas osé bivouaquer dans le fauteuil du mari de son hôte. Il avait entendu le lit craquer toute la nuit au bout du couloir. Alice n'avait pas bien dormi elle non plus.

Ces changements bouleversaient les petites manies de chacun, des habitudes se perdaient quand d'autres pointaient le nez. Alice n'avait pas eu d'homme à la maison depuis tellement longtemps.

Le lieutenant était assis à son poste de surveillance. Les jeunes en face s'étaient couchés et levés tard. Le policier avait tenté de calquer son rythme sur le leur, mais sa tentative avait échoué, il s'était réveillé aux aurores à cause des miaulements de Minnie. La chatte des voisins lui avait sauté dessus pour qu'il la nourrisse. Il lui avait répondu en l'expulsant d'un coup de pied, mais Minnie avait répliqué d'un coup de patte à la précision chirurgicale. Le lieutenant s'était traîné jusqu'à l'évier de la cuisine pour rincer la plaie qui saignait. Un profond sillon rouge lavé sous un jet d'eau fraîche. Quand il était enfant, sa mère l'avait alerté sur la dangerosité des griffures de chat, il n'existait rien de plus sournois que ces infections. Le jeune flic sourit en pensant qu'il risquait moins qu'avec une blessure de panthère.

En face, la lumière de la cuisine s'alluma. Il leva ses jumelles. Chloé apparut, se tourna un long moment dans sa direction, leurs yeux se croisèrent. Ces surveillances l'embarrassaient, de quel droit violait-il l'intimité de cette jeune femme ? Il doutait de l'implication du couple dans un délit d'importance, mais son supérieur en était persuadé, et les nombreuses affaires qu'il avait élucidées lui donnaient raison. Alors il faisait le dos rond, en misant sur l'expérience du capitaine.

Dupuis fit un mouvement en arrière. Chloé se tenait devant lui, agrandie par les lentilles, à portée de main. Un mouvement des doigts aurait suffi pour la toucher. La jeune femme mit de la musique, Dupuis augmenta le volume de sa mixette pour en profiter. Le chanteur, une pâle copie de Barry White, roucoula une complainte de sa voix chaude et grave. Elle se mit à danser langoureusement, posa ses fesses sur le bord de la table de la cuisine, ondula, pivota. Une casserole valsa, rebondit sur le sol, provoquant un vacarme du diable. Les oreilles de Dupuis sifflèrent. Il retira son casque, pas un bruit dans le pavillon d'Alice. Il se sentit bête, il était le seul à pouvoir entendre ce qui se passait en face. Il replaça ses écouteurs, les ajusta. Chloé dansait rien que pour lui. Il appréciait ce spectacle privé. Elle dégrafa son chemisier, fit glisser les bretelles de son soutien-gorge. Un sein apparut, disparut, au tour de l'autre et…

– Vous avez vite fait de joindre l'utile à l'agréable !

Le lieutenant, les joues rouges comme un poivron gorgé de soleil, retrouva une attitude professionnelle. Hypnotisé par le spectacle, il n'avait pas vu Maria arriver.

– La journée, elle reste souvent toute seule ? demanda-t-il pour se donner une contenance.

Le ton volontiers trop sérieux enleva toute crédibilité à sa demande.

– Qu'est-ce que j'en sais, j'habite pas ici !? râla Maria en retirant sa veste aux couleurs des Panthères. Et même si c'était le cas, croyez-vous que j'irais vous raconter la vie de la voisine ? Vous vous fourrez le doigt dans l'œil jusqu'au coude, mon garçon !

Maria alla s'asseoir dans le fauteuil de Marcel ; au passage, elle en profita pour lui piquer les jumelles. Le lieutenant tenta de les lui reprendre, mais elle les enfonça entre ses genoux. Dupuis, bien embarrassé, n'eut pas l'audace de les récupérer.

– Vous savez ce que ça coûte de voler le matériel de l'État ?

Toujours les mêmes menaces !

– N'imitez pas votre chef, avec vos questions idiotes. Vous n'êtes pas un méchant. En plus, je ne les vole pas, je les confisque… Je vous les rendrai quand cette créature aura passé une tenue correcte.

Maria porta les jumelles à ses yeux pour vérifier l'état vestimentaire de la voisine. Le lieutenant Dupuis ne savait pas comment réagir, si seulement Moelleux avait été là il aurait su quoi répondre à cette furie.

Le carillon de la porte d'entrée lui sauva la mise.

– C'est pour moi ! s'écria-t-il.

Il arrondit le dos, puis se redressa en douceur pour ne pas se détruire les vertèbres. Une nuit à camper lui avait déclenché d'infernales douleurs dans les lombaires. Il ne se plaignait pas, il avait connu pire au tout début de sa carrière quand il passait des nuits entières en surveillance statique dans une voiture ou, pire encore, à poireauter en plein hiver dans les courants d'air. Là, au moins, ils avaient un toit au-dessus de la tête ; et cette baraque, s'il n'y avait eu son habitante et ses encombrantes copines, lui rappelait celle de sa grand-mère à Niort où il passait ses vacances, môme, quand sa maman, mère célibataire, ne pouvait pas s'occuper de lui.

Il se frotta le ventre pour contrarier un grondement et paya le livreur. Un ado boutonneux à casquette lui apportait le ravitaillement qu'il avait commandé.

Le flic ouvrit le paquet et croqua dans un kebab dégoulinant de sauce blanche et de frites grasses. Il mourait de faim.

– C'est pas à moi que vous ferez avaler cette saloperie. Qu'est-ce qu'il va dire, votre chef ?

– Je crois qu'il se contrefout de ce que je mange.

Dupuis avala une frite molle et suintante avec satisfaction.

– Il a tort. S'il veut préserver l'efficacité de son équipe, la troupe doit avoir une bonne alimentation. Vous l'avez vu récemment ?

Avait-il vraiment besoin de lui répondre qu'il le côtoyait tous les jours ? Certainement pas ! Maria préparait une vacherie ; de toutes les Panthères, c'était celle dont il se méfiait le plus, avec l'autre qui parlait peu, la toute blanche avec sa croix autour du cou, leur surdouée en informatique, limite paranoïaque.

– Attention, si vous n'y prenez garde, vous finirez aussi bouffi que lui, à suer des litres dès que le thermomètre dépasse 10 °C.

Le lieutenant Dupuis rajusta son casque sans fil sur ses oreilles et reprit son poste de surveillance, aussi attentif et calme qu'il pouvait le laisser croire.

– Enfin, moi je dis qu'un livreur de kebab qui débarque chez une mamie, c'est quand même un peu bizarre…, persifla Maria en lui rendant les jumelles. Tenez, la starlette a terminé son show. Et s'il vous plaît, ne faites pas semblant de vous intéresser à une cuisine vide. Vous êtes pathétique.

La mégère avait raison. Il n'y avait pas pensé en commandant son kebab. Cette saleté serait bien capable de cafter. Que faire ? Il la regarda, convaincu qu'elle pensait la même chose que lui. Il réfléchit un instant. Bien sûr, il pouvait lui demander de partager un secret, mais après il serait dépendant de ses sautes d'humeur. Très peu pour lui, elle lui en faisait assez voir sans qu'il en rajoute. Il préféra se taire et croquer dans son sandwich plutôt que de dépendre de son bon vouloir. Le mal était fait, autant porter sa croix jusqu'au bout ; en plus, il avait trop faim. Il se convainquit que les commandes à emporter n'étaient pas réservées aux jeunes. Une vieille pouvait aussi bien le faire que lui. Choisir un kebab, c'était moins sûr.

Maria le surprit en ouvrant la fenêtre en grand. Le lieutenant la regarda faire, halluciné.

– Refermez immédiatement, vous allez nous faire repérer !

– Holà mollo, jeune homme ! Je ferme à la condition expresse que vous remballiez votre saloperie qui pue et qui tue ! Je vous conseille d'être vigilant avec le cholestérol et les graisses saturées qui pullulent dans cette cochonnerie. Pour tenir jusqu'à mon âge, il faut manger sain.

Dupuis avala une bouchée sans respirer. Il exagéra sa satisfaction par pure provocation. Maria n'en avait pas terminé.

– Vous êtes encore jeune, vous ne vous rendez pas compte de ce qui vous attend. Vous verrez : c'est pas rose tous les jours, la vie des… (Elle hésita.)… des gens comme nous.

Maria avait horreur d'employer l'expression « personnes âgées ». Elle se sentait comme une traîtresse à sa propre cause.

– Je n'ai pas besoin de vous pour savoir ce que c'est de vieillir ! Ce matin, par exemple, j'ai mal partout…, fit-il en grimaçant, les mains sur les hanches.

Il ne bluffait pas, cette nuit passée à se retourner sur le canapé lui avait détruit la colonne. Il souffrait le martyre.

– Évidemment, vous dormez n'importe où, répliqua-t-elle en souriant vers le siège qui, comme sa propriétaire, n'était plus de toute première jeunesse. Quand vous n'aurez plus mal nulle part, attention : c'est que vous serez mort !

Le lieutenant se sentit obligé de se justifier.

– Je n'ai pas eu un moment pour manger.

– Vous ne pouvez vous en prendre qu'à vous si vous menez une existence de patachon !

– Je vis comme je veux… plutôt comme je peux… Mon travail passe avant toute chose. Alors, ne me prenez pas la tête avec vos conseils à la noix. J'ai passé l'âge d'écouter vos leçons de morale. Vous n'êtes ni ma mère ni…

– Votre grand-mère ?

Dupuis n'aurait pas osé, c'était un garçon trop bien élevé pour se mesurer à cette harpie. Maria profita de ce moment de flottement pour le surprendre. Elle se précipita vers la table, où il avait posé son kebab, et poussa le sandwich qui tomba et s'éparpilla par terre.

– Qu'est-ce que vous faites ?

Il se penchait pour récupérer son bien.

– J'élimine le danger, j'éradique la source de nuisance. J'œuvre pour le salut public ! (Elle se pinçait le nez avec l'index et le pouce.) Et encore, je ne vous parle pas de la puanteur.

Dupuis sentait la colère monter en lui.

– Vous venez de me faire perdre 7,50 euros, c'est pas très malin…

– Oh, doucement, le fonctionnaire ! Vous n'allez pas appeler à la grève pour si peu ! Gardez votre colère pour une cause plus noble ! La faim dans le monde, par exemple ! Je travaille pour le bien collectif, j'investis dans le futur. Dans dix ans, la Sécurité sociale me remerciera… par contumace parce que pour moi, survivre une décennie supplémentaire, c'est de l'ordre de la science fiction.

L'arrivée d'Alice clôtura la joute verbale. Notre mamie était pomponnée, maquillée, parfumée. Une nouvelle Alice se présentait devant eux. Le lieutenant Dupuis reconnut la senteur obsédante qui auréolait sa grand-mère de Niort les jours de fête. Alice avait eu la main lourde sur l'eau de Cologne Mont-Saint-Michel.

– Zut, vous venez de nettoyer et c'est déjà tout sale.

– Le jeune homme va s'en occuper, décréta Maria en montrant les restes d'agneau et de sauce blanche qui adhéraient au parquet. Il est encore fébrile et maladroit, il ne contrôle pas sa fougue.

– Dommage de gâcher un kebab, regretta Alice. Moi qui adore ça !

Dupuis n'en croyait pas ses oreilles : pour la première fois, il croisait une vieille qui partageait ses goûts culinaires. Maria jeta un coup d'œil à sa montre.

– Faudrait pas s'endormir. Jacqueline doit poireauter devant le pavillon. Si on tarde, elle va sonner, et si elle croise ce monsieur dans tes appartements, elle va lancer la machine à commérages…

Maria attrapa sa veste panthère.

– Tu sors la voiture, je vais la faire patienter.

Elle leur fit un clin d'œil complice avant de sortir. Au moins, elles œuvraient pour qu'on ne les découvre pas en faction, pensa le lieutenant. Alice en profita pour disparaître dans les escaliers qui menaient au sous-sol.

Dupuis se retrouva seul. Il reporta son attention sur le parking. Une nouvelle mamie discutait avec Maria, de petite taille, voûtée, avec un cabas à roulettes en guise de déambulateur.

Alice sortit de son garage au volant d'une imposante R25 Baccara. Un modèle que le jeune flic n'avait encore jamais vu. La dénommée Jacqueline tendit un billet avant de se hisser dans la voiture. Alice rangea l'argent dans la boîte à gants en regardant furtivement dans la direction du policier, comme si elle voulait vérifier qu'il ne l'espionnait pas. Dupuis se recula par réflexe.

La nouvelle mamie payait son ticket comme si elle prenait son bus direction le centre-ville.

Qu'est-ce que trafiquaient ces vieilles ?

9

L'hyper

L'habitacle en Alcantara de la Renault 25 Baccara enveloppait douillettement Jacqueline et les deux Panthères. La voiture gris tungstène métallisé, avec son double filet latéral doré sur le côté, respirait le neuf. Alice l'entretenait avec délicatesse depuis la mort de son mari.

– Maintenant que vous êtes des stars, je ne sais pas si je suis encore autorisée à vous parler, déclara Jacqueline, mi-sérieuse, mi-blagueuse.

– N'exagère pas, répliqua Maria.

– Ce week-end, mes petits-enfants m'ont demandé si je connaissais les célèbres Panthères grises. Tu te rends compte, des mômes, même pas trente ans ? Les Panthères par-ci, les Panthères par-là ! LES PANTHÈRES RÉSOLVENT UNE ENQUÊTE POLICIÈRE, en gras, sur quatre colonnes à la une. Si t'es pas une célébrité quand tu passes dans le journal, qu'est-ce que t'es ?

– Arrête, il y avait un article en page intérieure à côté des recettes de cuisine, c'est tout. T'exagères, pas la peine d'en faire un plat ! rectifia Alice en s'engageant dans la circulation encore fluide à cette heure de la matinée.

– Je pourrais vous demander un autographe, pour faire plaisir à mes petites-filles… ou un selfie, c'est plus moderne.

– Il faudrait déjà que tu aies un téléphone qui fasse des photos ! se moqua Maria.

Jacqueline se mit à fouiller frénétiquement dans son sac à main.

– Où est-ce que je l'ai rangé ? Vous allez voir, c'est le dernier cri, les petits me l'ont offert pour la fête des Grands-mères.

– Fous pas le bazar dans ton baise-en-ville, on te croit sur parole, glapit Maria.

– Si on écoute les journalistes, on a tout fait nous-mêmes. On a eu de la chance, un point c'est tout, relativisa Alice.

Jacqueline fut prise d'une soudaine angoisse qui la fit paniquer.

– Dis donc, avec ta nouvelle notoriété, tu ne vas pas arrêter le taxi ? Parce que nous on va faire comment, si tu nous abandonnes ? Je ne me vois pas prendre le bus chargée comme une mule avec mon lumbago qui me fait souffrir dès que je porte un sac.

Alice lui lança un regard interrogateur dans la glace du rétroviseur.

– Pourquoi j'arrêterais ?

– Si j'étais une star, je ne me fatiguerais plus à faire le taxi pour des mémés.

– Je rencontre des gens. On papote…

– C'est une raison de plus pour continuer, ça va faire de la pub, rebondit Maria pour rassurer la cliente.

Cet argument eut l'effet inverse sur Jacqueline.

– Me dis pas que tu vas en profiter pour augmenter tes tarifs, maintenant que tu es à la mode ?

Alice soupçonnait Jacqueline d'être radine mais là, en plus d'être près de ses sous, elle devenait carrément pénible. Elle essayait systématiquement de partager la course avec une autre mamie du quartier pour alléger sa note.

– Et Maria, elle paie plein tarif ?

– Y a une réduction pour les Panthères grises, répliqua la conductrice qui s'agaçait de ses remarques.

Jacqueline réfléchit longuement, comme si elle hésitait avant de demander :

– On fait comment pour devenir une Panthère ? Il faut remplir un formulaire, s'habiller comme vous, expliquez-moi, soyez pas vaches !

Alice et Maria échangèrent un rictus méfiant.

– Regardez, j'ai déjà commencé.

Jacqueline dégrafa un bouton de son gilet pour découvrir un tee-shirt aux couleurs des Panthères.

– Je l'ai trouvé sur le catalogue de La Redoute, il y a tout ce qu'on veut là-dedans, c'est fou !

– Si toutes les femmes du quartier suivent ton exemple, on va lancer une nouvelle mode.

– Tiens, c'est pas bête ! On pourrait ouvrir un commerce, Aux Panthères grises, la boutique officielle.

– Et pourquoi pas une chaîne de magasins franchisés ? fit Maria.

Leur passagère sauta sur l'occasion, elle avait été gérante d'une boutique de mode toute sa vie active.

– Si c'est pas une super idée que t'as là ! T'es géniale ! Tu te rends compte ? On pourrait vendre des mugs, des serviettes, je ne sais quoi encore, le tout avec un chouette logo… Il reste à trouver une phrase-choc, l'accroche qui tue, une punchline comme disent les jeunes aujourd'hui, genre : « Avec les Panthères, entrez dans une nouvelle ère ! »

Elle avait peut-être perdu son téléphone, mais elle ne perdait pas le nord, la Jacqueline.

Pendant leurs courses, Alice et Maria profitèrent de ce que Jacqueline se dirigeait vers les plats cuisinés pour s'éclipser au rayon produits d'entretien.

Les deux Panthères n'avaient rien de particulier à acheter, elles faisaient chariot commun dans les allées de l'hypermarché. Elles profitèrent de l'occasion pour papoter et faire le point à l'abri des oreilles indiscrètes de leur embarrassante cliente.

– Le gros Moelleux nous a bien enflées, attaqua Maria, il s'intéresse à tes voisins uniquement s'ils le mènent à un gros poisson. Les baffes que se prend notre copine, il s'en contrefout !

– Je ne vois pas Chloé tremper là-dedans…

– La gamine peut-être pas, mais son mec il a le profil pour finir dans les pages faits divers.

– Tu vas pas t'y mettre, toi aussi ?

– Tu trouves qu'il a le CV pour faire prof de maths ?

– T'as des préjugés…, déclara Alice sans trop y croire.

Maria préféra hausser les épaules et changer de sujet.

– Il faut qu'on finisse de ranger ton pavillon, on est pas allées très loin l'autre jour avec l'arrivée des flics. Je vais te filer un coup de main. On ne peut pas le laisser dans cet état, en plus tes invités-surprises qui font du camping ne vont rien arranger. Tu as vu ? À peine arrivés, ils foutent du kebab partout !

– T'étais pas aussi exigeante quand t'étais à mon service. Qu'est-ce qui t'arrive, tu cherches à te faire réembaucher ?

– C'est malin…

– Il y a assez de monde chez moi comme ça, reprit Alice plus sérieusement. J'ai l'habitude de vivre seule, tout ce passage me perturbe. Je finirai de nettoyer moi-même.

– Parce que tu t'y connais en ménage maintenant ? Quand je bossais chez toi, tu savais donner des ordres, mais pour le reste…

Alice ne releva pas la vacherie, elle continua sa balade

dans les allées comme une touriste se promène dans la rue piétonne d'une cité balnéaire. Elle flânait sans rien acheter en profitant de l'air frais libéré par les armoires frigorifiques.

– Quand je pense à ce connard… (Maria tournait en boucle et s'énervait toute seule en serrant la poignée du caddie.) Ce salopard recommencera à la frapper, c'est couru d'avance… Les flics se foutent de la gamine comme de leur première contravention. Les fleurs pourriront sur sa tombe avant qu'ils se décident à agir.

– T'exagères…

– Le capitaine Moelleux est obnubilé par son avancement. Le calvaire d'une gosse, il s'en contrefout. Comme si nos Bonnie and Clyde du dimanche préparaient un hold-up. Il prend ses désirs pour des réalités pour récolter la gloire et la médaille en chocolat qui va avec.

Alice en avait assez entendu, sa copine radotait, elle marmonna une réponse inintelligible et posa un paquet de produit d'entretien dans son caddie vide. Maria, accrochée à ses talons, le ressortit aussitôt.

– Qu'est-ce que tu espères laver avec ça ?

Alice le reprit des mains de son ex-femme de ménage et le replaça dans le chariot.

– C'est bio.

– T'es bio, maintenant ?

– Notre génération doit donner l'exemple.

– Pour le temps qu'il nous reste à laver…

– Et alors, c'est l'intention qui compte, il n'est jamais trop tard pour s'y mettre !

Alice haussa les épaules et se dirigea vers les étals de légumes… bio.

– Arrête de râler, t'es fatigante à la longue. Viens, on va acheter du frais pour nos invités…, fit Alice en clignant de l'œil.

Maria comprit l'astuce en découvrant Jacqueline qui approchait les oreilles grandes ouvertes.

– Où vous étiez ? Je ne vous trouvais plus… J'ai entendu, vous avez des invités ?

– Oui… ça va les changer du kebab.

– Vous leur faites manger des kebabs ?

En plus d'être radine, Jacqueline était curieuse.

– Pourquoi, t'aimes pas ? Moi j'adore, c'est gavé de matières grasses, de la vraie nourriture roborative de Panthères !

Les moqueries d'Alice firent mouche.

– Alors, si c'est recommandé par les Panthères…

Jacqueline aurait fait n'importe quoi pour faire partie du club.

– Au secours !

Des invectives provenant du bout de l'allée interrompirent leur conversation. Alice reconnut la silhouette qui s'agitait.

– C'est pas notre nouvelle voisine, là-bas ? Qu'est-ce qu'elle fabrique ?

Chloé s'embrouillait avec un vigile.

– Te gêne pas, connard, fous-moi la main au cul !

Les hurlements de la jeune femme alertaient les consommateurs qui tournaient la tête en direction du vacarme.

– Il me pelote les fesses, le gros dégueu ! Au secours, aidez-moi !

Les clients dévisagèrent le vigile, qui s'écarta de Chloé pour ne pas être accusé d'attouchements sur une cliente.

– Je… J'ai jamais…, bafouilla-t-il en montrant ses mains ouvertes paumes en avant pour s'innocenter.

Maria accourut en poussant le caddie à la manière d'un bélier utilisé pour enfoncer la porte d'un pont-levis. Jacqueline ne la lâchait pas d'une semelle. Alice suivait en boitillant à cause de son pansement au pied qui la gênait.

– On aura tout vu ! Un con à la maison lui suffit pas, il faut qu'elle tombe sur un autre spécimen en faisant ses courses. Elle a vraiment pas de chance, cette gosse !

Maria prit immédiatement la défense de Chloé. Elle appuya son chariot contre le ventre du vigile pour le tenir à distance et l'empêcher de nuire.

– Dis donc, gros dégueulasse, faudrait pas te croire tout permis !

– Je ne fais que mon travail… Cette dame est une voleuse !

– On la connaît cette petite, c'est notre voisine…

Jacqueline arrivait en déboutonnant son gilet pour exhiber son tee-shirt panthère.

– Ouais, on la connaît, répéta Jacqueline qui ne l'avait jamais autant vue de sa vie qu'à cet instant.

Chloé se garda bien de montrer qu'elle reconnaissait Alice et Maria.

– Merci, madame… Si vous n'aviez pas été là, je ne sais pas ce que ce salaud aurait fait…

Profitant de la confusion, Chloé abandonna les achats qu'elle cachait derrière son dos dans le caddie des Panthères. Elle avait agi avec une dextérité qui trahissait une certaine habitude de la fauche. Alice fit celle qui n'avait rien vu. Maria et le vigile, occupés à se tenir tête, ne remarquèrent rien de spécial, et Jacqueline avait attrapé le bas de la veste du gars et tirait à faire craquer le tissu.

– Faites vos excuses à la demoiselle…, insista Maria.

– C'est elle qui va me suivre, elle s'expliquera avec la police.

– C'est ce qu'on va voir, hurla Jacqueline, qui vivait cette querelle comme un rite de passage, s'imaginant que cette empoignade lui permettrait d'intégrer le club très fermé des célèbres Panthères grises.

Chloé n'attendit pas et disparut au bout de l'allée ; le vigile, pris en étau entre le caddie de Maria et la fureur de Jacqueline, en bavait pour se dégager. Finalement, il poussa l'engin qui roula en marche arrière. Dégagé du piège qui l'immobilisait, il sprinta à la poursuite de la jeune voleuse, en tentant de combler son retard.

– Hep, revenez par là !

– Il ne pense même pas à s'excuser, celui-là !

– Vous avez vu comment on l'a mis en déroute, la femmelette ?

– Jacqueline !!!

Pour une fois, ce n'était pas Maria qui se faisait houspiller pour son vocabulaire peu consensuel.

– Il a fui sans demander son reste, le pervers. Après une action d'éclat de cette envergure, j'ai bien mérité de faire partie des Panthères, non ?

En découvrant leur tête circonspecte, Jacqueline se douta que ce n'était pas encore gagné.

– Soyez pas vaches, qu'est-ce que j'ai fait de mal… dit de mal ?

Plus tard, Alice disposait ses légumes frais sur le tapis roulant à la caisse de l'hypermarché tandis que Maria continuait sur la lancée de l'altercation.

– Si on n'est pas solidaires entre bonnes femmes, rien ne les arrêtera. Tous des porcs !

– Bien dit, acquiesça Jacqueline, qui croyait son intégration encore possible.

La caissière glissa sous le lecteur optique les aliments

hors de prix que Chloé avait déposés en douce dans le caddie d'Alice.

Maria s'en apercevait seulement maintenant.

– C'est nouveau, t'as des goûts de luxe sur le tard ? Caviar, miettes de crabe, je ne t'ai pas vue les prendre… Et ce truc, c'est quoi ?

Jacqueline le reconnut avant les autres.

– C'est un test de grossesse, ma petite-fille en a acheté un à la pharmacie, c'est bien pratique. Tu fais pipi dessus et hop, la couleur change. Tu sais tout de suite si t'es enceinte ou pas ! C'est autre chose qu'à notre époque. Je me rappelle pour Liliane, ma première…

Maria, imperméable aux anecdotes de Jacqueline, intervint avant que le test ne passe en caisse.

– Hep ! Hep ! Hep ! Y a erreur… Vous nous avez bien regardées, mademoiselle ?

La caissière leva la tête sans comprendre. Elle avait beau observer avec attention ces trois mamies, elle ne leur trouvait rien de spécial, les habituelles grincheuses et leurs éternels motifs de mécontentement.

– Rien ne vous choque ?

La fille fit une lippe qui l'enlaidit.

– Vous ne trouvez pas qu'on a passé l'âge ?

La caissière blasée n'avait pas d'avis ou – plus exactement – sa direction lui interdisait d'en exprimer un dans l'enceinte du magasin, ce qui dans ce cas précis l'arrangeait bien. Elle écarta le test, et poursuivit son travail de robot sans prendre la peine de répondre.

– Laissez, je le prends.

Alice avait décidé de l'acheter.

– Faudrait savoir ce que vous voulez.

– N'importe quoi ! s'insurgea Maria qui ne comprenait pas son obstination. T'as peur d'attraper un polichinelle dans le tiroir ?

Les clients, dans la queue, perdaient patience. Jacqueline alimenta le débat.

– Il y a une grand-mère qui est tombée enceinte en Chine, je l'ai vue au journal de la télé, plus de 70 ans à ce qu'il paraît, je croyais que c'était impossible.

Bientôt un débat passionné autour des grossesses tardives, mêmes très tardives, et de la politique expansionniste de l'empire du Milieu se développa dans la queue de la caisse numéro 11.

– On fait quoi avec ça ? demanda la caissière sans esquisser le moindre sourire.

Maria se pencha sur sa copine et lui parla à l'oreille, retrouvant l'œil pétillant et le rictus égrillard qui ne la quittaient jamais bien longtemps.

– Pour rester dans le même registre, tu aurais pu prendre des capotes, au moins c'est utile contre les MST. J'ai entendu dire que ça circulait dans les EHPAD.

Alice fit semblant de ne pas comprendre, ce qui lui évita de s'offusquer.

– Vous avez la carte du magasin ? fit la caissière en guise de conclusion.

Les deux l'avaient, la troisième aussi. Trop tard pour

Jacqueline, l'employée avait déjà scanné celle de Maria. Jacqueline rangea la sienne en grimaçant, elle ne récupérerait pas les points fidélité. Dommage, car Alice avait acheté des produits chers qui rapportaient un maximum de bonus.

10

Agence matrimoniale

Alice et Maria rentrèrent au pavillon après s'être débarrassées de Jacqueline. La radine insistait encore pour faire partie des Panthères grises, debout devant sa résidence, ses commissions et ses espoirs avachis à ses pieds.

– Elle espère qu'on va lui faire remplir un formulaire d'inscription, on est pas à la Poste, railla Maria.

La candidate rapetissait dans le rétroviseur.

Intégrer les Panthères ne se décrétait pas, mais se méritait.

De retour chez Alice, elles découvrirent le lieutenant Dupuis en pleine intervention d'urgence. L'évier de la cuisine glougloutait et débordait, de toute évidence bouché.

– Non, pas ça, se désola Alice en découvrant le désastre.

Nadia les rassura sur-le-champ, avec l'air satisfait de celle qui a assuré en leur absence.

– J'ai demandé l'aide du lieutenant, l'affaire est entre de bonnes mains.

Les restes de kebab avaient disparu, Nadia avait fait preuve d'une redoutable efficacité pendant leur passage au supermarché. Le pavillon resplendissait, propre comme un sou neuf.

– C'est trop beau, j'ai l'impression que tu vas le mettre en vente, annonça Maria.

– C'est malin, grogna Alice, fort mécontente à l'évocation de cette idée.

Les Panthères déchargèrent les courses sur la table de la cuisine : des légumes, des fruits, que des bonnes choses, saines, naturelles. Une pomme roula sous l'évier et termina sa course sous les fesses du lieutenant Dupuis qui s'escrimait, la tête enfouie au milieu des tuyaux d'évacuation.

Nadia s'étonna de découvrir des boîtes de miettes de crabe et du saumon fumé perdus au milieu de cette avalanche de marchandises estampillées bio.

Alice récupéra les intrus en vitesse et les mit de côté.

– C'est pour une cliente… Elle m'a passé une commande… par téléphone…

Même si personne ne lui demandait rien, Alice se méfiait particulièrement du lieutenant Dupuis qui venait d'émerger des profondeurs de la canalisation.

– Elle ne peut pas faire ses courses, se justifia-t-elle. Elle a du mal à marcher. Il faut bien s'entraider à nos âges, vous verrez.

– « Vous verrez » ! Elles n'ont que ce mot à la bouche, ronchonna le policier. (En attendant, il leva les sourcils, attrapa une pince multiprise.) J'ai trouvé une caisse à outils dans votre garage. Ne vous inquiétez pas, je rangerai tout.

Dupuis restait sur ses gardes, il craignait une attaque en règle de Maria.

La suite lui donna raison.

– C'est toujours mieux que de perdre sa journée à regarder la fenêtre d'en face où il ne se passe pas grand-chose de palpitant pour votre enquête, n'est-ce pas ? fit la Panthère.

Le lieutenant disparut sous l'évier.

– Ouvrez le robinet en grand. C'est bien beau de faire les courses si vous ne pouvez pas cuisiner.

Le plombier amateur voulait vérifier si sa réparation tenait.

– Et merde ! Putain de saloperie de connerie de truc de merde à la con, fait chier !

Son bricolage montrait ses failles, au contraire de Maria qui tenait une forme éclatante.

– C'est dingue comme les hommes peuvent être grossiers quand ils bricolent… comme si c'était un processus indispensable pour activer leurs neurones.

Le lieutenant réapparut, trempé. La fuite l'avait douché. Il se frictionna avec le torchon que lui tendit Nadia, toujours prête à rendre service.

– Exactement comme quand ils font l'amour !

Maria aimait faire profiter de ses souvenirs en la matière.

– Qu'est-ce que vous dites ?

– Je dis que le sexe, c'est comme le bricolage : sans les gros mots, ça marche tout de suite moins bien !

– Maria ! fit le chœur des Panthères effarouchées.

Le lieutenant disparut à nouveau en secouant la tête d'effarement. Les Panthères n'eurent plus de nouvelles de lui pendant de longues minutes, puis elles le revirent, triomphant, la tête émergeant comme un diable de sa boîte.

– Tenez, c'est réparé, c'était juste un putain de joint !

– Y a pas à dire, un homme à la maison peut parfois s'avérer utile… Par contre, les vulgarités ne me semblaient pas indispensables.

– Désolé, c'est sorti tout seul.

Le flic secoua la tête en s'entendant parler. Pourquoi se justifiait-il devant cette mégère ? Il retourna au calme, sous l'évier, pour ne pas provoquer une nouvelle remarque de Maria. Inutile, la Panthère ne savait pas s'arrêter, elle avait en permanence quelque chose à rajouter.

– Le plus compliqué, c'est de s'en débarrasser !

La voix caverneuse du plombier résonna du fond de sa cachette.

– Il faudrait revoir vos canalisations.

– Elles sont comme la propriétaire : à moitié bouchées, blagua Maria en tapotant les épaules d'Alice avant qu'elle n'en prenne ombrage.

Le lieutenant se demandait s'il allait ressortir de la moiteur de ces tuyaux d'évacuation. Malgré l'odeur, la situation était préférable à une confrontation avec cette satanée Panthère qui avait toujours quelque chose à dire, de préférence de désagréable. Il attendit qu'elle s'éloigne, il voyait leurs pieds et pouvait les reconnaître à leurs chaussures. Nadia arborait des bottes en caoutchouc imitation panthère, idéales en cas de fuite d'eau comme aujourd'hui. Alice était sortie faire ses courses et au retour avait chaussé ses pantoufles tachetées, seule Maria portait des mocassins marron, des plus classiques pour une fois.

Dès que le champ se dégagea, le lieutenant Dupuis, qui venait de resserrer le siphon avec une pince, émergea, et sursauta de surprise. Cette fois, il tomba nez à nez avec Chloé, la fille qu'il était chargé de surveiller. La voisine s'étonna de la présence du « fils prodigue » d'Alice.

– Vous êtes encore là ?

– Je… je viens d'arriver. Je n'habite pas loin, c'est pratique, maman m'a appelé à cause d'une fuite, improvisa-t-il.

Devant la moue incrédule de Chloé et celle étonnée des Panthères de retour dans la cuisine, il repensa à la start-up qui était censée lui rapporter une petite fortune.

– La plomberie, c'est un hobby qui me change de… de l'informatique… J'ai l'esprit libéré quand… je travaille avec mes mains.

Le jeune flic, à moitié convaincu par ses propres arguments, hésita à replonger sous l'évier pour cacher son visage rougissant.

– Formidable, on a besoin d'un plombier chez mémé Juju parce que… c'est pas de première jeunesse par là-bas. Y a des fuites. Mon mec, il est pas bricoleur pour un sou, c'est pas un manuel, mais il a d'autres qualités… Vous aussi, peut-être…

L'allusion de Chloé rendit Dupuis paranoïaque. Il prenait cette remarque pour une référence à son boulot de flic.

Chloé ne pipa mot sur l'esclandre avec le vigile, ce qui laissa Maria silencieuse. Pour une fois qu'elle ne sortait pas une méchanceté ! Le répit fut de courte durée.

– On vous a vue à…

La Panthère essaya de lancer la voisine sur la bagarre à l'hypermarché, mais Alice la retint en lui balançant un coup de chausson dans le tibia. Maria comprit le message et se tut.

C'est à ce moment que Peggy arriva. Toujours aussi belle, aussi black, couverte de son éternel imper jaune même en plein été. Elle se tint tout de suite sur ses gardes en surprenant Chloé et Dupuis qui plaisantaient comme de bons copains. Cette promiscuité lui déplaisait ; son

Jean-Claude, même si elle s'amusait à jouer au chat et à la souris avec ses sentiments, était quand même son prétendant attitré. Voir une autre femme, plus jeune et franchement super jolie, lui tourner autour provoqua une poussée de boutons instantanée sur son joli visage.

– Alors comme ça c'est vrai : vous comptez vraiment passer votre vie ici ?

Dupuis lui adressa un clin d'œil complice.

– Quelque temps seulement.

Peggy répliqua par son sourire le plus triomphant. Elle allait gaffer au sujet du lieutenant quand Maria la présenta comme la femme du policier, plus exactement comme l'épouse du fils informaticien d'Alice. Peggy, par son attitude ouvertement jalouse, lui facilitait la tâche.

– Ils se vouvoient entre mari et femme, souffla Maria à l'oreille de Chloé. C'est pour faire chic… Depuis qu'ils sont riches, ils se la pètent. Ils abusent du « vous », du « ma chère ». L'argent, c'est violent…

Chloé était bluffée mais néanmoins sceptique devant le drôle de couple. Peggy, face à l'absence de réaction de Dupuis et à l'étonnement de Chloé, avait vite compris qu'elle allait tout faire rater, et démasquer le policier, si elle n'entreprenait rien de plus convaincant… sur-le-champ.

Avec les hommes, il faut faire le premier pas. Peggy était encore novice mais sa courte expérience de la vie lui avait appris que souvent, c'étaient les pires individus qui prenaient des initiatives, les autres, il fallait les pousser un peu, voire beaucoup. Elle réagit à une impulsion soudaine, chopa « son » Jean-Claude par la taille et se colla contre lui, ventre contre ventre, lèvres contre lèvres, langue contre langue, pour l'embrasser langoureusement. « Lui rouler une pelle », aurait dit Maria qui préféra rester consensuelle, et constater :

– C'est un couple très tactile.

Alice et Nadia avaient observé les tourtereaux se tourner autour pendant des semaines. Quand l'un des deux amoureux prenait l'initiative, l'autre reculait. Je t'aime, moi non plus. Chabada-bada !

– Il va couler de l'eau sous les ponts avant qu'ils nous fassent un petit, s'était désolée Maria, désabusée par cette parade nuptiale interminable.

Cette fois, la Panthère attendit que leurs deux bouches se détachent pour planter une banderille.

– C'est gentil de réparer la plomberie de ta mère, Jean-Claude, mais maintenant faudrait songer à la peinture. Il fait vieillot, ce jaune pipi de chat… (Elle se tourna vers Alice en lui donnant un léger coup de coude.) Ton fils pourrait passer un coup de peinture pendant qu'il est là. Qu'est-ce que tu en penses ? Vert, par exemple, c'est printanier.

Le lieutenant Dupuis fusilla Maria du regard. Qu'est-ce que cette folle allait encore inventer ? Cette histoire de mariage ne lui suffisait pas ? La situation était bien assez délicate sans en rajouter une couche. Il ne manquerait plus que le capitaine Moelleux déboule et s'en mêle. Il sentit les doigts frais de Peggy enserrer les siens et regretta de ne pas s'être mieux essuyé après avoir tripatouillé le siphon couvert de gras.

– J'ai beaucoup entendu parler de vous, relança Chloé en enviant le couple d'amoureux comme au premier jour. J'ai profité de votre absence à l'anniversaire d'Alice pour enfiler votre panoplie de Panthère.

– Je n'ai pas pu me libérer... Le... les... nos enfants, improvisa Peggy, fraîchement intronisée maman et épouse.

– Nos enfants..., s'étouffa Dupuis, qui réussit à reprendre sa liberté en se dégageant d'un discret mais puissant mouvement de hanches.

– J'ai rapporté la tenue de Panthère, annonça Chloé qui profita de la manœuvre de Dupuis pour se rapprocher de Peggy et confier d'un air coquin : Vous allez voir : les hommes, ça les rend dingues. Le mien, je ne le tenais plus... Tenez, je l'ai lavée... C'est pas pour ce que je l'ai gardée sur moi.

Peggy découvrit avec effroi le short tout mini et le reste méga-petit. Comment cette fille avait-elle pu se glisser dans cet accoutrement ?

– Heu merci, fit-elle, au bord de l'asphyxie.

– Qu'est-ce que vous faites comme travail ? demanda Chloé en montrant les dossiers que Peggy avait avec elle.

La professeure de théâtre venait leur proposer de nouvelles pièces, un choix de comédies pour rendre le sourire à Alice.

– Je donne des cours de théâtre…

– Ma femme travaille pour le plaisir, c'est un hobby, intervint Dupuis.

Pourquoi la femme d'un richissime startupeur s'abaisserait-elle à travailler ?

– Je suis bénévole au conservatoire municipal, et accessoirement, je fais travailler ces dames. Je leur enseigne l'art de la comédie. L'année dernière, nous avons monté *Roméo et Juliette.*

– Moi, mon rêve serait de jouer dans une émission de téléréalité. J'ai passé des castings mais… je les ai tous ratés. C'est favoritisme et compagnie dans ce milieu… Plus tard, j'aimerais animer ma propre chaîne YouTube sur Internet. Vous pourriez m'aider en me donnant des conseils.

Peggy ne s'attendait pas à cette demande.

– Heu… oui, c'est envisageable… Enfin tout dépendra de mon emploi du temps.

– En ce qui concerne le mien, je suis très dispo.

Chloé avait pris pour prétexte de rapporter la robe de chambre et la tenue de Panthère de Peggy pour récupérer ses miettes de crabe et le reste de ses courses. Alice les échangea contre son vieux vêtement.

Avant de partir, elle la rattrapa devant la porte

d'entrée, à l'écart de ses copines et du policier restés dans la cuisine.

– Tu oublies quelque chose.

– Vous devez vous tromper, j'ai jamais acheté ce truc.

Chloé disparut, laissant Alice le test de grossesse à la main.

Quand la Panthère retrouva les autres, le lieutenant Dupuis pestait contre l'attitude surprenante de Peggy.

– C'était pas la peine de m'embrasser devant tout le monde.

– Dans votre jargon, vous appelez ce genre d'élément un alibi. En vous enlaçant, je justifie votre nouvelle identité.

– Vous avez une drôle de manière d'enlacer, constata le lieutenant en repensant à la douceur de son baiser.

– Adieu le policier et bienvenue au mari de Peggy, fils riche comme Crésus d'Alice, la modeste retraitée.

Maria déclinait la récente généalogie du lieutenant avec l'emphase d'un commentateur de mariages royaux.

– Bientôt nous serons invités au baptême des charmants bambins.

– N'importe quoi ! protesta le lieutenant.

– Grâce aux Panthères, vous vous en êtes encore sorti. Je ne sais pas ce que vous feriez si nous n'étions pas là, affirma Maria.

Le policier s'abstint de répondre. Très perturbé par le baiser de Peggy, il ne savait plus quoi penser. Était-ce purement professionnel ? Peggy l'avait-elle embrassé pour lui sauver la mise comme elle l'affirmait ou pour lui déclarer sa passion ? Les lèvres de la jeune professeure de théâtre avaient un goût délicieux. Le souvenir de sa langue l'excitait. Il aurait bien renouvelé l'expérience. Il se reprit et, en bon professionnel qu'il était, retrouva son poste de travail.

Boulot, boulot.

Les Panthères prirent place autour de la table de la cuisine et attaquèrent la pluche de légumes. Peggy lança le débat sur l'éventuelle complicité de Chloé avec Dan.

– Impossible, elle est trop bête.

– Tu l'as à peine vue un quart d'heure, protesta Alice qui trouvait son jugement expéditif.

– Tu t'énerves parce que tu crèves de jalousie, t'as peur qu'elle te pique ton Jean-Claude ?

Maria lisait dans son jeu comme dans un livre déchiré. Peggy ne contesta pas ; depuis que la voisine était partie, elle faisait tout son possible pour la dévaloriser. Elle jeta un œil en direction du policier qui avait repris sa surveillance avec trop d'opiniâtreté à son goût.

– Il est en train de la mater, j'en suis certaine.

Peggy insista en forçant la voix pour décourager le flic qui les écoutait discuter, même s'il faisait son possible pour être discret.

– Cette gamine est trop bécasse et superficielle pour être complice de quoi que ce soit. « Je vais animer ma chaîne YouTube», glousa-t-elle en livrant une imitation qui fit rire ses élèves.

Nadia ne partageait pas la bonne humeur générale. Son option ? Mettre Chloé dans la confidence. Elle souffla sa suggestion à faible volume pour ne pas se faire entendre du lieutenant Dupuis.

– Si on lui explique pourquoi la police les surveille, ils vont tout annuler : pas de hold-up, pas de violence, et la vie reprend son cours normal. J'en ai assez de mentir. Cette petiote, c'est le dindon d'une farce qui risque de mal terminer.

– Une magnifique petite dinde que certains aimeraient se farcir, suivez mon regard !

Pour une fois, c'est Peggy qui déclencha les cris outrés des Panthères. Nadia, imperturbable, continua sur sa lancée. Elle pensait que trouver un travail à cette crapule de Dan lui permettrait de ne pas se laisser entraîner sur une mauvaise pente.

– Il a besoin d'argent, mais de là à chercher un boulot, tempéra Maria.

– Le travail, c'est la santé. C'est quand on ne fait rien que nous viennent des idées bizarres. Moi, depuis que je suis à la retraite, je pense à la mort, avoua Alice.

– Arrête, ensemble nous sommes insubmersibles.

– Panthères un jour…

– Panthères toujours !

Alice était la seule à ne pas avoir participé à leur cri de guerre.

– Tu es bien silencieuse ? s'inquiéta Nadia en l'observant du coin de l'œil.

Alice imaginait mal Chloé s'en sortir entre son copain violent et Moelleux, le flic obstiné.

11

Sur la route

Au tour de Thérèse d'être de garde, les autres Panthères étaient rentrées chez elles après avoir dégusté la délicieuse salade préparée par Nadia, même le lieutenant Dupuis avait fait un effort et avait goûté. Il s'était senti contraint d'affirmer que « C'était pas mauvais », pour faire plaisir à Peggy qui l'avait obligé à se resservir. Elle ne voulait pas d'un mari accro à la junk food et aux sodas tièdes. Le futur père de ses enfants devrait manger régulièrement cinq fruits et légumes par jour, privilégier les produits laitiers et l'eau de source, pratiquer du sport, composter, trier, recycler, s'il voulait avoir une chance de constituer une famille avec sa gracieuse personne. Elle avait énoncé ses préceptes de base suffisamment fort pour que le lieutenant les entende, malgré le casque qu'il portait pour espionner les voisins d'en face. Peggy n'était pas dupe et avait remarqué le lobe de l'oreille droite du policier dégagé pour lui permettre de surveiller ce qui se disait dans les deux pavillons simultanément. L'espionnage de la maison de mémé Juju ne l'empêchait pas de garder un œil sur celle d'Alice.

Moelleux vint remplacer Dupuis engourdi par la digestion. Le lieutenant lui fit son rapport en omettant de parler de la salade, ce qui ne berna pas le capitaine.

– Alors, on se transforme en lapin ? C'est quoi la prochaine phase ? Vous allez virer vegan ?

Moelleux désignait le morceau de laitue fiché entre les dents de son adjoint. On ne pouvait rien cacher au capitaine. Il n'était pas chef pour rien.

Au même moment, Thérèse essuyait la vaisselle, tandis qu'Alice arrosait les plants de tomates qu'elle cultivait dans son potager. Les légumes juteux et mûrs à souhait avaient accompagné le plat servi par Nadia.

Une voix la surprit, on l'appelait de derrière la haie.

– Alice, c'est vous ?

Elle pensa que ses voisins revenus de week-end recherchaient leur chatte. Ils ne la retrouveraient pas de sitôt car elle l'avait vue profiter de la fraîcheur relative du garage. Minnie n'allait pas bouleverser ses habitudes sous prétexte du retour de ses maîtres.

– Je vous entends arroser.

La tête de Chloé apparut dans l'espace dégagé par une branche morte. Sa voisine avait évité de passer par l'entrée, préférant la discrétion du jardin.

– Mon Tupac a disparu.

Alice, d'un naturel peu enclin au catastrophisme, pensa que le molosse poursuivait Minnie.

– C'est habituel pour les chiens de courir après les chats. Quand il aura assez gambadé, il répondra à l'appel de la gamelle, t'en fais pas...

Chloé insista, cette réponse ne la satisfaisait pas.

– Il n'aurait pas pris sa laisse et sa muselière...

Alice n'avait pas de meilleurs arguments à lui opposer. Minnie, pour lui prouver son erreur, traversa fièrement la haie ; la pointe de sa queue effleurait les thuyas en s'enfonçant dans les arbustes.

– Dan va le forcer à se battre.

Alice, distraite par la conversation, n'avait pas coupé l'arrivée d'eau et son tuyau continuait de couler. Une mare se formait à ses pieds.

– Qui ?

– Tupac... Dan l'a emmené à un combat de chiens, j'en suis certaine.

– Pourquoi il ferait ça ?

Sa voisine avoua d'une voix fluette :

– Ce con espère se faire de l'argent... On en a besoin, c'est urgent ! Mais c'est pas un bon plan, Tupac va se faire massacrer.

– Pourquoi tu n'es pas passée par le devant de la maison ?

Alice la soupçonnait d'avoir repéré la police mais elle se trompait.

– Si Dan revient à l'improviste, je n'ai pas envie qu'il me voie rentrer chez vous.

– Et pourquoi donc ? Ton copain surveille tes fréquentations ?

– Non, mais…

– Je ne lui plais pas ?

Chloé redevint une petite fille et suçota son pouce avant de lui répondre.

– Vous et vos copines… Il vous trouve… comment dire… trop…

– Je ne vois pas ce qu'il nous reste de trop à nos âges avancés !

– Vous ne vous rendez pas compte de ce que vous faites ?

Alice secoua la tête.

– Qu'est-ce qu'on a fait de si extraordinaire ?

Chloé leva les yeux au ciel comme si la réponse était évidente.

– Vous buvez du champagne à l'heure où les mamies avalent leur potage avant d'aller au lit, vous dansez collés-serrés avec des hommes à peine couverts d'un minislip en bonbons… que vous dévorez !

– Et alors ? Nous vivons une retraite paisible et active, je ne vois pas ce qui pose problème à ce jeune crétin !

– En fait, il trouve que…

Les branches la décoiffèrent quand elle se fraya un

passage à travers la haie pour rejoindre Alice. Elle posa les pieds dans la flaque d'eau.

– Merde, mes pompes !

Chloé pataugeait dans le bourbier. Alice coupa l'arrivée du tuyau d'arrosage sans oublier la question à laquelle sa voisine n'avait pas répondu.

– Qu'est-ce qu'il trouve de bizarre, ton loustic ?

Chloé fit une drôle de lippe qui déforma ses traits.

– Il dit que vous avez une mauvaise influence sur moi…

Les sourcils froncés, Alice la dévisagea, consternée.

– La jeune génération ne manquera pas de m'étonner.

Chloé n'était pas venue philosopher, elle la pressa en la tirant par la manche.

– Faut pas perdre de temps, mamie Alice, vous êtes la seule personne qui puisse m'aider, s'il vous plaît, geignit-elle, puis elle retrouva du peps et enchaîna : Vous avez une voiture, allons sauver mon Tupac avant qu'il soit trop tard.

Le ton volontairement dramatique employé par la jeune femme décida Alice. Elle n'allait pas la laisser se débrouiller toute seule. Une promenade lui ferait du bien.

– Attends-moi ici, je reviens, je prends une petite laine au cas où !

Alice mentait sur ses intentions. La température faisait exploser le thermomètre posé en plein cagnard. Elle utilisait ce prétexte pour retrouver Thérèse.

Alice surprit la plus austère des Panthères qui étendait son torchon avec soin, sans faux plis, sur le bord de la table en formica de la cuisine.

– Tu m'as fait peur, je ne t'ai pas entendue arriver.

– Moelleux ne doit pas me voir partir avec Chloé… Occupe-le pendant que je sors la voiture.

Thérèse se contenta d'acquiescer en silence sans poser de questions. Le rôle de conspiratrice lui convenait, peu de dialogues et de l'action en douce. Situation idéale pour une personne qui ne voulait pas tirer la couverture à soi.

Dans la salle à manger, Moelleux, accaparé par son travail, ne s'occupait pas de ses hôtes et ne fit pas attention à leurs messes basses. Il surveillait la rue. Une femme poussait un landau, s'arrêtant par instants pour faire des gazouillis destinés à un bébé. D'une main légère mais efficace, le capitaine plaqua un épi têtu sur son crâne dégarni.

Alice passa un gilet et s'en alla retrouver Chloé aussi discrètement qu'elle était venue.

Thérèse, absorbée par sa mission, réfléchissait. Comment occuper Moelleux pour permettre à Alice de sortir sans se faire repérer ? Dans la salle à manger, le capitaine se leva et se dirigea vers la fenêtre tout en s'évertuant à rester à l'abri des regards. Elle devait trouver quelque chose pour faire diversion, et vite. Une idée lui traversa l'esprit. Elle l'appliqua sans tarder.

– Je me fais une tisane.

– Comment, heu... c'est à moi que vous parlez ?

Moelleux imaginait difficilement que celle que les flics avaient surnommée entre eux « l'asperge », parce qu'elle était aussi blanche que grande, lui adresse la parole.

– En voulez-vous une tasse, capitaine ?

Il hocha la tête sans réfléchir, surpris par la proposition. Le lieutenant avait mangé de la salade accompagnée de tomates du jardin, à lui de tester le « pisse-mémé » local. Si seulement son sacrifice pouvait détendre l'atmosphère. Il prit cette offre comme une forme d'initiative diplomatique. Il allait fumer le calumet de la paix avec une Panthère sauvage... et advienne que pourra.

Alice démarra et avança sans pousser les vitesses. Le moteur, en sous-régime, hoqueta et menaça de caler en grimpant la pente d'accès du garage. Assise à ses côtés, Chloé craignait que la lourde voiture, entraînée par son poids, parte en marche arrière.

– J'ai égaré mon jeton. (Devant l'air incrédule de Chloé, Alice précisa :) Celui du caddie de l'hyper, il a dû rouler par terre. Je ne peux plus me baisser, avec mon arthrose, je bloque. Tu peux jeter un coup d'œil, s'il te plaît ? Je ne voudrais pas qu'on attrape un accident à faire des acrobaties.

Chloé fouina sous le siège de la R25 pendant que la voiture s'éloignait du pavillon.

– Je ne le trouve pas…

– C'est pas grave, il doit bien en traîner un autre dans la boîte à gants.

Alice oublia son jeton, maintenant que la jeune fille ne risquait plus de se faire découvrir par Moelleux.

À peine le quartier disparu dans le rétroviseur, Chloé se mit à pleurer doucement. Alice eut le cœur brisé en la voyant démolie à ce point. Elle n'avait qu'une envie : la libérer de ses chaînes. La Panthère hésita avant de lui poser la question qui lui brûlait les lèvres depuis que sa voisine avait récupéré son test de grossesse.

– Tu es enceinte ?

Chloé lui confirma de la tête sans cesser de sangloter.

– C'est une bonne ou une mauvaise nouvelle ?

– Une bonne nouvelle.

Sa voisine attrapa son pouce qu'elle suçota pour se réconforter. Alice ne comprenait pas son attitude.

– Pourquoi tu pleures, alors ?

La jeune femme se contenta de renifler. Alice insista.

– C'est trop tôt ? Tu te trouves trop jeune ?

Chloé s'était retournée contre la vitre, et la conductrice ne voyait que son dos secoué de soubresauts.

– J'avais à peu près ton âge quand je suis tombée enceinte de Marc... Je veux dire, de Jean-Claude.

Avec l'enchaînement des événements, elle oubliait que le lieutenant Dupuis était devenu son fils et Peggy sa belle-fille. Alice continua son évocation sur la même tonalité nostalgique.

– Nous n'étions pas mariés. En fait, je venais de rencontrer Marcel, mon époux. J'ai eu de la chance de tomber sur le bon numéro du premier coup. À cette époque, on ne changeait pas si l'essai s'avérait peu concluant. On gardait le premier, et si, par malheur, on s'était trompée, eh bien, c'était pour la vie... pour le meilleur et pour le pire. Marcel n'avait pas encore trouvé son travail de représentant. Autant te dire que nos parents faisaient la tête. À cette époque, la contraception c'était pas comme maintenant ; y avait bien les capotes, mais fallait en avoir sous la main et penser à les mettre, ou alors se retirer en pleine action... Je peux te dire que ça marchait pas à chaque fois avec les bonshommes. La méthode Ogino, je t'en parle pas... Faire des courbes et des graphiques, prendre sa température, c'était bon pour les fortes en maths. Si tu tombais enceinte, t'avais pas trente-six solutions : soit tu passais devant monsieur le curé, soit tu allais faire un tour chez la faiseuse d'anges. Tu sais comment tu rentrais, mais pas dans quel état tu sortais. Tu pouvais aussi le faire toute seule avec un bout de cintre, mais là...

Les souvenirs d'Alice arrachèrent Chloé à son silence. Elle se retourna, son visage ruisselait de larmes, elle avait vieilli de dix ans.

– Me faire avorter, je sais ce que c'est... J'ai pas envie, j'ai déjà eu des complications, et là c'est un miracle que je tombe à nouveau enceinte...

Alice se tut, elle comprit à son regard déterminé et désespéré à la fois que la gamine avait morflé dans le passé.

– C'est ton copain, le père ?

– Qu'est-ce que vous croyez ? Que je fais la pute ?

Alice ne s'attendait pas une réaction aussi virulente. Chloé essuya ses joues d'un revers de manche.

– C'est pas le bon moment pour faire un gosse, comme avec votre Marcel à votre époque.

Alice n'apprécia pas la comparaison : l'homme avec qui elle avait partagé sa vie n'avait rien de commun avec cette sinistre crapule. Elle resta muette, concentrée sur sa conduite. Chloé continua.

– Dan cherche du boulot. Quand il en aura trouvé, on verra. Sans références ni recommandations, c'est difficile de lui faire confiance dans sa situation...

Chloé avait autre chose à ajouter, mais elle ne trouva pas le courage. Alice l'aida.

– J'imagine que c'est dur quand on sort de prison...

– Comment vous savez ?

La Panthère avait trop parlé. Elle se rattrapa comme elle put, en mentant.

– Je ne sais plus… C'est toi qui me l'as dit…

– Je ne me rappelle pas…

– Si, la première fois qu'on s'est vues.

Chloé resta interrogative un instant.

– Peut-être.

Parler, se raconter, lui faisait du bien. Alice remplaçait sa mère. Enfin quelqu'un l'écoutait, la comprenait. Maintenant qu'elle était lancée, autant vider son sac.

– On ne pourra pas rester éternellement dans la maison de mémé Juju. Le notaire va se réveiller, la famille va rappliquer… Je vais avoir droit aux leçons de morale de ma mère… On va se retrouver à la rue comme des clodos. Comment voulez-vous faire un bébé dans ces conditions ?

Chloé détourna à nouveau le visage, comme absorbée par les reflets du soleil qui irisaient la vitre.

– Avoir un enfant, c'est bien quand on est installé dans la vie. Avant, c'est galère. Je devrais l'annoncer à Dan mais j'ai toujours un prétexte pour ne pas le faire. Je voudrais devenir une star de téléréalité ou autre chose dans le genre, actrice, pour lui prouver que je peux gagner de l'argent, que je ne compte pas que sur lui ; mais le gros ventre, c'est pas top pour passer des castings.

Chloé se tortillait sur son fauteuil et faisait crisser le siège rendu brûlant par les assauts du soleil. Alice ne comprenait pas cette fascination pour les stars de téléréalité. Une fois, elle avait essayé de regarder. Comment pouvait-on se passionner pour des inepties pareilles ? Elle devait être trop âgée pour comprendre. Elle se tourna à moitié vers Chloé, en essayant de ne pas quitter la route des yeux, et ajouta le plus délicatement possible pour adoucir son propos : (Une poigne de fer dans un gant de velours.)

– Je comprends que tu ne veuilles pas avoir un petit avec un connard qui te frappe.

La réaction de sa jeune voisine ne se fit pas attendre.

– Il ne me touche pas ! Pourquoi vous racontez des conneries ? Je me laisserais pas faire, vous pouvez me croire. Putain… pour qui vous me prenez ?

Chloé exprimait sa colère à renfort de chapelets de gros mots. Alice ne lâcherait pas l'affaire, ce n'était pas dans ses habitudes de faire semblant de ne pas savoir quand elle savait.

– Et tes bleus, c'est en te cognant contre une armoire que tu te les fais ? Je suis pas complètement gâteuse, tu sais. On a toutes vu les vilaines traces qui couvraient ton dos à mon anniversaire.

Chloé s'effondra, les mains sur le visage. Alice lâcha le volant quelques secondes pour lui étreindre l'épaule.

– Tu peux nous faire confiance.

– Désolée, mamie Alice. Je vous aime bien, mais avec vos copines… vous n'êtes que des mémés.

– Justement, on n'a plus rien à perdre. Panthères un jour, Panthères toujours !

Alice avait entendu parler de l'emprise, sans accepter

ni comprendre ces femmes qui continuaient à défendre celui qui leur filait des roustes. Elle en avait un parfait exemple dans l'habitacle rassurant de sa Baccara.

Chloé replia ses jambes sous ses fesses et redressa le dos. Visiblement, son accès de fureur était passé.

– Dites, vous pouvez pas aller plus vite ? On se traîne, là !

12

Combat de chiens

– C'est là !

Alice freina devant une construction des années 1970. La barre de béton attendait sa réhabilitation depuis des années. À ses pieds, les poubelles débordaient des containers, deux chats se disputaient des restes de poisson. Un canapé de salon éventré et une table bancale servaient de bureau à un guetteur qui veillait devant l'entrée des parkings souterrains. Le jeune, à peine majeur, bob à l'effigie du PSG vissé sur le crâne, survêtement et pochette holster sous le bras, se leva en voyant la Baccara s'arrêter à son niveau. Il s'approcha nonchalamment en traînant des claquettes et se pencha pour vérifier l'habitacle. Il sembla étonné de voir Chloé dans la Renault 25.

– Qu'est-ce que tu fous dans une caisse du Moyen Âge ?

La jeune fille ne prêta pas attention à sa remarque, trop impatiente de savoir si Dan était là.

– Ouais, ça se pourrait bien. Dis donc, c'est le jour de sortie de ta grand-mère ?

« Mère » lui aurait fait très plaisir, mais « grand-mère » ! Alice le prit mal.

– Fais pas semblant de ne pas me reconnaître, Théo. Rafraîchis-toi la mémoire : je t'ai aidé à préparer ton brevet à la bibliothèque Robert-Desnos de Montreuil, alors que tu mourais d'envie de foncer jouer au foot avec tes copains.

Le garçon se redressa, passa une main nerveuse dans ses cheveux et retira sa casquette comme si, d'un coup, il avait honte de son attirail certifié 100 % racaille. Il remonta le pantalon qui lui tombait sur les fesses avant de parler.

– Mais c'est vous, Alice, je ne vous avais pas reconnue, fanfaronna-t-il. On vous voit pas souvent en promenade dans notre chouette quartier. Qu'est-ce qui nous vaut l'honneur de votre visite ?

– Avec tes bons résultats scolaires, j'aurais aimé te voir finir ailleurs !

– Gardien de parking, c'est un boulot provisoire.

– C'est ça ! Explique-moi que tu fais une formation, je vais te croire.

Le dénommé Théo ne manquait pas de tchatche, il ne se dégonfla pas.

– Comment vous avez deviné ? C'est un stage d'immersion dans l'économie parallèle. Faut vivre avec son époque, mamie !

Chloé trouvait ces retrouvailles un peu longues à son goût.

– Avancez, on va arriver trop tard.

Alice engagea la première, prête à partir, mais le jeune tapota un court nerf de bœuf sur le capot. La conductrice repassa au point mort, elle ne voulait pas que le guetteur abîme la Baccara de son défunt mari, lui qui ne l'avait jamais égratignée de son vivant.

– C'est pas parce qu'on est de vieilles connaissances qu'il faut m'embrouiller. Le spectacle, c'est pas gratos. Je vais être cool, je vous fais une réduction troisième âge sans vous demander votre carte d'identité. Vous voyez, Alice, j'ai pas besoin de faire une école de commerce, celle de la rue est bien plus efficace. Allez, comme vous êtes gentilles, je vous fais l'entrée à cinquante balles pour les deux, prix d'ami.

Alice aurait bien négocié ; mais Chloé, impatiente de retrouver son chien, s'agitait sur le siège passager. La Panthère tapa dans la cagnotte du taxi, qu'elle gardait cachée dans le fond de la boîte à gants.

– On a pas droit à un ticket ?

– Dégagez avant que je change d'avis !

Elles descendirent au sous-sol en slalomant entre des monceaux d'ordures, de meubles cassés et de rats qui se pourchassaient. En s'enfonçant dans les entrailles de cet immeuble délabré, Alice regrettait de ne pas avoir laissé sa Baccara à la surface. Chloé lisait dans ses pensées.

– Vous inquiétez pas, ici votre caisse ne craint rien, c'est une sorte de parking privé et gardé.

Les arguments de sa passagère ne la rassurèrent pas vraiment. Alice conduisait prudemment en suivant la pente qui desservait les niveaux inférieurs.

Chloé avait vu juste, la 205 de Dan était garée entre deux scooters. Elle descendit avant qu'Alice ait serré le frein à main et donna un coup de pied au niveau de la poignée de la Peugeot. La portière s'ouvrit dans un grincement sinistre.

– Si tu ne connais pas la technique, tu rentres pas, c'est plus pratique que des clés, en plus, tu les perds jamais.

Alice avait résolu le problème en accrochant son nouveau porte-clés spécial Panthères à son trousseau. Une odeur âcre de tabac froid mélangée à celle de chien humide prenait à la gorge dès qu'on se penchait dans l'habitacle. Un paquet de cigarettes vide aplati bloquait la vitre à mi-hauteur côté conducteur, des canettes de bière vides jonchaient le tapis de sol, le rembourrage sortait en vagues mousseuses des fauteuils crevés. Chloé prit appui sur le siège conducteur qui partit en arrière comme un rocking-chair. Pas de Tupac à l'horizon.

– Le salaud !

Une clameur montait de l'étage inférieur. Des barricades de palettes obstruaient la rampe interdisant la descente des voitures. Chloé se précipita dans l'étroit passage dégagé pour laisser passer les piétons. Alice trottinait à ses trousses en prenant soin de ne pas glisser sur le revêtement luisant d'huile de vidange.

Pour échapper aux opérations de police, les combats clandestins se déroulaient dans des bâtiments désaffectés, faciles à protéger et à surveiller par une équipe de guetteurs comme le jeune Théo qu'elles venaient de rencontrer. Une arène se dressait au milieu d'une foule essentiellement masculine mais pas seulement, une bande de filles se faisait remarquer par sa présence. Deux chiens attendaient dans des cages, excités par des individus qui les rossaient à l'aide de triques.

Chloé expliqua la situation à Alice qui avait mal au cœur et envie de pleurer en découvrant ce spectacle archaïque.

– Les chiens ne sont pas méchants naturellement, ils sont maltraités, séparés de leur mère avant d'être sevrés, enfermés dans des caisses sans manger. Ils ne connaissent que leurs tortionnaires. Le but est de les rendre féroces ; mordre, c'est tout ce qu'ils savent faire. Les dresseurs les entraînent sur d'autres bestioles : des chiens moins costauds, des lapins, des rats… même des chats…

– Ton Tupac n'a pas réussi à choper Minnie, elle est trop rapide pour lui !

Alice entendit sa voix censée être rassurante se briser, cassée par l'émotion. Elle devait parler fort, presque hurler pour couvrir les gémissements des chiens martyrisés.

– Ils passent des petites annonces du genre : « Cherche chat affectueux aimant les enfants. » Faut pas les croire, ils finissent en chair à saucisse, les gentils minous !

Alice n'en croyait pas ses oreilles, ni ses yeux. La foule ondulait comme une vague dévastatrice. L'ambiance maritime s'arrêtait là, les aboiements des molosses remplaçaient les rires des mouettes. Un sinistre individu s'approcha avec une matraque électrique et envoya une décharge dans les testicules d'un des bestiaux qui poussa un hurlement déchirant. La clameur de la foule enfla, l'encourageant à récidiver. Le type se retourna et tapa sur son torse de ses deux poings fermés. Une sorte de gorille perdu dans la jungle urbaine. D'autres animaux attendaient, confinés dans des cages dissimulées dans la pénombre. Alice crut reconnaître un singe. Elle espérait de tout son cœur faire erreur.

Elle allait se trouver mal quand Chloé lui montra son copain Dan en compagnie d'un groupe de patibulaires. Des billets changeaient de mains. Celui qui semblait être le chef, grand et filiforme, passablement édenté, s'était fait placer deux incisives en or ornées d'un brillant incrusté qui étincelait quand il ouvrait la bouche, ce qu'il faisait en permanence. Ses joues se creusaient à cause du vide et pendaient à la manière de celles d'une pintade, flasques, grisâtres, granuleuses. Ses yeux étaient maquillés de larges traits de khôl et des pendentifs en forme de têtes de mort cliquetaient à ses oreilles.

Le maquillage et les bijoux ne le rendaient pas féminin pour autant. Une caricature qui faisait son effet et qui finalement ne prêtait pas à rire, vu les circonstances et le lieu. Alice pensa à une momie vivante.

– C'est Ramsès, fit Chloé.

Elle n'était pas tombée loin.

L'homme parut déçu quand Dan lui parla en montrant Tupac qui mordait les barreaux de sa cage en bavant, plus terrorisé qu'agressif. De toute évidence, Ramsès anticipait le résultat du combat.

Dans la foule, Alice était la seule mamie, ce spectacle n'était pas recommandé aux seniors. Le public, hypnotisé par le combat qui venait de commencer, ne la remarqua pas. L'affrontement fut bref, un des gladiateurs n'était pas à la hauteur. Tupac se vidait de son sang sur le ring. Il gémissait, refusait les assauts en essayant de s'enfuir, une vraie mauviette. Les sifflets gagnèrent l'assistance. Les « À mort ! », « PD de clébard de merde », « C'est qui ce naze ? » s'élevèrent du public.

L'assemblée avait eu sa dose de sang, mais pas suffisamment, pas assez longtemps, elle en réclamait toujours plus.

Alice comprimait ses paupières pour ne pas assister au massacre. En entendant la clameur, elle les rouvrit pour découvrir Chloé qui se précipitait au secours de son chien. Deux types torse nu, aux ordres de la momie, l'arrêtèrent avant qu'elle ne se jette dans l'arène de fortune, au risque de se faire dévorer par le molosse vainqueur. Le champion avait attrapé Tupac à la gorge et ne le lâchait plus. Ramsès se leva et aussitôt le calme se fit dans l'assistance. On n'entendait plus que les halètements et les grognements des chiens qui s'entretuaient. Ramsès tenait la conclusion entre ses mains. À l'image d'un empereur dans le Colisée, il provoquerait la mort du perdant s'il choisissait de baisser le pouce. Chloé gesticula et réussit à se dégager de l'emprise des deux costauds. Elle se jeta aux pieds du type avant que ses cerbères ne la saisissent. Au lieu de condamner Tupac, Ramsès posa sa paume sur la tête de la jeune femme. Il lui caressa la joue en souriant d'un rictus diabolique. Obéissant à son ordre, un de ses gars attrapa une matraque électrique qu'il enfonça dans le poitrail du pitbull vainqueur pour lui faire lâcher prise. Son propriétaire le maîtrisa à violents coups de bâton avant de lui passer une muselière à l'aide d'épais gants de cuir antimorsures. Son crack était proclamé vainqueur. Un combat gagné contre un piètre adversaire, mais raflé sur le ring, à la régulière. Seul le résultat comptait, et la récompense en espèces sonnantes et trébuchantes. Tupac couinait, prostré, allongé sur le sol, une vraie carpette, la tête penchée, langue pendante, à la manière d'un trophée de safari rapporté des colonies. Le pitbull recherchait l'invisibilité qui lui ferait éviter coups et blessures supplémentaires.

Les chiens de combat, aussi laids et méchants soient-ils, n'étaient pas moins sensibles que les autres animaux.

Alice, mal placée, en retrait de la foule agitée, n'entendait pas la conversation couverte par les cris et les encouragements des parieurs. D'impressionnantes sommes d'argent liquide circulaient. Quelques-uns avaient gagné, d'autres perdu. Dan faisait partie de cette dernière catégorie, il baissait la tête, tandis que Ramsès faisait relever Chloé. La momie la tripotait, l'air gourmand, débordant d'un désir à peine dissimulé. Il croisa les bras, lèvres closes. Un de ses sbires lui apporta un verre empli du sang tiède qu'il venait de récolter à même les plaies suintantes de Tupac. Il avala une gorgée, en fit un gargarisme, du liquide rouge s'échappa et colora ses lèvres. La foule hurla et se mit à sauter au rythme d'un morceau de rap hardcore craché par d'immenses enceintes.

Dans le tumulte, Alice vit Dan qui empruntait de l'argent à Ramsès. Chloé essayait de l'en empêcher de manière désespérée et pathétique. Le truand s'amusait de ses gesticulations.

Les gardes du corps la chassèrent, elle insista, encaissa un coup, puis un autre, abandonna et revint vers Alice. Elle n'avait même plus la force de pleurer.

– Cet abruti va parier sur un autre combat… Et il va tout perdre, ici tout est truqué. On devra encore plus de fric, qu'on pourra jamais rembourser.

– Récupérons ton chien.

Alice l'avait accompagnée pour sauver Tupac, elle n'avait pas dit son dernier mot. Elle prit Chloé par le poignet et les deux femmes disparurent derrière le ring où un nouveau combat démarrait.

Tupac gisait à même le sol, blessé, l'oreille déchirée, les babines déchiquetées, les plaies ouvertes, à vif, un morceau de muscle manquait sur sa patte arrière. Il respirait d'un souffle court et rauque, des bulles de sang, couvertes d'un magma compact foncé et gluant, explosaient sur son torse comme la lave d'un volcan qui bouillonne. Chloé s'agenouilla devant son animal qui posa sa truffe sur la cuisse de sa maîtresse en soupirant. Il l'avait reconnue.

– Mon pauvre Tupac.

– Restez pas là !

Un homme approchait, court sur pattes, râblé comme un catcheur, un tatouage de serpent enlaçait un glaive sur son avant-bras et une barre de fer prolongeait sa main. Alice n'eut pas besoin qu'on lui explique, le bourreau venait achever Tupac. Elle l'attira à l'écart, la brute se demanda ce que lui voulait cette grand-mère. Ils marchandèrent. Elle n'avait pas un euro sur elle, son argent était resté dans la Baccara. Elle ne réfléchit pas, sinon elle ne l'aurait jamais fait, et fit glisser son alliance en or le long de son annulaire.

13

Haute couture

Au retour, « La Maman des poissons » de Boby Lapointe retentissait dans la voiture.

– « Et moi, je l'aime bien avec du citron », chantait Alice en essayant de mettre un peu d'ambiance dans l'habitacle triste à mourir.

Tupac tirait la langue, emmitouflé dans le plaid en laine naturelle qu'Alice conservait en permanence dans le coffre en cas de pique-nique. Le chien, après avoir tartiné les vitres de salive, grognait assis sur la banquette arrière et bavait en regardant fixement la conductrice. Alice lui rappelait le gâteau à la crème qu'elle lui avait donné à manger. Cette vision paradisiaque lui permettait d'oublier l'enfer auquel il venait d'échapper.

Sans signe précurseur, il planta ses crocs dans l'appuie-tête, barbouillant de sang le haut du siège conducteur. Alice sentit son haleine fétide lui souffler sur la nuque. Sa maîtresse leva une main en signe d'avertissement pour le faire cesser.

– Tupac, arrête ou je te frappe.

La menace ne convainquit personne, Chloé n'avait aucune envie de la mettre à exécution.

– T'aimes pas les chansons de Boby ? demanda Alice en employant la voix la plus mélodieuse possible.

Tupac cracha un jappement rauque, non, il détestait. Alice coupa le son et justifia ses choix musicaux auprès de sa passagère.

– Mes petits-enfants adorent cette chanson.

Chloé se désintéressait des goûts des descendants d'Alice. Elle passa la bande FM en revue.

– Tu as suffisamment souffert comme ça ! On va te trouver un son qui va te plaire, mon pauvre vieux !

Le molosse se tut en entendant le flow d'un morceau de rap à succès.

« *Ondule comme un ver de terre*
Jette-moi dans les yeux ton regard de panthère
Laisse-moi zoum zoum zang dans ta Benz Benz Benz… »

Alice fit cesser le verbiage.

– Panthère ou pas, on n'est pas dans une Mercedes mais dans une Renault 25 Baccara. Je n'arrive pas à conduire avec ces sottises qui m'empêchent de me concentrer.

Le molosse grommela contre la censure. Alice se retourna vers l'arrière au risque de perdre le contrôle du véhicule.

– Tu vas pas faire ta loi, le Tupac ! T'as vu ton état ? T'es tout juste bon à finir comme attraction dans un train fantôme ! Déjà que tu fous des saloperies partout sur la banquette. Oh là là, si mon Marcel voyait ça, lui qui n'a jamais voulu acheter de toutou aux enfants malgré leurs jérémiades !

Tupac montra les crocs en s'étouffant à moitié avec les caillots de sang qui affluaient le long de ses babines déchirées. Le pitbull faisait plus pitié que peur. Alice éleva la voix.

– Il se tait ou je me fâche tout rouge !

Tupac obéit en couinant. Il tournicota sur lui-même en soufflant comme s'il allait s'asseoir, mais le rusé animal sauta à l'avant, rata à moitié son coup, et beurra les dossiers de sang. Vexé, il rampa et s'installa sur les genoux de Chloé. Il penchait la tête en fonction des virages pour mieux voir la route.

Tupac lécha les mains d'Alice posées sur le volant en signe d'affection et de soumission. Il donna des coups de museau pour se faire caresser. Alice haussa les épaules.

– Compte pas là-dessus, mon ami ! T'as vu comment t'as salopé ma voiture ?

Le pitbull émit un bruit surprenant qui ressemblait à un gazouillement de bébé. Malgré sa tête de tueur, ses crocs saillants, le filet de bave qui pendouillait et son oreille miraculée aux trois quarts arrachée, Alice le trouvait craquant. Rien ne s'oppose au charme des mauvais garçons. La conductrice le caressa, l'animal bâilla de contentement pour lui montrer qu'il appréciait.

Alice, encore perturbée par les horreurs auxquelles elle avait assisté durant le combat de chiens, oublia complètement Moelleux et sa surveillance. Ce n'est qu'une fois entrée dans le garage qu'elle s'en inquiéta. Trop tard, elle saurait bien assez vite si le gros flic les avait vues.

Chloé et elle installèrent Tupac dans le sous-sol. Le pitbull se tenait immobile, haletant, poussant régulièrement un couinement sinistre doublé d'un reniflement humide.

– Il faudrait y retourner pour retrouver le bout qui manque, se désola Chloé devant le lobe absent.

– J'ai mis ce que j'ai trouvé de l'oreille dans ma poche, annonça Alice en sortant le morceau sanguinolent emballé dans son mouchoir.

Une vieille manie de mamie de ramasser ce qui pouvait être sauvé. Chloé lui sauta au cou et l'embrassa.

– Formidable, Alice, il faut la recoudre !

Alice inspectait les lambeaux de chair et de poils sans se montrer exagérément optimiste sur l'opération à venir.

– Je ne sais pas si c'est envisageable.

– En tout cas, faut pas compter sur moi, je suis nulle en couture, fit Chloé.

Alice lui demanda si elle possédait un téléphone portable. Question stupide, de nos jours tous les jeunes en avaient un qui traînait dans leur poche, certains moins jeunes aussi, mais pas Alice qui avait résisté aux multiples sollicitations de son fils aîné. Malgré son insistance, il n'avait pas réussi à la convaincre de l'utilité de l'appareil.

– En cas de soucis tu pourrais nous prévenir de n'importe où.

– J'ai déjà l'ignoble bracelet que tu me fais porter jour et nuit, j'en ai marre de tes fils à la patte ! Quand est-ce que tu me mets une muselière ?

Alice appela Nadia. La Panthère était devenue une experte en couture, après avoir raccommodé pendant des années les fonds de culotte de sa famille nombreuse. À la retraite, elle n'avait pas posé les aiguilles et continuait de rapiécer les pantalons de ses petits-enfants.

Pour patienter avant l'arrivée de l'experte en couture, Alice monta demander à Thérèse de préparer une « Tisane spéciale des Panthères grises » pour calmer le chien. En passant devant le salon, elle constata que Moelleux avait abandonné son poste. Avec un peu de chance, il ne surveillait pas quand elles étaient arrivées en voiture. Sur le moment, elle oublia de demander où le capitaine était passé.

Peu après, Thérèse descendit. Elle posa le bol de tisane à même le sol, devant la truffe du chien qui se mit à gronder.

– Laisse-moi faire, il m'a à la bonne.

Alice porta le récipient jusqu'aux babines de l'animal qui renifla la tisane d'un air méfiant. Il fixa Alice d'un œil interrogateur en se rappelant avec délice son gâteau d'anniversaire. Après cette journée en enfer, la confiance n'était plus son fort.

– Vas-y, bois, c'est un mélange de plantes relaxantes, lui expliqua-t-elle en cherchant une zone intacte pour le caresser.

Pour le convaincre, elle trempa le doigt dans le liquide qu'elle étala sur sa langue pendante. L'animal lapa la première goutte par réflexe puis en absorba une deuxième et, finalement, avala le contenu du bol.

– C'est qu'elle avait soif, la petite bête. Vas-y, c'est bien, bois, après tu vas être détendu.

Enfin Nadia arriva, elle triturait son béret à la porte du garage, terrorisée par le pitbull qui aboya en reconnaissant la nouvelle venue. Tupac l'avait prise en grippe à l'occasion de leur première rencontre. Nadia ne savait pas pourquoi, le molosse le savait-il lui-même ?

– Il ne va pas me sauter dessus ?

– Il n'est pas méchant, la rassura Chloé.

Comme tous les propriétaires de chiens, elle pensait sa charmante bestiole incapable de mordre quiconque.

La vue des aiguilles et du fil, même si Tupac ne savait pas encore à quoi ils allaient servir, ne le ramenèrent pas à de meilleures intentions.

– Si j'étais toi, j'attendrais que la tisane fasse son effet avant d'attaquer les travaux de raccommodage, conseilla Thérèse en s'écartant prudemment de l'animal.

Nadia ne se le fit pas dire deux fois et planqua les instruments de torture dans son dos.

Pour patienter, et parce que c'était son habitude, Thérèse se lança dans un exposé détaillé à rendre jalouse une encyclopédie en ligne.

– Normalement, les propriétaires cisaillent les oreilles de leurs molosses d'un coup de couteau pour ne pas qu'elles servent de prises pendant les combats.

– Quelle horreur ! protesta Nadia.

– Chut, fit Alice, un index tendu sur la bouche tandis que l'autre pointait le plafond.

Puis elle se remémora l'absence de Moelleux. Elle voulut demander à Thérèse où il était passé mais se retint de justesse. Elle ne pouvait pas le faire devant Chloé sans trahir la présence des policiers.

– Le combat peut durer plusieurs heures, continua Thérèse sans se disperser. Les assauts s'arrêtent au « first blood ».

L'austère Panthère prononçait à la française.

– Au « first » quoi ? demanda Nadia dont les connaissances en anglais ne dépassaient pas « yes » et « no ».

– *First Blood*, c'est comme *Rambo*, intervint Chloé. Je l'ai vu sur Netflix, c'est un film de baston avec Stallone dans la jungle, il est cool.

– Qui ça, Stallone ? demanda Nadia qui allait peu au cinéma.

– Ouais, le film aussi. Il est bien.

– Ce n'est pas seulement un film de genre, intervint Thérèse dont les connaissances encyclopédiques incluaient le septième art. Ce film aborde le retour difficile des vétérans de la guerre du Vietnam.

– Arrête, t'es pas venue animer un ciné-club de quartier. Continue sur les combats de chiens, l'interrompit Alice.

Thérèse ne se fit pas prier et reprit son exposé avec son ton inimitable de maîtresse d'école.

– Donc, le combat peut être arrêté dès qu'un animal saigne, le premier sang, mais c'est exceptionnel. Les blessures excitent le public, avide de sensations fortes.

– Tu parles, c'est ignoble ! Pauvres bêtes ! s'indigna Nadia.

Tupac poussa un soupir et bâilla comme si la causerie ne le passionnait pas. Chloé en profita pour lui tenir la tête, coincée comme dans un étau, entre ses deux cuisses.

– Il est calme, il faudrait en profiter, proposa Alice.

Nadia hésitait. Pour l'encourager, Chloé reprit *Ma Benz* de NTM à la manière d'une comptine pour enfants comme elle l'avait fait dans la voiture.

– « *Jette-moi dans les yeux*
Ton regard de panthère… »

Nadia ne bougeait pas, elle ne comprenait pas.

– Il adore le rap, ça le calme, expliqua Chloé. Allez-y, je le tiens !

Elle recommença à chanter, accompagnée par le chœur des Panthères.

– « *Laisse-moi zoom zoom zang*
Dans ta Benz Benz Benz… »

Nadia prit une profonde inspiration, leva son aiguille et la planta d'un coup décidé dans le cuir de l'animal, qui ne protesta pas. Tupac ne réagit pas plus quand elle ressortit le fil ensanglanté.

– Ton clébard a eu de la chance, il aurait pu y passer, affirma Thérèse.

Alice fixait Chloé, elle savait que la survie de Tupac n'était pas due au hasard mais à l'intervention désespérée de sa maîtresse auprès de Ramsès. Elle revoyait avec effroi le regard concupiscent du truand qui salivait devant la chair fraîche.

– Les blessures sont recousues sur place avec les moyens du bord et sans anesthésie.

– Pas de « Tisane spéciale des Panthères grises » pour les guerriers, pauvres choux ! compatit Chloé en faisant la grimace. Mais qu'est-ce qu'elle a de spécial, votre tisane ?

– Elles ne vous ont pas dit ?

– Non, qu'est-ce que je suis censée savoir ?

Thérèse n'avait pas l'intention de laisser Nadia le lui expliquer. Elle reprit sa description des us et coutumes des combats clandestins.

– Si la bête est trop abîmée, elle est achevée directement dans l'arène. Personne ne prendra la peine de la soigner, sauf si c'est un reproducteur. Dans ce cas, les saillies se monnaient une fortune.

– Vous êtes une spécialiste des combats de chiens ? demanda Chloé, impressionnée par les connaissances de la Panthère grise.

– Non, je m'intéresse un peu à tout. Quand vous êtes à la retraite, ce ne sont pas les occasions de se cultiver qui manquent.

Tupac poussa un grondement qui fit trembler Nadia. Chloé rassura la bête.

– Faut souffrir pour être beau, mon Tupacou.

Malgré les paroles apaisantes de sa maîtresse, le pit-bull montra les crocs, enfin ce qu'il en restait. Nadia, effrayée par l'animal qui s'ébrouait, resta la main en l'air. Une goutte de sang roula le long de l'aiguille et éclaboussa le béton du garage.

– Faut pas rêver, continua Thérèse, la majeure partie des molosses blessés crèvent dans les jours qui suivent le combat à cause des infections.

Chloé réconforta son chien.

– Finalement t'as de la chance, t'as une infirmière pour toi tout seul.

Thérèse n'avait pas terminé sa conférence.

– Ces tournois sont des activités très lucratives, souvent accompagnées de trafics d'animaux.

– J'ai repéré un singe dans une cage, confirma Alice qui repensa à la pauvre bête terrorisée accrochée aux barreaux de sa prison.

– C'est pour le vendre ou encore pire, pour le faire combattre contre un chien.

– Quelle horreur ! lâcha Nadia sans interrompre son travail d'orfèvre.

– Tu rajoutes les entrées payantes et les paris clandestins qui peuvent atteindre des sommes astronomiques, sans oublier la revente de voitures volées, le trafic de drogue, la contrebande d'armes, rien que des belles choses et que du beau monde. Quand je pense que tu es allée fourrer ton nez là-dedans. Tu cherches les ennuis, c'est pas sérieux.

Alice s'en voulait de leur avoir donné de l'argent… et son alliance ! Mais sa bague, c'était pas pareil, c'était le prix à payer pour sauver le chien.

– Les flics devraient traquer ces gens-là, pas des jeunes qui…

Alice balança un coup de pied discret à Nadia avant qu'elle n'en dise trop devant Chloé.

– C'est pas trop mal, fit la petite main en contemplant son travail.

Nadia avait terminé de recoudre l'oreille de la bête, Thérèse l'avait aidée à nettoyer les plaies.

– Tout beau, tout neuf. Hein, mon Toupacou ? Il est pas mignon, ton nouveau look ?

Le molosse, assommé par la « Tisane spéciale des Panthères grises », n'entendait plus sa maîtresse. Il rêvait d'un monde meilleur, allongé sur le dos, les pattes écartées, en totale décontraction.

– C'est pas la bonne couleur !

Nadia s'énervait toute seule, sans que ses copines comprennent ce qui lui arrivait. Elle reprit son aiguille.

– Je vais le recoudre avec du fil noir. Le rouge, ça choque.

Alice n'était pas de cet avis.

– Tu vas rien faire… Il évitera les concours de beauté pour chiens, c'est tout. L'important, c'est qu'il soit vivant.

– T'es trop stylé comme ça, mon Toupacou ! se réjouit Chloé en séchant la larme qui coulait sur sa joue. Merci, les Panthères, vous êtes trop cool.

– C'est Nadia qu'il faut remercier, rectifia Alice.

– Puisque je vous dis qu'il serait plus beau avec du fil noir ! Le rouge, c'est trop voyant !

14

Le somnambule

Avant de quitter le pavillon, Chloé insista pour monter soulager son envie urgente de faire pipi.

– Faut absolument que j'y aille, fit-elle en se trémoussant sur place.

Les Panthères n'eurent pas le temps de la retenir, elle escaladait déjà les escaliers quatre à quatre. Les filles n'avaient plus la forme pour la suivre. Elles appelèrent d'en bas.

– Chloé, attends-nous !

Le pied à peine posé sur le parquet du couloir, la jeune femme tomba nez à nez avec Moelleux qui errait dans le pavillon d'une démarche de somnambule. Le capitaine avait enfilé les chaussons et le peignoir couleur panthère d'Alice. Il n'avait pas trouvé la ceinture, pas beaucoup cherché non plus, et portait la robe de chambre ouverte sur sa brioche proéminente et poilue. Peu lui importait la décence, il faisait comme chez lui où personne ne pouvait s'en offusquer. Il passa devant Chloé de son allure de zombie sans même la reconnaître, les yeux vitreux, les pieds débordant des pantoufles trop étroites pour lui.

– Bonjour, mademoiselle, souffla le mort-vivant d'une voix pesante, le regard dans le vague.

Il la salua d'un geste las de la main avant de poursuivre sa déambulation.

– Alice, venez voir, vite…, appela Chloé, paniquée, du haut de l'escalier. Il y a un type bizarre qui se promène chez vous. Il se balade à moitié à poil.

Les Panthères montèrent précipitamment les marches. Reprenant à grand-peine leur souffle, elles n'en crurent pas leurs yeux en découvrant l'étrange manège du policier. Moelleux, visiblement perdu, errait dans le couloir habillé des récents cadeaux d'anniversaire d'Alice. Le peignoir ne lui allait pas terrible, mais que dire des chaussons ? Le flic devait faire deux à trois pointures de plus qu'Alice. Il avait enfilé les mules en forçant pour rentrer ses gros pieds, résultat : les pantoufles se déformaient sur toute leur largeur. Par sa faute, Alice allait nager dedans et risquerait de se casser la figure en marchant avec.

Qu'est-ce qui pouvait être arrivé au capitaine ?

Les Panthères le regardèrent s'effondrer dans le divan et se pelotonner pour faire une sieste. Elles s'éclipsèrent vers le jardin comme des conspiratrices. Qu'allaient-elles pouvoir raconter à Chloé quand elle sortirait des toilettes ?

– Il est devenu complètement fou, commença Alice. Cette stupide enquête lui tape sur le système. Si on n'a pas une idée, la petite va vite comprendre la supercherie et découvrir la présence des flics.

– Si vous voulez mon avis, c'est mieux ainsi. Je ne comprends pas le manque de professionnalisme de ces policiers. Il ne nous reste qu'à lui avouer la vérité dès qu'elle en aura terminé au petit coin. On arrête les cachotteries, je ne me vois pas recoudre un pitbull tous les jours.

Les Panthères s'apprêtaient à se résoudre à cette proposition quand Thérèse, qui n'avait rien dit depuis le début, alla à la rencontre de Chloé qui arrivait par le couloir. Alors qu'Alice et Nadia pensaient qu'elles allaient les rejoindre, Thérèse entraîna la jeune femme sous la véranda. D'un coup d'œil assuré, elle leur fit comprendre de ne pas bouger.

La Panthère s'était fourvoyée, mais elle avait une idée pour se rattraper.

La jeune fille et la vieille fille discutèrent autour d'un banc en bois couvert d'empilements de pots et de boutures. D'après ce que pouvait observer Alice d'où elle se tenait, Thérèse parlait avec autorité : si Chloé manifestait l'envie de l'interrompre, la Panthère posait la main sur sa cuisse pour lui intimer d'attendre. Par moments, Chloé jetait des regards surpris vers les Panthères qui l'observaient, intriguées. Qu'est-ce que Thérèse pouvait bien lui raconter ? Au fil de la conversation, l'expression de la jeune femme se transforma. Maintenant, un large sourire, illuminé d'une expression coquine, inondait son visage quand elle se tournait vers Alice. À la fin de leur conciliabule, les deux rigolaient franchement et échangeaient comme des camarades de pensionnat. Quand elles revinrent vers elles, Alice eut la sensation que Thérèse invitait Chloé à ne pas ébruiter leurs secrets.

– Vous avez bien raison, y a pas d'âge pour se faire du bien, lança une Chloé mystérieuse en dépassant Alice.

Les quatre femmes redescendirent au sous-sol et installèrent le molosse blessé dans l'ancien landau qui avait autrefois servi aux enfants d'Alice. Le chien, bien plus imposant qu'un nouveau-né, se laissa faire sans bouger. Il pesait son poids malgré le morceau de muscle laissé au combat. Elles l'emmaillotèrent dans un drap pour ne pas attirer l'attention d'éventuels passants, mais, malgré leurs efforts, ses pattes dépassaient du landau. Nadia le recouvrit d'un napperon qui traînait sur le dossier d'une chaise.

Le curieux attelage s'élança dans un silence de plomb. Alice eut une drôle de sensation en regardant la jeune fille enceinte pousser un landau contenant un chien atrocement blessé. Elle se tourna vers Thérèse, impatiente de savoir ce qu'il s'était dit là-haut.

– Qu'est-ce que tu lui as raconté ?

Elle était ivre de curiosité. Thérèse marcha jusqu'au seuil du garage pour vérifier que Chloé rentrait bien chez elle. Quand elle la vit disparaître chez mémé Juju, elle se retourna et annonça d'un ton d'outre-tombe :

– Je lui ai annoncé que le capitaine Moelleux était ton petit ami. Il n'y avait pas d'autre solution.

Alice eut besoin d'un petit moment pour assimiler la nouvelle. Nadia, quant à elle, bredouilla :

– Le capitaine Moelleux et toi, amants ? Tu aurais pu nous en parler, nous sommes tes meilleures amies quand même !

Alice oublia Nadia et se rapprocha de Thérèse.

– Comment tu as pu inventer une sottise pareille ? T'es devenue complètement maboule, il faut que t'arrêtes cette fichue tisane ! hurla Alice, oubliant toute discrétion.

Thérèse ne tint pas compte des cris véhéments de son amie et continua son explication, certaine de son bien-fondé.

– J'ai expliqué à cette jeune fille – qui, je te le rappelle, est surveillée par la police – que tu voulais garder cette relation secrète à cause de ton fils.

– Qu'est-ce que mon fils vient faire là-dedans ?

– Je ne te parle pas de celui, gentil, mais un tantinet pénible, qui s'occupe de toi comme si tu étais une gamine décérébrée, mais de l'autre, l'empereur de la start-up nation qui passe chez maman pour bricoler la plomberie.

Alice commençait à comprendre où Thérèse voulait en venir.

– Le lieutenant Dupuis ?

– C'est bien son nom, et comme tu n'as aucune envie qu'il te surprenne avec ton amant, vous avez décidé de rester discrets.

– N'importe quoi ! Ta maladie te ronge le cerveau, ma pauvre fille. Tu ferais mieux de retourner à l'asile, on serait tranquilles.

Alice, folle de rage, ne pensait pas ce qu'elle disait. Thérèse, quand elle sentait sa sclérose en plaques la harceler et qu'elle n'avait pas envie de se confronter au monde extérieur, se détournait de la société pour un laps de temps indéterminé et revenait lorsque son état s'améliorait. Les Panthères connaissaient ses soucis et ne lui demandaient jamais où elle disparaissait.

L'austère Panthère savait que la colère faisait dire des horreurs à Alice. Elle ne lui en tint pas rigueur.

– Il faut quand même une sacrée dose de folie pour imaginer Alice en galante compagnie avec Moelleux, remarqua Nadia.

– Tout le monde a droit à l'amour, déclara une Thérèse professorale qui en remit une couche pour convaincre les deux Panthères. Chloé s'imagine que c'est parce que ton fils est pété de fric qu'il ne veut pas que Moelleux soit le petit copain de sa mère.

– Qu'est-ce que vient faire mon fils là-dedans ? Je croyais avoir compris mais… en fait, je suis perdue.

Alice pataugeait, elle s'assit sur une caisse de vin vide et retournée. Elle sentait ses vieux démons la cerner. Elle n'avait plus qu'une envie : se reposer et dormir quarante-huit heures d'affilée.

– N'oublie pas que le lieutenant Dupuis se fait passer pour ton fils qui a réussi dans l'informatique. Voilà l'histoire, c'est crédible. Tu ne veux pas que ton rejeton apprenne que tu as une liaison avec… avec un gueux…

– Le capitaine… un gueux, t'exagères !

– Parle moins fort, il pourrait t'entendre…, chuchota Nadia.

– Bon venez, on monte. On ne peut pas le laisser comme ça.

Les Panthères grimpèrent l'escalier à la queue leu leu. Alice fermait la marche en marmonnant.

– Le capitaine Moelleux, mon amant… N'importe quoi !

Une fois dans la salle à manger, Thérèse se tourna vers le canapé dans lequel Moelleux ronflait avec entrain. C'est vrai qu'il n'avait pas l'air bien riche, ni à son avantage, à le voir vautré de tout son long, chaussettes trouées et sous-vêtements à la propreté douteuse.

– Dis donc, il est au bout du rouleau, ton gigolo ! rigola Nadia.

Alice s'effondra dans le fauteuil de Marcel. Une mise au point lui semblait nécessaire. Thérèse s'approcha et lui réexpliqua la situation, en prenant son temps cette fois.

– Si le capitaine est ton amant et Dupuis, ton fils marié avec Peggy, cette situation justifie leur présence chez toi, tout en obligeant Chloé à rester discrète en ce qui concerne ton béguin.

– C'est loin d'être bête, fit Nadia.

– Je te remercie, répondit Thérèse.

Alice fut bien obligée d'accepter la situation. Thérèse ne lui laissait pas le choix : si elle niait cette relation secrète, et bien évidemment fausse, la couverture des flics tombait.

– Chloé m'a assuré qu'elle ferait comme si elle ne savait pas pour ton amoureux. Affaire classée. À part nous, personne d'autre ne sera au courant.

Thérèse tapa dans ses mains pour s'en convaincre, ce qui ne contenta pas Nadia.

– Mais, attends, en quoi ton exposé nous explique ce que fabrique Moelleux écroulé dans le canapé, attifé de la robe de chambre d'Alice ?

Thérèse avala sa salive et tripota nerveusement la croix qui pendait autour de son cou.

– Je crois qu'il faut que je vous raconte tout ce qui s'est passé, commença-t-elle en se mordant l'intérieur des joues, dans l'attitude de celle qui a foiré et dont ce n'est pas l'habitude.

– Ouais, t'as pas le choix.

Thérèse, abandonnée par Alice, en tête à tête avec Moelleux, n'avait aucune idée de la façon de s'y prendre pour que le capitaine ne voie pas son amie sortir du garage en compagnie de Chloé. C'est à cet instant qu'elle avait pensé à la « Tisane spéciale des Panthères grises » et en avait proposé une tasse au policier pour le distraire.

– Et il a accepté, termina Alice qui commençait à comprendre l'engrenage qui l'avait conduite à se retrouver dans le rôle de sa maîtresse.

– Il m'a demandé ce que tu faisais, où tu allais, il m'a posé plein de questions, un véritable interrogatoire, indiqua Thérèse qui perdait de sa superbe.

Pour une fois, elle ne se sentait pas supérieure à ses amies. On lisait un certain effroi dans ses yeux.

Le capitaine manqua de cracher la première gorgée tellement le breuvage aigre lui labourait la gorge.

Dans la classification de Moelleux, il y avait Maria : la Panthère folle et méchante (« s'en méfier », avait-il noté et souligné sur ses fiches) ; Nadia : la folle cucul la praline ; Alice, la folle, la « cheffe » qui perdait la tête ; Thérèse, l'autre folle, dont on a déjà parlé, et Peggy, la dernière folle, le béguin contrarié de son adjoint. En fait, un environnement de folles.

Il trouva donc la tisane amère mais ne fit pas de remarque, se contenta d'ajouter quatre morceaux de sucre, ce qui fit hausser les sourcils à l'intellectuelle qui s'interdisait sucreries, gras et sel, autant dire tous les plaisirs de la vie, pour préserver ce qu'il lui restait de santé. Il avala le tout d'un trait parce qu'il avait terriblement soif et qu'ainsi il en aurait terminé.

– Tu ne nous expliques toujours pas pourquoi il se retrouve à moitié à poil à errer comme un mort-vivant.

– Je crois que tu n'as pas bien compris, Nadia, il a bu un bol de « Tisane spéciale des Panthères grises » cul sec, quasi sans respirer…

– Quatre sucres… Tu te rends compte, pour un homme en surpoids ! se lamenta Nadia qui ne comprenait pas que le problème était ailleurs.

Alice sortit de sa léthargie.

– Mais il n'y en avait plus dans le bocal…

– Il a terminé le sucre ?

– Suis un peu, Nadia, on parle de notre tisane !

Thérèse se sentait coupable, elle baissa la tête comme une pénitente et avoua son forfait d'une voix étouffée.

– Je suis allée chercher de l'herbe en bas… dans la réserve, pendant que vous étiez parties à votre combat de chiens.

Alice leva les yeux au ciel, Nadia fit la grimace en jetant un œil sur le capitaine endormi, qui ronflait avachi sur le canapé.

Il faut dire qu'Alice ne cultivait pas que des tomates dans son potager. Elle avait la main verte et s'occupait de plants plus exotiques qu'elle faisait sécher pour concocter la célèbre « Tisane ». Le breuvage servait à combattre les ravages de la sclérose en plaques qui faisait souffrir Thérèse lors de poussées épouvantables dont la fréquence se rapprochait. En attendant la légalisation qui tardait à venir, Alice avait autorisé François, son plus jeune fils, le jumeau, à cultiver quelques pieds d'herbe, culture qu'elle ponctionnait pour son usage thérapeutique. Une mamie ne risquait pas grand-chose. Elle se sentait tellement peu coupable qu'elle n'avait pris aucune mesure suite à la présence des deux policiers dans sa maison. Ils ne sortaient jamais dans le jardin, discrétion oblige ; et, vu la pâleur de leur peau, elle imaginait qu'ils ne fréquentaient guère le soleil.

– Et après, qu'est-ce qui est arrivé quand notre tisane est passée dans le sang du fonctionnaire ? demanda Alice, à la fois impatiente et terrifiée d'apprendre la suite.

Thérèse parlait doucement pour donner une once de crédibilité au propos pour le moins étonnant qui allait suivre.

– Il a fait sa lessive…

– Hein ?

Elle se doutait qu'elle allait devoir s'expliquer.

– Avec la surveillance, le capitaine ne rentre plus régulièrement chez lui et, paraît-il, une Panthère – il ne m'a pas dit laquelle – lui a fait des remarques sur les odeurs de sueur ; en plus, il a renversé de la sauce blanche de kebab sur sa chemise. Bref, ce pauvre fonctionnaire n'avait plus rien de propre à se mettre. C'est devenu obsessionnel, vous savez, ça arrive avec la Tisane, quand on en prend trop, on gamberge, on se met à penser à un truc et impossible de s'en débarrasser, ça tourne dans la tête sans s'arrêter… Lui, il a fait un blocage sur sa lessive, chacun ses idées fixes. Il fallait à tout prix qu'il lave ses habits : une affaire de vie ou de mort. Il s'est déshabillé…

– Où ça ?

– Je ne sais plus, ici, devant moi, il trouvait qu'il puait.

– Veinarde !

Maria venait d'entrer dans le pavillon et avait l'impression d'avoir raté quelque chose de capital.

– Vous pouvez m'expliquer ce qui est arrivé à notre ami, fit-elle goguenarde, en montrant Moelleux qui ronflait comme un bienheureux. Je m'assieds, j'ai l'impression que je vais m'amuser.

Cinq minutes plus tard, l'affaire n'avait plus de secret pour elle.

– Moelleux amant d'Alice, Dupuis mari de Peggy… Dites donc, c'est une véritable agence matrimoniale, cette maison ! J'arrive trop tard : il n'y a plus personne de libre ?

Maria, consciente que ce n'était pas le meilleur moment pour faire ses blagues idiotes, changea de sujet devant la tête accablée de ses consœurs.

– Droguer un policier… à l'insu de son plein gré ! s'étouffa-t-elle.

Elle ne pouvait s'empêcher de rigoler des mésaventures de Moelleux.

– Si personne ne le met au courant, on risque pas grand-chose, tenta Thérèse.

– Tu crois qu'il va oublier rien que pour te faire plaisir ?

– C'est possible, c'est de la tisane bio…, intervint Alice.

– Alice, c'est pas parce que c'est bio que c'est bon. J'ai toujours dit que c'était un poison, votre saloperie de truc !

Depuis les premiers essais pour soulager Thérèse, Maria s'opposait, en vain, à la consommation de leur infusion de sorcières.

– Si je m'arrange pour le faire boire ce soir…, tenta Alice.

– Vous n'allez pas recommencer ?

– Pas de notre tisane, boire de l'alcool ! Il pensera que c'est la boisson qui lui trouble la mémoire, développa-t-elle, certaine de tenir une tactique efficace.

– Le mélange, je ne sais pas si c'est indiqué…, risqua Thérèse qui avait entendu parler des ravages de la polytoxicomanie, même si elles étaient loin d'en être arrivées là.

Les Panthères restèrent perplexes. Que fallait-il faire ?

Alice se leva et se dirigea vers le meuble-bar qui n'avait plus servi depuis la disparition de son mari. Elle sortit des bouteilles poussiéreuses, presque toutes vides.

– Parce qu'on risque moins si on le saoule ? demanda Thérèse, dubitative.

– Au moins, c'est légal, répondit Alice, qui n'avait aucun autre argument à lui opposer.

– En attendant, il faut le rhabiller. S'il se réveille en caleçon et dans ta robe de chambre panthère, il va se poser des questions sur son identité sexuelle. Pourquoi vous me regardez comme si j'avais dit une énorme bêtise ?

Maria avait parfois des idées loufoques, mais celle-ci allait de soi.

– Où sont ses affaires ? Thérèse, tu ne dis plus rien, réponds ! C'est quand même un peu de ta faute, tout ce binz !

Maria n'allait pas rater une occasion d'accabler sa meilleure ennemie.

– Je les ai mises à sécher, il avait tout laissé par terre en boule comme un ado, se justifia-t-elle.

– Va les chercher, qu'on le rhabille, ordonna Maria qui, depuis son retour, prenait les choses en main.

Thérèse revint avec le pantalon et la chemise du capitaine, pliés et propres comme s'ils sortaient du pressing.

– Quand t'auras un moment, tu passeras à la maison, j'ai du repassage à faire, plaisanta Maria.

– L'écoute pas et donne, fit Nadia en récupérant les habits du capitaine.

Maria et Alice maintinrent tant bien que mal le zombie debout pendant que Nadia lui enfilait son pantalon.

– Il pèse son poids, le coco.

– Ouais, mieux vaut l'avoir en photo qu'à la maison.

La bonne chère plus la vie de patachon, les repas pris à n'importe quelle heure, avalés au lance-pierre, avaient détérioré sa ligne de jeune homme, puis gâté sa santé. Il y a quelques années, Moelleux s'intéressait encore à ses muscles, mais de trop nombreuses heures à rédiger des rapports que personne ne lisait, ou immobile en faction, avaient eu raison de sa forme. Résultat : il s'était empâté. Le pire, c'est qu'il avait constamment faim. Il était sans cesse à la recherche d'une saloperie à grignoter.

Il grogna quand elles l'assirent sur le lit. Elles eurent peur qu'il se réveille et les découvre affairées autour de lui. Nadia se mit à fredonner le morceau de NTM en repensant au rap que Chloé avait entonné pour calmer son chien.

Le capitaine dodelina en rythme et menaça de s'affaler du côté d'Alice, qui n'avait pas assez de force pour le retenir.

– Il s'écroule…

Maria, la plus costaude des Panthères, le rattrapa avant qu'il ne s'effondre.

– Reste avec nous, mon ami !

Moelleux, coincé entre les filles, ne bougeait plus. Elles reprirent leur souffle, l'effort conjugué à la chaude journée d'été les faisait suer à grosses gouttes.

– Il fait soif, articula Alice, la langue épaisse.

– Tu veux de la tisane ? Froid c'est désaltérant…

La blague de Maria tomba à plat.

– Il faut le salir ! s'exclama Nadia, prise d'une soudaine inspiration.

– Pourquoi ?

Alice ne suivait pas son raisonnement.

– Il va s'apercevoir qu'il est arrivé quelque chose de bizarre s'il se réveille dans des habits tout propres et repassés… alors qu'il s'est couché avec des sales tout froissés.

– Moi, j'adorerais ! Imagine un peu : tu te couches et hop au réveil, nickel, les Panthères ont fait le boulot à ta place !

Maria voyait le bon côté des choses, Alice moins.

– T'as raison, faisons-lui des taches, autrement notre affaire va paraître louche.

– C'est quand même dommage, une si belle chemise, se lamenta Nadia.

– Respire, ma belle, t'es à la retraite.

15

Confidences

Les Panthères parties, il ne restait que Moelleux et Alice. La nuit tombait sur le pavillon. Le capitaine fredonnait une aria en sourdine. Moelleux appréciait la musique classique, il était fan d'opéra ; mais il ne s'en vantait pas devant ses collègues, les voix aiguës ne sont pas appréciées à leur juste valeur dans la police. En présence de son binôme, il ne se laissait jamais aller à chantonner du Mozart, préférant renvoyer l'image d'un chef autoritaire qui préférait Johnny à Verdi. Il mâchonnait son stylo, les jambes croisées en équilibre sur une chaise installée en face de lui. Il avait éloigné son fauteuil pour profiter de cette position et se dégourdir les jambes. En fin d'après-midi, il s'était réveillé de sa sieste, meurtri, ankylosé, engourdi, courbaturé. Un trou noir l'avait englouti, il ne se rappelait plus rien sinon un cauchemar où ces fichues Panthères le martyrisaient et jouaient avec lui comme avec une poupée. Cette proximité l'oppressait, partager son intimité avec ces vieilles peaux, non merci. Il ne se sentait pas mûr pour entamer une cohabitation. Les colocs, c'était un truc pour les mômes, pas pour le troisième âge.

Cette enquête le fatiguait, mais surtout le tourmentait. Duval, son supérieur, ne lui avait pas pardonné l'affaire Mirko et ses atermoiements. C'est pourtant lui qui avait résolu l'énigme, avec brio par-dessus le marché, mais tout le succès en était revenu à ces satanées Panthères grises. Elles avaient fait la une de la presse. Un groupe de mémés proches de la date de péremption se révélait plus vendeur qu'un brave flic qui accomplissait son boulot consciencieusement. Foutus journalistes ! Résultat : il fallait qu'il réussisse un gros coup au plus vite s'il ne voulait pas se retrouver à la circulation ou à remplir des dossiers, lui qui s'était déjà chopé un panaris en tapant à la machine avec un seul doigt. Les infos de son indic étaient tombées comme du pain bénit, son espion avait partagé la même cellule que ce Dan, un petit voyou qui allait être obligé de rembourser son protecteur. Ramsès était coutumier du fait : il terrorisait les nouveaux entrants à qui, ensuite, il proposait une protection onéreuse dont ils devaient s'acquitter dès leur retour à la liberté. Incapables de rembourser, les pauvres types se retrouvaient enrôlés dans des plans risqués. La surveillance de ce Dan le mènerait à Ramsès et, dans le pire des cas, il mettrait le gamin sous les verrous pour satisfaire son supérieur. Mais voilà, le fichu copain violent de cette fille n'avait pas trouvé mieux que de venir squatter juste en face de chez Alice la Panthère ! « Quand ça colle au…, ça colle au… », comme disait Duval, qui lui non plus ne faisait pas dans la finesse, une question de génération probablement. Après des heures d'écoute, Moelleux n'avait rien collecté de bien concluant sinon des conversations de paumés à la recherche d'un peu d'argent pour subsister. On était loin du coup du siècle qui permettrait au capitaine de se refaire une virginité aux yeux de ses supérieurs et de passer la fin de sa carrière les fesses calées dans un fauteuil moelleux comme son nom.

Rien. Il ne se passait rien. Le pavillon était aussi silencieux que celui d'en face. Sa chemise sentait le propre, même la tache sur son flanc gauche faisait tache propre. Étrange. Tout lui semblait anormal depuis le début de cette drôle d'affaire. La folie de ces Panthères déteignait sur lui, la démence sénile n'était pourtant pas contagieuse à sa connaissance. Le capitaine Moelleux se sentait terriblement seul, il n'y avait que Minnie pour venir se faire caresser et lui faire oublier que son chat Raoul dormait seul sur le lit de son maître bloqué au travail.

Le capitaine somnolait en ressassant quand on le réveilla en sursaut.

– Vous ne quittez jamais votre poste ?

Minnie, aussi surprise que lui, sauta à l'arrivée d'Alice. Son hôte était revêtue de cette épouvantable robe de chambre en fausse peau de panthère. Comment pouvait-on s'habiller avec des fringues aussi moches ? se demanda-t-il sans imaginer un seul instant qu'il la portait il y a à peine quelques heures.

– Je voulais regarder la télé mais mon casque me donne chaud à la tête… Et si je mets le son, je vais vous gêner.

Une Panthère se préoccupait de son travail, Moelleux trouva cette démarche saugrenue et se tint sur ses gardes. Son flair de vieux flic lui donnait raison. Alice voulait le faire boire mais aussi lui parler de Chloé, car la Panthère était terriblement inquiète depuis qu'elle avait assisté au combat de chiens et aperçu ce « Ramsès » avec son faux air de momie. Alice hésitait, elle ne savait pas comment s'y prendre sans associer sa jeune voisine aux affaires louches de son copain.

Dans l'après-midi, la vieille dame avait repéré une bouteille encore aux trois quarts pleine qu'elle avait mise de côté. Elle alla la chercher dans le bar, et revint avec deux verres.

– Vous devez être constamment en mission.

– Ne vous sentez pas obligée de vous intéresser à ce que je fais.

Moelleux subissait le contrecoup de la « Tisane spéciale des Panthères grises », tout lui paraissait triste et ennuyeux.

– Du coup, mon pavillon manque bougrement d'exotisme ?

Le policier se contenta de bougonner. Alice avait l'air rêveuse. Elle remplit les verres et lui en tendit un qu'il refusa du bout des lèvres. Elle insista.

– C'est un alcool qui date de mon mari.

– Je suis en service.

– Vous êtes mon invité.

Il ne fallut pas grand-chose pour lui faire accepter. Ce petit remontant lui ferait peut-être passer ce goût aigre qui lui grattait le fond de la gorge. Il goûta, tandis qu'Alice trempait ses lèvres sur le bord du verre.

– Le prestige de l'uniforme… Vous devez en avoir du succès ?

Mais qu'est-ce qu'elle lui voulait à la fin !? Elle ne pouvait pas le laisser déprimer tranquille ?

– Je travaille en civil et… je suis marié ! s'entendit-il répondre sans grande conviction.

– Voilà, on arrive à le faire causer, le « môssieur »… et sans sortir la gégène !

Moelleux, légèrement déridé, esquissa un sourire discret et laissa échapper un ridicule rire de gorge. Alice continua sur le même ton.

– Des enfants ?

Il hésita et finalement répondit. Qu'est-ce qu'il risquait ?

– Une fille.

– Grande ?

– Moins qu'elle le croit, mais trop pour lui filer des gifles !

– Je ne vous demande pas si ça se passe bien entre vous ?

– La plus grande honte pour un enfant, c'est d'avoir un père flic !

Alice ne partageait pas cet avis.

– J'avais une copine à l'école dont le père était gendarme. À chaque fois qu'on lui tirait les couettes, on avait droit au sempiternel : « Mon père va vous jeter en prison… » On arrêtait, terrorisées à l'idée de se retrouver au poste.

– Époque révolue ! Maintenant c'est : « Mon grand frère va t'attendre à la sortie avec une kalach et des mortiers ! »

– Et votre femme ?

Moelleux fit semblant de ne pas avoir compris. Alice sentit que c'était le bon moment pour refaire le plein du verre du flic.

– Elle est partie.

Il avala son alcool d'un trait. Alice le resservit immédiatement.

– Sans raison ?

– Une… liaison… à peine une liaison…

– J'ai du mal à comprendre la notion.

– C'est quand on…

– Épargnez-moi les détails, s'il vous plaît. Votre femme, elle ne s'est pas contentée d'à peine partir, elle s'est barrée pour de bon. Remarquez, moi je n'ai jamais eu d'amant, et ça n'a pas empêché mon mari de tirer sa révérence !

– Avec une autre femme ?

– Ouais, la brune avec la grande faux…

– C'est pas pareil…

– Vous trouvez ? On se retrouve toute seule à regarder des trucs sinistres à la télé. Il y a toujours une catastrophe quelque part, un fait divers bien sordide pour vous changer les idées… Contempler le malheur des autres rend le sien tolérable. Vous devriez essayer, je ne connais rien de plus efficace !

– Ma télé est en panne…

– Réparez-la, vous semblez avoir des dons pour le bricolage dans la police !

– Pour m'abrutir avec vos feuilletons débiles ?

– Vous préférez les médicaments, parce qu'ils sont remboursés ? Je vous soupçonne d'être un poil radin, je me trompe ?

Il haussa les épaules.

– L'après-midi, il y a des émissions médicales très accessibles, de la vulgarisation pour le grand public, vous devriez essayer !

– Vous croyez vraiment que ma femme va revenir si je fais réparer mon poste ?

– La fois où ma télévision est tombée en rade, je me suis retrouvée comme une cruche, face à face avec moi-même, à repenser au bon vieux temps… à ressasser… à pleurer. Plus les années passent, plus on est seul, les copains et les copines sont partis faire la nouba au paradis. Même les bons souvenirs vous laissent un goût aigre dans la bouche.

Comme notre tisane, pensa Alice sans le dire. Un silence s'installa. L'émotion submergeait la Panthère, le flic ne savait trop quoi ajouter. La chatte des voisins profita de ce moment de calme pour reprendre sa place au chaud sur les genoux de Moelleux.

– Minnie vous a adopté, normalement elle griffe tous ceux qui l'approchent.

– Je peux ?

Elle opina de la tête, il se servait tout seul, parfait. Elle n'avait plus besoin de faire semblant de boire.

– C'était avant qu'on fonde la troupe des Panthères grises, qu'on fasse du théâtre… Depuis je ne regarde presque plus la télé, les feuilletons, un peu. J'ai des copines, des amies, aucune émission ne remplacera ça !

– Maintenant, pour vous occuper, vous emmerdez la police en vous mêlant de ses enquêtes…

Alice sourit.

– Quand vous étiez petit, vous rêviez déjà d'être flic ?

– Je suis devenu masochiste sur le tard.

– Gamin, vous vouliez devenir quoi ? Pompier ? Pilote de ligne ? Astronaute ? Médecin ? Infirmière ?

À chaque suggestion, il faisait non de la tête. Il finit par répondre dans un murmure, d'une voix qui ne lui ressemblait pas :

– Danseur.

Alice n'en croyait pas ses oreilles.

– Vous avez eu un problème d'orientation ?

– Attention, pas n'importe quel danseur, pas l'individu qui sautille avec le tutu qui lui flotte sur les fesses ! Pas les trucs modernes, du genre les types à poil qui se trémoussent dans tous les sens, la quéquette au vent, l'œil dans le vague, où on ne comprend rien, même pas le titre ! Non, danseur de vraies danses, je veux dire danseur de danses qui se dansent. Danseur, quoi !

Moelleux voulut vider la bouteille pour conclure sa diatribe, mais trop tard, il l'avait déjà fait.

– Vous ne me croyez pas ?

– Si, si...

– Vous n'avez pas l'air... Qu'est-ce qui cloche, je n'ai pas le look ?

– Loin de moi l'idée de juger sur l'allure...

– Pourquoi un flic n'aurait pas le droit de danser ?

– Parce qu'il dresse déjà des contredanses...

– Vous me décevez, Alice ! On croirait entendre votre copine... celle qui ne sait pas se taire.

– Faites-moi une démonstration.

– J'ai pas envie.

– Allez, ne vous faites pas prier... Vous pouvez bien me danser « une danse qui se danse ». Y a pas de mal à faire plaisir, non ? Vous ne risquez rien, personne ne peut vous voir, nous sommes entre gens raisonnables.

Moelleux, avec une mauvaise foi provocante, leva ses jumelles alors qu'en face les lumières étaient éteintes depuis belle lurette.

– Je ne peux pas abandonner ma surveillance.

– Je la fais à votre place, j'espionne d'un œil et de l'autre, je vous admire !

– Je ne danse pas sans musique.

– S'il n'y a que ça pour vous satisfaire…

Alice se leva et mit un morceau sur la stéréo du salon, « La Java bleue », de la musique qui se danse à deux.

Moelleux l'invita. Elle accepta avec plaisir.

Alice se retrouva projetée des années en arrière quand son Marcel l'entraînait au bal musette de Joinville-le-Pont, en face, sur l'autre rive de la Marne. Elle se laissa mener par le capitaine qui la transporta dans un monde où elle pouvait sentir l'odeur de la friture qu'elle dévorerait goulûment à la fin de la danse.

Le morceau prit fin, elle alla couper la musique, les jambes flageolantes, troublée à en pleurer d'avoir retrouvé, pour un instant, sa jeunesse.

– Vous m'avez fait tourner la tête, c'est une sensation agréable que je n'ai plus vécue depuis fort longtemps. Vous êtes un admirable danseur, pourquoi vous n'avez pas continué ?

– Quand on danse, on n'a pas besoin de parler, c'est comme dans un rêve, les choses s'enchaînent… sans qu'on n'y puisse rien, par enchantement.

Il se remit à danser seul, sans musique, dans de

grands mouvements lents, un gros homme au ralenti. Alice pensa à la danse des hippopotames dans *Fantasia*, le dessin animé de Walt Disney, ridicule et poétique à la fois.

– Un pas en entraîne un autre, on glisse, on vole, c'est léger, aérien… On atteint une autre dimension, les bords s'estompent, le réel s'efface, la vie s'illumine, on frôle les étoiles, on les décroche… L'esprit s'envole… Le soleil nous caresse sans nous brûler… pop… pop… allumé… pop… pop… éteint !

Il termina immobile, les bras en l'air. Le poète perçait sous l'épaisse cuirasse du flic blasé.

– Pourquoi avez-vous arrêté de danser ?

– Les roucoulades, c'est parfait pour séduire sa femme, pas pour la nourrir.

– Votre femme se marie avec un danseur et vit avec un emmerdeur… Je comprends pourquoi elle a mis les voiles. Elle a comme qui dirait des circonstances atténuantes.

– Le poison s'est insinué progressivement… insidieusement… Au début, on allait danser, puis la petite est née, alors on est moins sortis… Un flic qui bosse, c'est jamais là. Et même quand il est là, il rumine ses problèmes dans son coin. Il n'en parle pas, parce que ce qu'il vit dans son boulot c'est tellement moche qu'il n'a pas envie d'infliger ces horreurs aux autres… Alors il les enterre… au plus profond. Et puis un jour, sans qu'il l'ait vue pousser, la petite est devenue grande, et elle a honte de son père flic. Tout devient occasion pour le provoquer et le pauvre idiot tombe dans le panneau. Le flic est devenu con comme un con de flic. Il a oublié qu'il était aussi un papa ; et la petite, devenue grande, est partie vivre sa vie sans plus parler au flic qui n'a plus rien dit, il s'est tu… et… depuis…

Elle s'était endormie.

– Alice ?

La Panthère remua, parla dans son sommeil.

– Encore une danse… s'il vous plaît.

Elle fredonna les premières notes de « La Java bleue » puis se rendormit. Moelleux ne la dérangea pas et la laissa rêver tranquille.

Quand elle s'assoupissait dans le fauteuil de Marcel, il fallait une grue pour la dégager.

Au milieu de la nuit, du vacarme devant le pavillon d'en face réveilla le flic. Une voiture arriva à vive allure, tous feux éteints, en faisant crisser ses freins. Les graviers du parking volèrent jusqu'aux fenêtres de la cuisine. Une portière s'ouvrit, un corps chuta. La bagnole repartit en trombe. Une fenêtre s'alluma dans le pavillon ; dix secondes plus tard, Chloé se précipitait vers l'ombre qui se relevait péniblement en gémissant. Elle la prit dans ses bras et la traîna vers la maison.

Le capitaine enclencha le magnétophone.

– Qu'est-ce qu'ils t'ont fait ?

– Rien, c'est rien… Retourne te coucher, t'as entendu ? Qu'est-ce que je t'ai dit ? Dégage ou tu vas t'en prendre une !

16

Vide-grenier

– Oui, bonjour. Vous êtes bien chez madame Alice Lamour, que puis-je pour votre service ?

Le lieutenant Dupuis avait pris l'habitude de décrocher la ligne fixe quand venait son tour de prendre son quart de surveillance. Il n'aimait pas rester inutile et, comme les habitants du pavillon d'en face ne se levaient pas avant le milieu de la matinée, il s'était habitué à noter les rendez-vous d'Alice avec ses copines. Assez rapidement, il avait fini par les organiser. Il trouvait cette façon de s'entraider entre voisins sympathique et n'avait à aucun moment soupçonné que, sous couvert de solidarité, se cachait une activité rémunératrice et illicite. Sans le savoir et sans malice aucune, le lieutenant Dupuis était devenu le complice d'un taxi clandestin de proximité à prix discount et évolutif, car Alice modulait ses tarifs en fonction des revenus des personnes transportées.

Depuis que les Panthères avaient résolu leur première enquête policière, elles avaient bénéficié de l'honneur des titres de la presse et de la publicité gratuite qui en découlait. Alice et sa Renault Baccara faisaient le buzz. Conséquence de ce succès et de cette mode soudaine : le téléphone sonnait sans arrêt et l'attente s'allongeait pour faire ses courses, aller rendre visite à ses petits-enfants ou, simplement, honorer ses rendez-vous médicaux.

– J'aimerais qu'elle vienne me chercher à mon domicile demain, j'ai conscience de l'avertir un peu tard, mais les rages de dents ne préviennent pas.

– À quelle heure est votre rendez-vous ?

– Trois heures et demie. Si elle passait… disons vers trois heures, ça serait parfait.

– Je vais voir avec elle si c'est possible, à quel nom ?

– Bernadette, elle me connaît.

– C'est noté, je lui transmets.

– Merci, vous êtes bien aimable, jeune homme.

Le lieutenant était poli, prévenant, déférent. Depuis qu'Alice disposait d'un secrétariat, faire ses réservations était bien plus commode et surtout mieux organisé.

– Alice a bien de la chance de vous avoir.

Le lieutenant allait faire une remarque mais, voyant son supérieur arriver, il se contenta de raccrocher en saluant discrètement.

– Je vous souhaite une agréable journée, madame.

Le patron avait sa mine des mauvais jours. Il marmonnait dans sa barbe naissante.

– Je vous ai dit cent fois de ne pas passer vos coups de fil personnels pendant le travail.

Dupuis se tassa sur sa chaise. Il avait pris l'habitude de courber l'échine et de laisser passer l'orage. Si son patron arrivait froissé, comme ce matin, avec la tache de vin sur son front déjà bien marquée, il valait mieux prendre son mal en patience et attendre qu'il avale sa dose de café pour lui adresser la parole.

En voyant le capitaine s'acharner sur son souffre-douleur, Thérèse en profita pour disparaître par l'escalier du garage. Elle ne voulait en aucun cas croiser le policier. Honteuse, elle craignait sa réaction, maintenant qu'il avait recouvré ses esprits. Thérèse se demandait si Alice avait réussi sa mission et l'avait fait boire pour que sa gueule de bois lui fasse oublier la « Tisane spéciale des Panthères grises ».

– Elle n'est pas là, la vieille fille un peu… comment dire ?

Moelleux balaya les alentours pour vérifier que Thérèse se trouvait hors de portée de voix. Il savait par expérience qu'il ne fallait pas fâcher ces dames qui pouvaient se transformer en bêtes féroces si on les provoquait sur leur terrain de jeu.

– La Panthère un peu spéciale, continua-t-il en exécutant des moulinets avec les bras, la toute maigre et blanche, genre asperge.

Dupuis se demandait ce que signifiaient ses mouvements qui brassaient de l'air.

– Vous voulez dire Thérèse, patron ?

Le visage du capitaine se crispa de surprise.

– Vous connaissez ces sorcières par leurs prénoms ? Vous fraternisez avec ces mégères ? Attention, mon petit Dupuis, on commence par accepter une salade, puis une tisane, et après on se laisse embobiner. N'oubliez jamais qu'elles ont le vice dans la peau, ces bourriques !

– Moins fort, vous allez réveiller Alice, fit Dupuis en indiquant la direction de la chambre au bout du couloir.

Moelleux jeta un œil sur sa montre d'un air effaré.

– Me dites pas qu'elle dort encore ? Ces vieilles sont pires que des ados…

Le policier se savait évidemment bien mal placé pour lui faire ce genre de remarque. Moelleux connaissait les raisons de cette grasse matinée, c'était sa faute si Alice avait veillé jusqu'à pas d'heure. Pourquoi s'était-il mis à danser comme un idiot ? Qu'est-ce qu'il avait voulu prouver ? Qu'il était sympa, que la caricature de flic qu'il dégageait n'avait rien à voir avec sa personnalité profonde ? À quoi bon ? Il n'avait pas dansé depuis l'époque où il vivait encore avec sa femme, autant dire aussi loin que la préhistoire.

Parler lui avait fait du bien, il s'était délesté de son trop-plein d'anxiété. Il passa la main sur sa bedaine, même son bide avait réduit de circonférence, enfin c'était une sensation qui l'arrangeait. Par contre, tout s'embrouillait dans sa tête. Il ne se rappelait pas ce qu'il avait bu ; s'il avait abusé, c'était la faute d'Alice. Elle avait ouvert un alcool bizarroïde. Une liqueur de la famille du guignolet kirsch, il n'était pas certain mais ça en avait tout l'air. Sirupeuse, épaisse. Le degré d'alcool lui avait semblé dérisoire, les anges qui veillaient sur ce nectar avaient largement consommé leur part depuis le siècle dernier. Entraîné par la conversation et les confidences, il avait eu la main lourde et liquidé le reste de la bouteille. Pourquoi s'était-il comporté ainsi, lui que les vins cuits rendaient malade ?

Le plan d'Alice avait fonctionné : le capitaine s'était autoconvaincu que l'alcool périmé était le responsable de son mal de crâne, et ne soupçonnait pas l'inoffensive tisane qu'il avait bue.

– Traîtres, ces machins-là !

– Qu'est-ce que vous dites ? demanda Dupuis.

– Le jour est levé depuis un moment, non ?

Ses ruminations ne regardaient pas son subordonné. Que resterait-il de son autorité si le lieutenant découvrait qu'Alice avait veillé jusqu'au milieu de la nuit pour écouter ses confidences et, pire encore, s'il apprenait qu'il avait partagé une danse avec elle ? Danseur mondain pour un flic, c'est pas sérieux !

Moelleux partit fouiller dans la cuisine.

– Je me ferais bien une petite tisane, moi. Où elle a planqué sa mixture, la Thérèse ?

– Patron, venez voir, il se passe quelque chose de bizarre en face !

Le capitaine abandonna ses recherches sur-le-champ et écarta le rideau de la cuisine. Dan et Chloé déplaçaient du mobilier devant leur pavillon.

– C'est quoi, ce bordel ? Mais pourquoi ils sortent la table de cuisine ?

Moelleux vociférait sans se soucier de réveiller Alice. Il retrouva Dupuis et lui arracha les jumelles des mains pour scruter le bazar.

– Ils ont trouvé notre micro, c'est pas possible autrement ! Vous avez dû le fixer n'importe comment, comme d'habitude, et il s'est cassé la figure sur leurs genoux pendant qu'ils bouffaient. L'opération va tomber à l'eau à cause de votre négligence. Pourquoi êtes-vous systématiquement en tête de liste quand il s'agit de faire des conneries ? On est repérés. Allez, on remballe le matos et on décampe fissa !

– Calmez-vous, capitaine, ce n'est qu'un vide-maison.

Alice venait d'apparaître sur le seuil.

– Qu'est-ce que vous racontez ?

– Je suis désolée, j'ai oublié de vous le dire, fit Alice à peine sortie des bras de Morphée.

La marque de l'oreiller lui laissait une scarification sur la joue. Leurs conversations nocturnes s'étaient avérées plus efficaces qu'un somnifère.

– Vous étiez au courant et vous ne nous avez rien dit ?

– Chloé m'en a touché un mot. Je voulais vous en parler… Mais cette nuit nous sommes partis dans d'autres choses, bien sympathiques d'ailleurs, et ça m'est sorti de la tête. Il m'arrive d'oublier ce que je dois faire. Vous verrez, ça vient plus vite qu'on le croit !

Moelleux n'avait pas envie d'expérimenter cette sensation trop tôt. De son côté, Dupuis s'interrogeait, perplexe. Qu'est-ce que son chef avait bien pu faire... de sympathique avec la Panthère, pendant la nuit ?

– Si j'avais su que c'était important, j'aurais fait un effort ou je l'aurais noté sur un post-it, il y en a autant qu'on veut !

Alice montra les bouts de papier jaunes collés aux portes.

Moelleux haussa les épaules.

– Tout est important quand il s'agit d'une enquête criminelle.

En s'entendant parler, le capitaine se demanda ce qu'elle avait de criminel, cette affaire. Il s'écroula dans le fauteuil de Marcel, sa tache de vin l'irritait, d'épaisses gouttes de sueur dévalèrent ses joues. L'énervement, plus la gueule de bois, sans oublier la « Tisane », l'essoufflaient mais ne lui coupaient pas les idées pour autant.

– Puisque c'est ainsi, allons faire un tour sur cette foire au grenier ! Avec un peu de bol, nous chinerons bien quelque chose qui fera avancer notre mission.

Le vide-grenier débordait d'objets hétéroclites répandus à même le trottoir. Le mobilier de mémé Juju paraissait encore plus suranné, éclairé par la lumière crue de l'été. Le couple se débarrassait de tout ce qui pouvait l'être, dans l'espoir de se procurer un peu d'argent. La foule grossissait, attirée par le bouche-à-oreille et par les prix défiant toute concurrence. La possibilité de faire de bonnes affaires faisait sortir les gens de chez eux, la curiosité aussi. Si le notaire qui s'occupait de la succession de mémé Juju apprenait ça, il y mettrait le holà vite fait.

Le lieutenant Dupuis, en position d'observation dans la salle à manger du pavillon d'Alice, suivait le déplacement de la table de cuisine qui intéressait déjà de potentiels acheteurs. Le micro collé sous le plateau continuait de fonctionner. Dupuis suivait la conversation.

– On la ponce et on la revend sur le « Leboncoin ». On va se faire une marge confortable, fit une voix masculine.

– Regarde leur look de pouilleux. Ils sont aux abois, des marginaux, on devrait la récupérer pour presque rien…, répondit une femme.

Les acheteurs potentiels de la table de mémé Juju ne ressentaient aucune pitié pour les vendeurs. Dupuis les entendait mais ne savait pas comment prévenir Chloé sans se découvrir.

Les policiers devaient opérer d'urgence s'ils voulaient récupérer leur micro qui allait partir ils ne savaient où, vendu avec la table. Finalement, c'est Moelleux qui se chargea d'intervenir. Il pensait en toute bonne foi passer inaperçu dans le quartier. Il ignorait que Thérèse l'avait présenté à Chloé comme l'amant d'Alice.

– Je vais aller acheter cette table avant que ces abrutis se barrent avec notre micro et foutent notre mission en l'air !

« Dupuis, vous restez en écoute et surveillance, ordonna-t-il. Si vous devez intervenir, faites-le en employant votre couverture favorite. N'oublions pas que monsieur est le fils de la proprio. Moi, je vais jouer l'acheteur lambda attiré par le fumet des bonnes affaires.

– Je ne sais pas si c'est très prudent, patron...

– Qu'est-ce que je risque, à part un achat inutile ? rigola Moelleux, qui commençait à penser que son adjoint serait plus à l'aise bien au chaud dans un bureau.

Trop peureux pour le terrain, ce jeunot manque de tripes, se dit-il. Le capitaine sortit par l'arrière du pavillon et rattrapa Alice, qu'il fit semblant de ne pas le connaître. Ils passèrent, en respectant une honorable distance entre eux, devant Tupac amoché qui léchait ses plaies, attaché devant l'ancien poulailler de mémé Juju transformé en niche. Le pitbull essaya de se redresser sur ses pattes en voyant Alice se rapprocher. La malheureuse bête titubait et grondait de douleur en tirant sur sa chaîne.

– C'est pas possible, on dirait que leur clebs est passé sous une moissonneuse-batteuse.

Moelleux passait ses vacances à la campagne quand il était jeune.

– C'est Minnie qui lui a arraché l'oreille, lui lâcha discrètement Alice.

– Hein ! Qu'est-ce que vous racontez ?

– Elle attaque tout le monde… Je ne sais pas pourquoi…

Le policier, perplexe, regarda de plus près le molosse miraculé qui se mit à aboyer dans sa direction. Tupac retroussait ses babines déchiquetées par le combat, les lambeaux de chair lui donnaient l'air d'un monstre de foire.

– C'est étonnant, elle est très gentille avec moi.

– Y a bien qu'avec vous !

Alice s'éloigna, honteuse de mettre sur le dos de cette pauvre chatte toute la méchanceté du monde. Pour se faire pardonner, elle se fit la promesse de lui acheter des croquettes de luxe la prochaine fois qu'elle emmènerait une cliente faire ses courses à l'hyper.

Tandis qu'Alice et Moelleux s'éloignaient de la niche du pitbull, une voiture de police approcha au ralenti et se gara devant le pavillon de la Panthère. Les fonctionnaires, en tenue, descendirent de leur véhicule et tournèrent autour de la Baccara sans se préoccuper du vide-grenier.

En les apercevant, Moelleux laissa de côté son idée de récupérer le micro et se dirigea vers ses collègues en allongeant le pas. Le capitaine craignait que leur intervention interfère avec son enquête. Arrivé à leur niveau, il déclina son identité le plus discrètement possible.

Pendant ce temps, Chloé négociait avec les clients intéressés par sa table. En voyant le capitaine rejoindre les fonctionnaires, elle pensa que l'amant de sa voisine, celui qu'elle avait vu se promener en petite tenue dans son pavillon, avait des soucis avec la maréchaussée. Elle le trouvait louche, ce gars, avec son bide en avant et sa bonhomie contrôlée.

Chloé le regardait discuter vivement avec les gardiens de la paix sans entendre la conversation. Un moment, elle crut que les policiers allaient l'embarquer ; mais finalement ils se contentèrent de prendre ses papiers. Un des deux pandores rentra dans leur voiture tandis que l'autre ne s'éloignait pas du curieux personnage.

Au même moment, Peggy entrait dans le pavillon d'Alice.

– Qu'est-ce qui se passe dans le quartier ? C'est bien animé, il y a une fête ?

– Vous arrivez au bon moment.

Dupuis lui expliqua rapidement la situation. Puisque son chef était occupé à écarter leurs collègues, il fallait le remplacer et récupérer la table et son micro à sa place. Il proposa de constituer un duo avec Peggy.

– Puisque nous sommes mari et femme, allons chiner en couple.

La professeure de théâtre se montra ravie de réendosser son rôle d'épouse. Elle attrapa la main de son mari et l'invita à se lever.

– Venez, mon chéri, allons choisir des meubles qui décoreront prochainement la maison de nos rêves.

Dan, le jeune voyou, amoché comme son chien, était rentré se planquer à l'intérieur du pavillon de mémé Juju en voyant les flics rôder sur le parking. La présence de la maison poulaga ne l'encourageait pas à se découvrir. Posté à la fenêtre de la cuisine, il profitait d'une vue d'ensemble sur le vide-grenier. Il repéra un couple qui sortait main dans la main de chez la vieille d'en face. Les jeunes gens s'embrassèrent goulûment avant de se diriger vers la table de mémé Juju.

Dupuis repoussa gentiment Peggy. Leurs lèvres se décollèrent.

– Arrêtez…

– Pourquoi, vous n'aimez pas ?

– C'est pas le problème, mais…

– Mais quoi ? Nous sommes de jeunes amoureux, il faut jouer avec ses tripes. On ne simule pas les situations, on les vit. Autrement, c'est faux et ça se voit. Vous voulez faire capoter votre enquête ?

Dupuis la suivit jusqu'au couple qui s'intéressait à la table sans rien ajouter. Chloé les reconnut et quand elle comprit l'intérêt du fils d'Alice pour le meuble qu'il voulait offrir à sa mère, elle expédia les autres acheteurs qui disparurent, vexés par cet odieux favoritisme. La jeune femme en profita pour monter le prix à la limite du déraisonnable. Un millionnaire de la start-up nation pouvait se permettre de dépenser une fortune pour une table bancale.

Une fois la transaction réalisée, Peggy et Dupuis rapportèrent le meuble chez Alice avec le soutien de Chloé. La jeune femme voulait à tout prix les aider, malgré les tentatives du lieutenant pour l'en dissuader. Le trio croisa Moelleux qui fit mine de ne pas les connaître. Il attendait que ses collègues finissent leur vérification d'identité. Les gardiens de la paix avaient bien du mal à croire que ce type faisait partie de la même maison qu'eux. Le capitaine fit semblant de s'intéresser à la table que portait le couple de tourtereaux pour empêcher Chloé de s'approcher trop près des policiers en tenue.

– Combien, pour la table ? lança-t-il pour faire diversion.

– Trop tard, elle est vendue, il fallait vous réveiller plus tôt, répondit sèchement Dupuis.

Le lieutenant éprouva un plaisir coupable à parler mal à son supérieur. Petite vengeance qui lui fit le plus grand bien.

Chloé rigola de la situation. Le fils ne savait pas qu'il s'adressait à l'amant de sa mère. Elle ne put se priver d'y faire une allusion.

– Vous aurez bien d'autres occasions de la voir, cette table.

Moelleux ne comprenait pas ce qu'elle insinuait. Normalement, cette gamine ne le connaissait pas. Il eut peur que la voisine l'ait repéré. Il décida de faire semblant de comprendre même s'il ne pigeait rien. Son collègue en uniforme lui sauva la mise en lui tendant ses papiers d'identité qu'il venait de vérifier sur l'ordinateur central dans son véhicule.

– C'est bon, capitaine, tout est en règle. Avec toutes nos excuses.

Moelleux se retourna, il était fait, la voisine avait découvert son identité. Non, par miracle elle avait disparu.

Chloé revint vers le vide-grenier. Elle n'avait aucune envie de rester chez Alice pour tenir la chandelle à son fils et sa femme qui n'arrêtaient pas de s'embrasser, leurs effusions en devenaient gênantes. Dan cogna au carreau de la villa de mémé Juju. Chloé l'entendit et alla voir ce que son copain lui voulait.

– Qui c'est, ce mec et sa pouffe ?

– Le fils de mamie Alice, avec sa femme. Il faut toujours être bien avec un mec capable de claquer autant pour un meuble pourri.

Chloé montra les billets qui rendirent instantanément le sourire à Dan. Il les attrapa et les mit dans sa poche.

– J'ai une bonne nouvelle…

Il n'alla pas plus loin pour exciter la curiosité de Chloé, qui avait horreur de ce petit jeu.

– Vas-y, dis !

– Je t'ai décroché un rendez-vous pour un casting. On vient te chercher avec une voiture.

– Génial ! Quand ?

– Maintenant.

Chloé embrassa son mec, ivre de joie.

Alice repéra la limousine dès qu'elle arriva dans le quartier. Une silhouette donnait des ordres, calée à l'abri derrière les vitres fumées d'une berline à rallonge comme certains en louaient pour les cérémonies de mariage. Une portière s'ouvrit. Un homme en jean et tee-shirt noir en descendit et vint à la rencontre de Chloé, qui sortait de son pavillon excitée comme une puce.

Alice ne pouvait pas rejoindre sa Baccara sans se faire repérer par Moelleux qui traînait encore devant la voiture. Le capitaine, occupé à houspiller ses collègues qui avaient involontairement manqué de le démasquer, ne vit pas Alice se diriger vers la maison des maîtres de Minnie.

Au même moment, un livreur venu apporter une commande sortit de chez les nouveaux voisins bobos de la Panthère et regagna son vélo-cargo électrique. Alice l'intercepta tandis qu'il grimpait sur son engin.

– Jeune homme !

Pour une fois, ce n'était pas Alice qui faisait le taxi mais elle qui voulait se faire transporter. Elle n'avait plus le choix, Chloé venait de monter dans la voiture à rallonge et Alice n'aimait pas du tout ça.

Le livreur ressemblait à Rahan, le fils des âges farouches, le héros de la bande dessinée de *Pif Gadget*, magazine auquel elle avait abonné ses enfants, sans l'assentiment de Marcel qui n'appréciait pas « ce petit Mickey » qui prenait trop de libertés avec la vérité scientifique.

– Comme si les hommes existaient à l'époque des dinosaures ! pestait-il. C'est avec des aberrations pareilles qu'on transforme les gosses en crétins patentés.

Pour couronner le tout, *Pif Gadget* était un journal communiste, mais heureusement, son mari l'ignorait.

À l'image du héros de la bande dessinée préhistorique, le livreur était élancé, blond comme les blés. Les tablettes de chocolat que moulait son tee-shirt ne semblaient pas près de fondre. Il ne lui manquait que le coutelas en ivoire mais peut-être le cachait-il dans les profondeurs d'une des poches de son short militaire.

Alice n'avait pas le temps de s'expliquer, elle lui fit une proposition qu'il ne put refuser, et lui mit un billet dans la main pour conclure l'affaire.

La mamie se glissa dans la grande caisse en bois installée à l'avant de l'engin et se fraya une place au milieu des livraisons. Une odeur de légumes et de fruits de saison parfumait le vélo-cargo.

Elle s'assit avec précaution pour ne pas écraser les commandes.

– Attention aux œufs frais, dans le sac, là.

Elle prit la poche en papier qui contenait le précieux chargement et le posa délicatement sur ses genoux.

Son chauffeur lui fit signe en levant le pouce.

– Prête ?

Il fallait faire vite, la voiture aux vitres fumées quittait le parking. Alice, prise d'excitation, cria comme elle l'avait vu faire dans de nombreux films de gangsters américains.

– Taxi, suivez cette voiture !

Après un démarrage progressif, l'engin atteignit sa vitesse de croisière. Alice ne s'attendait pas à ce que le vélo électrique file aussi rapidement sur l'asphalte. Elle ne distinguait pas la route, rendue floue par les larmes qui humectaient ses yeux et voilaient sa vision. Ce n'était pas plus mal car ne voyant pas le danger, elle avait moins de raisons de céder à la peur. Le vent qui s'engouffrait dans son col lui fit regretter de ne pas avoir serré un foulard autour de son cou. Elle aurait trouvé idiot d'attraper du mal en chopant un chaud refroidi dans les courants d'air. Les œufs roulaient sur ses cuisses, passant de droite à gauche en fonction des virages. Elle écarta les genoux, tendant le tissu de sa robe à le déchirer pour éviter de faire une omelette sur ses cuisses.

Cette course à vélo électrique lui rappela les débuts de sa relation avec Marcel. Quand elle l'avait rencontré, son futur mari était un vrai passionné de moto. Elle grimpait à l'arrière de son engin, il fallait se pencher dans les virages. Elle détestait ça, elle avait l'impression que le bolide allait se coucher sur le sol et, à chaque fois que la moto se redressait dans une sortie de courbe, une forte envie de vomir la submergeait. Elle se sentait comme dans des montagnes russes où il lui était déjà arrivé de vomir les chichis qui lui pesaient sur l'estomac. La position inconfortable, le froid, l'équilibre précaire, la possibilité de tomber à n'importe quel moment lui avaient fortement déplu. Marcel avait insisté, il ne voulait pas choisir entre sa machine et sa dulcinée. Pour résoudre ce dilemme, il avait installé un side-car exprès pour elle.

– Tu verras, c'est tranquille et confortable.

Sauf qu'elle avait abandonné le navire à la première occasion, c'est-à-dire devant le premier feu rouge. Morte de peur, elle avait sauté sur le passage clouté avant que Marcel ne remette les gaz et ne se fasse renverser par une camionnette. Le livreur ne l'avait pas vu. Cet accident, sans conséquences physiques, mit fin à la période motocycliste du couple. À l'époque, elle fêtait ses vingt ans ; aujourd'hui, la peur était démultipliée par le nombre des années.

Elle avait la sensation d'être emportée dans un cercueil à roulettes en direction de l'enfer qui attendait Chloé.

Pendant ce temps, devant son pavillon, le capitaine cherchait Alice en parcourant du regard le vide-grenier. Avant de partir, les flics en uniforme lui avaient expliqué que la Renault Baccara avait été formellement identifiée dans le parking souterrain d'un immeuble où étaient organisés des combats de chiens.

Il aurait bien aimé qu'Alice lui explique ce qu'elle faisait là-bas, mais la Panthère s'était volatilisée.

Où avait-elle bien pu se barrer ?

17

Cabaret

Non, les riverains de l'avenue Gabriel-Péri n'assistaient pas au tournage d'un film d'action mais au passage d'une Panthère grise à la poursuite de la voiture d'un criminel qui emmenait Chloé vers une destination inconnue. Une course-poursuite peu banale entamée avec un vélo-cargo électrique lancé à pleine vitesse dans les rues de la commune. La bicyclette améliorée, à la mode bobo, était bien mieux adaptée et plus rapide sur les pistes cyclables aménagées de Montreuil qu'une voiture rallongée de frimeur qui aurait trouvé sa place dans un clip de rap des années 2000.

Ils étaient arrêtés en ligne, respectant le feu rouge, en compagnie d'autres vélos-cargos qui transportaient des fournitures diverses mais aussi des chiens, des chats et un échantillon de bambins. Alice participa au concours de grimaces initié par un gamin frisé à la bouche particulièrement élastique avec qui il était délicat de rivaliser. La présence d'une mamie n'avait pas l'air de choquer les enfants, habitués à ce type de circulation dite douce par les politiques qui en faisaient la promotion. Seul un chien, un bouledogue français tout fripé à la trogne enfoncée comme l'avant d'une voiture qui aurait salué un mur en pleine face, sembla s'offusquer de la présence de cette grand-mère installée dans cet étonnant mode de transport. Il jappait pour signaler l'intruse au risque d'alerter les passagers de la limousine, elle aussi bloquée au carrefour. Alice se baissa pour se cacher, et par la même occasion mettre de l'ordre dans les commandes qui s'éparpillaient dans le fond de la benne du vélo-cargo.

La course-poursuite reprit dès que le feu passa au vert mais cette fois, profitant d'une ligne droite en faux plat, la limousine de Ramsès prit de la vitesse et les distança. Alice ne saurait jamais où ils emmenaient sa voisine. Elle tendit le bras pour indiquer à son chauffeur de tourner vers la droite, en direction d'un raccourci.

– C'est perdu, ils nous ont semés…, lâcha-t-il, à bout de souffle.

Il ignorait qu'une Panthère ne s'avouait pas vaincue aussi aisément. Une idée chatouilla la cervelle de sa passagère. Le mois dernier, elle avait participé, avec Nadia, à une sortie à la découverte des sentiers cachés de Montreuil. La balade bucolique proposée par le comité des fêtes du quartier Villiers-Barbusse les avait conduites à travers des passages et des chemins étroits qui se frayaient une piste entre les haies et les pavillons de banlieue. Cette fois, il ne s'agissait pas de profiter de leurs charmes ni d'un certaine éloge de la lenteur, mais au contraire de gagner du temps. Alice indiqua l'entrée d'un passage, réminiscence d'un passé où ces sentiers délimitaient et desservaient les parcelles d'un Montreuil encore agricole. Rahan redoutait d'engager son engin dans un chemin aussi étriqué au risque d'éclater un pneu ou de se retrouver coincé.

– Je ne vais pas là-dedans, moi !

Étroite, pas plus large qu'une brouette de manière à laisser le plus de terrain possible pour les cultures, la piste permit tout juste le passage du vélo-cargo. Les roues du biporteur électrique rebondissaient sur le revêtement cahoteux. Les aliments sautaient sur les genoux d'Alice qui n'avait pas trop de ses deux mains pour les empêcher de se faire la belle, et se retenir de passer par-dessus bord. Très vite, elle perdit son sens de l'orientation. Ils ne suivaient plus aucune direction particulière, Alice était désorientée. Ils ralentirent aux abords d'un virage à angle droit sans savoir s'ils allaient déboucher sur une route asphaltée ou finir dans un cul-de-sac, nez à nez avec un massif de rosiers en fleur.

La chance se tenait de leur côté. Ils débouchèrent sur une rue sans visibilité où la limousine manqua de les percuter. Ils l'avaient rattrapée.

L'imposante voiture se gara une centaine de mètres plus loin, devant un bar branché aux allures de club de nuit. L'établissement avait pignon sur rue, même si on imaginait volontiers que des activités plus ou moins clandestines s'y déroulaient. Une enseigne, néon, éteinte en plein jour, pendait, brinquebalante, à la façade d'un immeuble passe-partout. Le panneau portait l'inscription « Le Paradise » et annonçait un service de massage, le championnat de foot anglais en direct live, des chichas et autres activités. Une silhouette de femme dénudée, aux formes outrageusement avantageuses, promettait un spectacle de strip-tease « artistique ».

En découvrant la limousine à l'arrêt, le Schumacher bio bloqua les freins de son engin, qui fit une embardée avant de s'immobiliser. La force centrifuge propulsa Alice vers l'avant. Cette fois, elle ne put retenir le sac contenant les œufs qui passa par-dessus bord et conclut son vol plané sous la forme d'une omelette baveuse étalée sur le trottoir.

– Vous fréquentez ce genre d'endroit ? s'étonna le livreur en béquillant avec souplesse son étonnante machine.

– Et alors, il n'y a pas que les jeunes qui s'encanaillent.

– L'après-midi, c'est fermé. Enfin moi, ce que j'en dis…

Une armoire à glace, près de deux mètres à l'encolure, fine moustache et costume gris anthracite, sortit du night-club d'un pas chaloupé. Le géant ouvrit la portière de la limousine en ébauchant une légère courbette. Chloé arriva derrière Ramsès. La jeune femme le suivait de son plein gré, souriante, enjouée, heureuse d'accompagner le truand. Alice se demanda si les horreurs qu'elle avait vues à l'occasion des combats de chiens clandestins n'avaient pas influencé son appréciation.

Et si elle se trompait sur toute la ligne, si cette petite n'avait rien à craindre ? Les Panthères grises n'étaient que de vieilles paranoïaques qui s'inventaient des histoires à dormir debout pour occuper leurs insomnies.

Ramsès et Chloé s'engouffrèrent dans le hall tandis que le chauffeur partait garer la voiture plus loin.

Alice luttait pour s'extirper de la profonde brouette aux hauts bords en bois verni. Le Rahan des villes lui donna la main, elle la serrait encore en posant les pieds sur la terre ferme. Elle avait chopé le mal de mer, brinquebalée dans le véhicule instable.

– Vous voulez vous asseoir ? Ça n'a pas l'air d'aller…

Alice mit un long moment avant de retrouver son équilibre. Elle chancelait, des étoiles brillaient dans le ciel bleu azur. La Panthère devinait le jeune homme qui lui souriait bêtement, ne sachant qu'entreprendre pour l'aider, puis sa vision se stabilisa, tout redevint normal.

– J'ai eu le tournis, c'est terminé. Passez à la maison quand vous aurez l'occasion, je vous rembourserai la casse.

– Je n'ai pas usé mon coefficient de perte, ne vous inquiétez pas, blagua le livreur.

Alice s'amusa de sa repartie.

– Une mamie, ça compte combien ?

– Un maximum ! (Il éclata de rire et remonta sur sa machine.) Désolé, je ne peux pas rester à vous attendre. Cette charmante balade bucolique par les chemins buissonniers ne m'a pas mis en avance sur ma tournée. Bonne chance, et si vous êtes invitée au journal télévisé, n'hésitez pas à faire de la pub pour notre magasin et surtout pour son service livraison !

Il montra le flocage sur le bord du cargo : « Épicerie Kilogramme ».

– Je suis content d'avoir pu aider une Panthère grise dans son enquête, fit le chauffeur.

Alice rougit de se savoir célèbre.

– Ma grand-mère vous adore, rajouta le sportif, c'est elle qui m'a parlé de vous. Je vous ai reconnue grâce à la photo du journal qu'elle a encadrée dans son salon.

Rahan lui fit un clin d'œil amical en démarrant son engin à la force de ses musculeux mollets. Alice, encore perturbée par cette soudaine notoriété, se dirigea vers l'entrée du Paradise en espérant que Ramsès n'avait pas eu vent des exploits très médiatisés des Panthères grises.

Un autre costaud, moins grand mais plus large, en survêtement gris, baskets blanches immaculées, scrutait son smartphone. Il montait la garde devant des portes en verre poli, en haut d'une volée de marches. Alice se demandait comment elle allait faire pour entrer sans se faire remarquer, quand le type leva la tête de son écran et la héla.

– C'est maintenant que tu arrives ?

Alice se retourna pour voir à qui l'armoire à glace s'adressait, mais derrière elle, à l'exception de deux balayeurs qui passaient en papotant, la rue était déserte. Elle lutta contre l'envie de prendre ses jambes à son cou, trop tard, le costaud l'interpellait.

– Ouais, c'est à toi que je parle… Mets le turbo ! Mais c'est pas vrai, elle est bouchée, celle-là !

Alice n'allait pas se défiler, elle avait traversé la moitié de la banlieue est dans une brouette à moteur pour arriver jusqu'ici. Elle monta l'escalier… à petits pas. Chaque marche lui rappelait son âge. Le type en haut piaffait d'impatience et se retenait de venir la chercher, quitte à la porter sur son dos.

– Hé, mamie, tu vas pas nous faire un « infractus » ?

– Infarctus, pas « infractus »…, bredouilla Alice qui approchait du haut des escaliers.

– On s'en fout ! Ce qui compte, c'est que tu arrives vivante.

Alice était trop oppressée pour répliquer, ses poumons explosaient, les étoiles scintillaient de nouveau, elle cligna des yeux en rafale pour les chasser. Ce n'était pas le meilleur moment pour se sentir mal.

– De pire en pire, cette boîte d'entretien. Ils vous recrutent à l'hospice ou quoi ? Magne-toi, le boss va péter un câble.

Alice franchit le sommet comme une victoire sur le temps qui passe.

Le gorille en survêtement la précéda dans un couloir tapissé de photos de célébrités inconnues de la Panthère : des rappeurs, des chanteuses de R'N'B, des sportifs de la NBA, des champions de MMA les regardèrent passer dans une profusion de paillettes, de muscles et de strass. Une gigantesque télé à écran plat d'au minimum deux mètres de large, fixée au mur, diffusait un match, certainement le championnat anglais vanté à l'entrée. Alice ne s'intéressait pas au foot, sauf quand la France gagnait la Coupe du monde. Elle se demanda où elle aurait pu installer ce téléviseur super extra-large si elle en avait possédé un, ce qui ne risquait pas d'arriver. Elle utilisait encore l'antique télé à tube cathodique de l'époque de Marcel, l'appareil lui convenait parfaitement pour ce qu'elle l'utilisait.

L'improbable duo passa une porte capitonnée en cuir vert derrière laquelle les attendait le géant en costard qui avait ouvert la porte de la limousine. Le moustachu se marra en voyant son collègue en baskets flanqué de la nouvelle venue. Alice n'arrivait pas à tenir la cadence et trottinait dans son sillage en ahanant.

– Tu fais la sortie des maisons de retraite ?

L'autre fit semblant de n'avoir rien entendu. Il se retourna vers Alice qui reprenait sa respiration, une main posée sur le mur.

– Et évidemment, tu ne sais pas où se trouve le matériel ?

– L'écoute pas, il n'arrête jamais de râler, c'est un chieur…, intervint le colosse.

– On voit bien que c'est pas toi qui leur expliques à chaque fois où sont les balais.

– Tu sais où c'est ?

Alice n'écoutait plus les deux balèzes se prendre le bec, elle venait de repérer Chloé, debout sur une scène, entourée de tables basses. Ramsès, assis en face d'elle, les jambes croisées, décontracté, la dévorait des yeux. Heureusement pour Alice, sa voisine se tenait de dos et ne pouvait la voir.

– Je m'en doutais, elle ne sait pas…, fit l'homme en survêt.

– Le matos t'attend dans la remise, lui indiqua son comparse.

La voix forte et grave arracha Alice à ses rêveries. Elle se faufila dans une étroite pièce qui contenait les instruments indispensables à une parfaite femme de ménage. Les types disparurent en continuant leur discussion sans se soucier qu'elle puisse les entendre.

– Le patron a l'air de vouloir rentrer une nouvelle recrue dans l'écurie.

– J'ai vu passer son petit cul ! Canon, la nana… Il va la manger toute crue.

– Pourvu qu'il la laisse en bon état de marche, j'en ai marre de me taper des occasions !

Alice aurait préféré être sourde plutôt que d'entendre cet échange. Elle se doutait qu'ils parlaient de Chloé et elle n'aimait pas, mais pas du tout ça. Elle repoussa la porte sur les deux vigiles qui s'éloignaient en s'esclaffant de leur bonne blague.

Alice décida de positiver : être prise pour une femme de ménage était la meilleure couverture qu'elle pouvait espérer. Elle enfila une blouse par-dessus sa robe et profita du calme du cagibi pour inspirer calmement. L'enchaînement des événements l'avait épuisée, un peu de repos lui ferait du bien. Cette planque lui permettait de surveiller discrètement ce qui se passait dans la salle principale sans se faire remarquer. Elle poussa légèrement la porte. Ramsès, le grand manitou du Paradise, s'adressait à Chloé.

– Ton mec m'a dit le plus grand bien de toi. Il m'a vanté tes mérites… Il va falloir que tu sois à la hauteur, parce que les déclarations d'amour, c'est bien beau ; mais moi, je préfère les actes.

Le garde en baskets cogna à la porte du réduit. Alice sursauta et déclencha une avalanche de balais et de brosses qui s'effondrèrent dans un joyeux boucan.

– Qu'est-ce que tu fabriques, t'as piqué un somme ? On te paie pas à rien foutre, la vioque !

Contrainte de quitter sa cache, Alice attaqua son travail. Elle commença à épousseter les tables en respectant une distance raisonnable, mais néanmoins suffisante, pour écouter le monologue de Ramsès.

– C'est pas dans mes habitudes de recommander des filles que je connais pas, tu sais… Je veux bien te faire rencontrer des producteurs, mais si je passe pour un con, je ne vais pas être content… Je te propose de commencer par enregistrer une vidéo que je leur montrerai pour leur donner l'eau à la bouche. Qu'est-ce que t'en penses, ma jolie ?

Chloé attendait sagement que la momie ait terminé son laïus pour parler.

– J'ai pris des cours avec une professeure de théâtre, affirma-t-elle avec aplomb.

Alice savait qu'elle mentait. Elles en avaient vaguement parlé avec Peggy, mais rien ne s'était concrétisé.

– C'est bien, ça… des cours, se marra Ramsès en allumant un cigarillo.

Chloé, aveuglée par la possibilité de participer à une de ses émissions favorites, ne comprenait pas qu'il s'en foutait complètement. Il flashait sur sa personne pour d'autres raisons que ses aptitudes à jouer la comédie.

Ramsès n'avait pas l'intention de gaspiller sa salive, il alla à l'essentiel.

– Il faudrait que tu me montres comment tu peux être sexy… Un de mes « techniciens » va te filmer… Tout se passera de manière très professionnelle.

Chloé ne s'inquiétait pas, c'est même elle qui proposa :

– Je vous fais un strip-tease, si vous voulez ! Vous avez de la musique ? Une barre ?

La jeune femme était loin d'être farouche, elle croyait que tous les essais se passaient de cette manière.

– Dis donc, mémé, t'es pas payée pour admirer le spectacle gratos ! Y a les toilettes qui t'attendent… On a comme qui dirait une urgence sanitaire. Je te montre pas le chemin, dirige-toi à l'odeur.

Le sportif, aussi souple que musclé, ne la lâchait pas. Alice baissa la tête pour rester invisible de Chloé qui se tourna vers les voix.

– Si tu te laisses distraire par une femme de ménage, on est pas rendus, gueula Ramsès, impatient de savourer le spectacle. Concentre-toi, bordel !

Chloé exécuta une danse lascive en ondulant sur la musique rhythm and blues qui emplissait désormais la salle. Alice n'eut pas d'autre choix que de se diriger vers les toilettes de l'établissement.

– Qu'est-ce qu'ils ont foutu, là-dedans ? s'exclama la Panthère en découvrant l'ampleur du désastre.

Le type en baskets avait raison, un nettoyage s'avérait nécessaire et urgent. Ce qu'il ignorait, c'est qu'Alice, qui avait eu Maria à son service pendant plus de trente ans, n'avait jamais vraiment fait le ménage. Alors, quand elle mit les mains à la pâte… elle s'y prit comme une novice et étala ce qui aurait dû être nettoyé.

– Laissez-moi passer !

Alice s'interrompit en entendant du grabuge à l'entrée de la salle. La vraie femme de ménage arrivait, le géant en costume à ses trousses.

– Puisque je vous dis qu'il y a déjà quelqu'un !

Alice se précipita sur l'employée, et lui laissa le balai-brosse dans les mains.

– À vous de jouer !

La Panthère déguerpit sans demander son reste.

Avant de partir, Alice eut l'occasion de voir la silhouette de Chloé onduler en petite culotte devant Ramsès assis à siroter un verre empli d'un liquide ambré.

– Qu'est-ce que c'est que ce boulot ?

La vraie femme de ménage sortait furieuse des toilettes en montrant la serpillière souillée.

– Il y a des gens qui travaillent ici. Vous pouvez pas faire le vôtre en silence ? hurla Ramsès.

La femme commença son labeur avec une efficacité évidente en comparaison de la piètre prestation de notre Panthère.

– Bon, on en était où ?

Ramsès recracha une colonne de fumée qui matérialisa le faisceau de lumière dans lequel Chloé dansait, dénudée.

18

Jardin d'enfants

Le duo de policiers avait repris son poste d'observation. Les derniers amateurs de vide-greniers se dispersaient en comparant leurs trouvailles. Les meubles les moins esquintés avaient été vendus, il ne restait que des objets sans intérêt : lampes cassées, poteries naïves, bols ébréchés, calendriers obsolètes… qui jonchaient le trottoir en attendant d'être évacués dans la benne à ordures.

Moelleux et Dupuis profitaient de cet instant de calme pour faire le point sur leur enquête.

– Je commence à avoir de sérieux doutes sur notre mission, lança Dupuis qui n'avait jamais vraiment cru aux infos de l'indic de son patron, et qui, après plusieurs jours passés sur le terrain, n'y croyait plus du tout.

– Un peu de patience, il faut savoir être persévérant dans ce métier. Je me demande si vous n'avez pas envie de faire chou blanc parce que vous vous êtes entiché de cette gamine.

– Ne racontez pas n'importe quoi, capitaine.

– Attention, jeune homme, vous n'êtes plus célibataire ; maintenant vous êtes marié ! Terminée la vie de patachon à brûler l'existence par les deux bouts !

Le lieutenant se moquait d'être le souffre-douleur de service, il avait l'habitude, mais depuis cette histoire de fausse union, il devenait chatouilleux, voire susceptible. Il appréciait beaucoup Peggy, ce qui n'empêchait pas la jolie métisse de lui courir joyeusement sur le haricot.

La blague ne plut pas au lieutenant, il chopa la paire de jumelles pour ne pas répliquer à son supérieur avec un emportement excessif qui pourrait lui jouer des tours.

– Patron, des visiteurs se garent devant le pavillon.

– Vous voyez, il suffit d'en parler pour qu'il se passe un événement digne d'intérêt. J'ai le sentiment qu'aujourd'hui notre enquête va faire un grand pas vers la vérité !

– Pas devant le pavillon que l'on surveille, devant celui d'où l'on surveille ! précisa le lieutenant avec une légère ironie dans la voix.

– Qu'est-ce que vous racontez ? fit Moelleux en lui arrachant les jumelles des mains.

Son subordonné avait raison, une Peugeot 508 hybride achevait son créneau sous leur fenêtre. Moelleux repéra Alice qui arrivait au même instant sur le trottoir d'en face. La Panthère portait encore la blouse de femme de ménage qu'elle avait enfilée au Paradise.

– Tiens, tiens, et voilà notre fana de combats de chiens qui réapparaît. J'aimerais bien être son petit doigt pour savoir où elle était fourrée !

Deux bambins jaillirent de la berline familiale et lui sautèrent au cou.

– Mamie Alice ! Mamie Alice !

– Mes amours, je vous avais complètement oubliés !

Alice retenait ses larmes. Elle ne voulait pas pleurer devant ses petits-enfants, de peur qu'ils refusent de passer le mercredi après-midi avec un dinosaure pleurnichard.

Marc, son grand fils, le vrai informaticien, sortit à son tour de la voiture. Pour une fois, il s'était habillé décontracté, un peu trop peut-être… Le jogging, même de marque, ne mettait pas en valeur cet homme qui n'avait pas la chance de posséder un physique de sportif. Le quadragénaire embrassa sa mère et afficha un air interrogateur.

– Tu nous avais oubliés ?

– Non, non.

Alice n'avait pas envie d'entendre les habituels reproches de son fils.

– Tu as de nouvelles pertes de mémoire ? Je t'ai dit de m'en parler dès que ça se produisait ! Y a pas une minute à perdre, je prends un rendez-vous chez un spécialiste, j'en connais un très bien.

Une femme apparut à son tour, même génération, blonde, élancée, maquillée avec soin. Elle s'habillait de soie naturelle et bio, version chic et décontractée, comme on l'écrivait dans les magazines auxquels elle s'était abonnée. Le couple, leur confortable auto électrique, leurs habits et leurs enfants dégageaient un parfum de réussite sociale inhabituel dans ce quartier populaire.

– Marc, mon chéri, laisse belle-maman tranquille. Il arrive à tout le monde d'oublier, n'en fais pas une maladie. (Élodie fit la bise à Alice du bout des lèvres pour ne pas gâcher son maquillage.) Si je devais emmener votre fils voir le médecin à chaque fois qu'il perd ses clés, autant abandonner l'informatique pour monter une clinique.

Élodie ponctua sa phrase d'un rire cristallin.

À l'intérieur du pavillon, Peggy passa la tête dans la salle à manger où se cachaient les deux policiers.

– Mon cher ami, vous allez avoir l'honneur de rencontrer votre double. Le vrai fils d'Alice travaille dans les ordinateurs mais n'a pas encore fait fortune… pas comme vous. Je vous conseille d'observer son comportement et ses attitudes pour nourrir votre personnage.

– Et moi, je vais vous présenter sa vraie épouse, vous pourrez l'étudier de près, lui fit remarquer perfidement Dupuis.

– Hors de question de se lancer dans des mondanités, fichons le camp, trancha Moelleux.

Les policiers profitèrent des embrassades d'Alice et de sa famille, qui se prolongeaient sur le trottoir, pour ranger leur matériel.

Une fois leurs instruments entassés dans leur mallette d'agents secrets, ils foncèrent se cacher dans le garage où ils commençaient à avoir leurs habitudes.

Marc et sa femme Élodie avaient organisé un après-midi en amoureux. Les gamins étaient là, Alice n'avait plus le choix, elle allait improviser.

– Faites une bise à vos…

Trop tard, les petits se précipitaient vers la maison en hurlant.

La voiture venait à peine de disparaître au coin de la rue qu'un coup de feu retentit à l'intérieur du pavillon. Une balle bien réelle toucha le miroir de l'armoire normande qui éclata et se fendit en dessinant de fragiles branches d'étoile.

– Qu'est-ce que t'as fait ?

Le petit Léo tenait un pistolet fumant à la main. Le délicat bras du gamin tremblait sous le poids de la lourde arme. Il ne perdait pas son assurance pour autant.

– Les mains sur la tête, c'est moi le shérif, toi t'es Ma Dalton, fit le garçon en menaçant sa grand-mère avec l'arme encore chaude.

– Lâche ça tout de suite !

– C'est moi qui l'ai trouvé, je le garde.

– Il est super ressemblant, le pistolet de cow-boy de Léo ! J'en veux un pareil, pleurnicha sa sœur.

Clémence ne semblait pas traumatisée par la détonation.

Au sous-sol, Minnie cracha sur le lieutenant qui tentait de l'approcher.

– Je ne sais pas ce que vous lui avez fait, mais ce charmant animal ne vous aime pas. Vous…

La déflagration, au-dessus de leurs têtes, interrompit le capitaine. La chatte fonça dans les profondeurs du garage, le poil hérissé le long de sa colonne vertébrale.

– Un pétard ? s'interrogea Moelleux. Un moteur de scooter trafiqué ou… ? Non, je crois que j'ai trouvé : un bon vieux calibre de neuf millimètres.

Le capitaine sortit son arme de service, un pistolet Sig Sauer semi-automatique, et regarda le lieutenant montrer son holster de poitrine vide. Dupuis avait oublié son arme de poing dans la précipitation.

– Vous ne serez donc jamais assez grand pour vous occuper de vos affaires ? Votre insuffisance lors de notre précédente enquête ne vous a pas suffi, lieutenant ?

– Merde, les gosses !

Dupuis prenait conscience de la dangerosité de son étourderie. Les flics remontèrent fissa, l'ambiance était passée de la franche moquerie à la panique intégrale en une fraction de seconde.

– Bon Dieu, donne-moi ça !

Léo résistait, il ne voulait pas rendre le pistolet au lieutenant qui redoutait qu'une balle soit engagée. Le capitaine Moelleux arriva par-derrière et surprit le gamin. Il le désarma, saisit le Sig Sauer, et engagea la sécurité. Les policiers poussèrent un « ouf » de soulagement. Dupuis s'en serait voulu toute sa vie si un accident était arrivé.

– Le méchant môssieur m'a volé le pistolet que j'ai trouvé. Il est à moi, rends-le-moi.

Léo, inconsolable, hurlait et donnait des coups de pied au capitaine qui se retenait pour ne pas lui en retourner une.

– Mamie, dis au gros patapouf de me le rendre !

Si cet incident revenait aux oreilles de leurs parents, ils ne lui confieraient plus jamais Clémence et Léo. Comment pouvait-on faire confiance à une grand-mère qui laissait ses petits-enfants jouer avec une véritable arme à feu… chargée en plus ? Alice, blême comme un cierge de Pâques, tenta une diversion.

– Viens, on va choisir un nouveau jouet dans le coffre.

Léo s'apprêtait à suivre sa grand-mère quand sa petite sœur rajouta son grain de sel.

– C'est à mon tour de tirer, râla Clémence en fixant Alice d'un œil mauvais. Tu t'occupes toujours de mon frère, c'est ton chouchou. Je vais le dire aux parents et on viendra plus jamais te voir, parce que tu es vieille et que tu perds la tête. Ils vont te mettre dans une maison de retraite et on sera tranquilles, c'est papa qui l'a dit.

Alice encaissa en silence. La vérité sort de la bouche des enfants, paraît-il.

– Venez, je vais vous faire un jus d'orange, annonça-t-elle d'une voix blanche.

– Super !

Léo était passé à autre chose. Clémence n'en avait pas terminé.

– Le jus d'orange, c'est beurk ! Je veux du jus de raisin, du vrai, pas du chimique ! (La gamine se mit à chantonner.) Léo le chouchou, Léo le chouchou !

Une fois les enfants exfiltrés du salon, Peggy se jeta sur le lieutenant qu'elle engueula copieusement.

– Vous vous rendez compte ? Ce gamin aurait pu tuer son adorable sœur ! Quand nous aurons les nôtres, des vrais à nous, il faudra se montrer plus prudent. Vous devrez faire attention à l'endroit où vous laissez traîner vos affaires ! Père et flic, ce ne sont pas des tâches incompatibles ; mais vous avez encore du travail à fournir, mon cher Jean-Claude.

– Jamais je ne me marierai, jamais, bougonna Dupuis en s'éloignant le plus loin possible de sa femme putative.

Peggy le rattrapa par l'épaule.

– Qu'est-ce que vous marmonnez ?

– Laissez-moi tranquille ! (Il se dégagea d'un mouvement de bras.) Je ne suis pas votre mari… Et je n'aurai jamais d'enfants avec vous.

– Pourquoi êtes-vous si méchant ?

Peggy ne s'attendait pas à une réaction aussi violente de la part de son mari. Elle affichait un visage dévasté.

– Je ne comprends pas, Jean-Claude. Qu'est-ce qui se passe ?

– Cessez avec vos « Jean-Claude », je suis en service et… et arrêtez de m'embrasser à chaque fois que quelqu'un entre dans la pièce.

Une fois son sac vidé, le lieutenant Dupuis se sentit mieux, allégé d'un poids qui l'étouffait.

– Je ne vous plais pas ?

La voix de Peggy se brisa. Le lieutenant hésita, son intention n'était pas de la blesser. Il l'aimait bien, cette fille ; mais depuis qu'ils étaient « mariés », sa nouvelle personnalité l'effrayait.

– Si… c'est pas le problème.

– Alors, vous devriez aimer quand… (Peggy venait de comprendre pourquoi il s'échappait quand elle s'approchait de lui.) J'ai compris, j'embrasse mal ?

– Mais non, c'est juste que je ne suis pas votre jouet !

La porte d'entrée du pavillon s'ouvrit avec fracas. Chloé arrivait en courant.

– Qu'est-ce qui se passe ? J'ai entendu un coup de feu !

– C'est rien, juste un pétard pour… pour le goûter, répondit Alice sans trouver d'explication plus cohérente.

Elle lui montra les enfants qui terminaient leur jus, assis dans la cuisine. Léo sauta de son siège et courut vers les deux policiers.

– On joue aux gendarmes et aux voleurs.

Sa petite sœur le suivit.

– Ouais, les môssieurs, ça sera les méchants et nous les gentils !

– Allez ouste, tout le monde dans le jardin.

Alice poussa les gamins dehors, les policiers suivirent le mouvement sans contester. À l'extérieur, Moelleux n'aurait pas à répondre aux questions embarrassantes de Chloé qui venait de débouler.

Léo organisait déjà une partie en ignorant les protestations de sa sœur.

– Ce sont vos enfants ? demanda Chloé en se retournant vers Peggy.

C'est en travaillant son rôle à la maison que Peggy avait pris conscience du problème de casting. Maria, en la présentant comme la bru d'Alice, avait oublié un élément notable. Peggy, née dans les Grands Fonds en Guadeloupe, avait la peau noire, et pas ses enfants, qui étaient blancs comme leur mère, la vraie.

– Je sais ce que vous allez me dire. Vous vous demandez pourquoi ils ont la peau si claire… Eh bien, c'est simple : ils ont tout pris de leur père et rien de moi. La pigmentation a sauté une génération, une touche de couleur apparaîtra certainement à la suivante. Pour l'instant nous nous contentons de petits pâlichons. Le prochain qu'on fera sera le portrait craché de sa maman.

Chloé se moquait des histoires de couleur de peau comme de sa première poupée, elle avait une question à poser à Alice qui débarrassait les verres dans la cuisine. Elle abandonna Peggy et ses explications alambiquées.

– Qu'est-ce que vous faisiez au club Paradise ? demanda-t-elle, à peine entrée dans la pièce. Vous me surveillez ?

Alice, prise au dépourvu, mentit grossièrement.

– Tu as dû te tromper de personne.

Chloé tira sur la blouse qu'Alice avait enfilée au cabaret.

– Et ça, c'est quoi ?

La Panthère n'avait pas eu l'occasion de la retirer, entre l'arrivée de sa famille, le coup de feu et maintenant Chloé qui la harcelait. Elle arracha le tablier qu'elle brandit pour se faire comprendre.

– Je fais des extras comme femme de ménage pour vivre.

La réponse d'Alice lui cloua le bec. Chloé ne s'attendait pas à cette explication… ni à la question qui allait suivre.

– Et toi, que faisais-tu à danser à moitié à poil ?

– Je passais un essai…

– Pour faire quoi, serveuse seins nus ?

– Un essai pour un rôle, je suis comédienne… Je vous l'ai déjà dit.

– Avec les Panthères, nous étions habillées convenablement quand nous avons répété *Roméo et Juliette*.

– Qu'est-ce que vous y connaissez en théâtre ? La tenue, c'est un choix de mise en scène. La nôtre… est très moderne, vous ne pouvez pas comprendre !

Alice ne savait plus quoi penser. Ramsès était une ignoble crapule, et en même temps, sa jeune voisine n'avait pas l'air particulièrement traumatisée par son show au Paradise.

Chloé était obnubilée par Alice dans l'obligation de faire la bonniche pour vivre. Elle s'en offusquait en désignant du doigt le lieutenant dans le jardin. Les policiers portaient chacun un gosse sur les épaules et imitaient les chevaux tandis que les deux chevaliers se défiaient, des manches en bois en guise de lances en main. Le capitaine hennissait sous la pression de sa cavalière.

– Papa, il fait mieux le cheval que toi, gros patapouf.

Les canassons chargèrent, Moelleux trébucha et s'effondra, face contre terre. Le capitaine se releva et sonna la fin du tournoi en rentrant dans le pavillon, suivi par Léo qui hurlait de joie en lui donnant des coups de bâton dans les mollets.

– Victoire, j'ai terrassé l'ignoble dinosaure !

Chloé abandonna sa contemplation pour interroger Alice.

– Votre rejeton ne peut pas vous aider, avec tout le fric qu'il gagne ?

– Mon fils ? Heu… si… mais…

La Panthère n'avait plus la vivacité d'esprit de ses vingt ans. Elle détourna la conversation pour ne pas se laisser entraîner sur ce terrain glissant.

– Léo, ne joue pas avec le fauteuil de papy, tu vas l'abîmer.

Son petit-fils fêtait sa victoire en sautant à pieds joints sur le précieux siège. Cette réprimande fournit une parfaite excuse à Alice pour s'échapper.

Clémence en profita pour agripper Chloé par la main.

– Et toi, madame, tu joues à quoi ?

Un peu plus loin, Moelleux entraînait Alice dans le couloir.

– Pourquoi cette fille est constamment fourrée chez vous ? demanda le capitaine en montrant Chloé. On ne peut pas faire notre boulot correctement, si on doit se cacher toutes les cinq minutes de peur de croiser notre cible.

– C'est le seul moyen qu'elle a trouvé pour s'éloigner de son mec qui lui tape dessus, répondit Alice, perfide. Et vous, où en êtes-vous de votre surveillance ? Vous avez assez de preuves de violences pour dénoncer son abruti de bonhomme ou vous attendez qu'elle soit morte pour intervenir ?

Le fonctionnaire haussa les épaules, des poils de chat s'envolèrent de sa veste. Il botta en touche.

– Cette jeune femme m'a l'air d'être en pleine forme.

– Eh bien, c'est que vous avez de la merde dans les yeux.

Moelleux retrouva Dupuis, qui s'était réfugié dans la cuisine. Le lieutenant, couvert de sueur, avalait un verre d'eau et reprenait son souffle, accroché à l'évier, en priant pour que sa réparation tienne le coup. Moelleux se tint les reins en grimaçant, il n'avait plus le gabarit pour faire le zouave.

– Ce pavillon nous rend malades… Regardez-nous, nous en sommes réduits à faire les canassons pour des gosses mal élevés !

Pour ajouter à la confusion, Peggy entra dans la cuisine et se jeta au cou de Dupuis.

– J'adore quand vous jouez avec les enfants !

Elle l'embrassa goulûment, sous le regard ahuri de Moelleux qui ânonnait en tentant de prendre la tangente.

– Une maison de fous, je suis tombé dans une maison de fous.

Chloé se tenait dans l'encadrement de la porte et lui interdisait toute sortie. Elle balaya la pièce du regard et se dressa face au couple.

– Un instant, j'ai cru que vous étiez quelqu'un de bien ; mais non, vous n'êtes qu'une crapule comme tous les sinistres individus de votre acabit !

Le lieutenant ne comprenait pas à quoi Chloé faisait allusion. Peggy, accrochée à son cou comme à la corde un pendu, ne devinait pas plus. Quant à Moelleux, il était complètement perdu et aurait bien pris la poudre d'escampette si la jeune furie ne lui avait pas bouché la sortie de la cuisine.

– Qu'est-ce que j'ai fait de mal ?

– Vous laissez votre mère âgée se tuer à faire la bonniche !

– Hein ?

Tout s'embrouilla dans la tête du lieutenant qui aurait donné cher pour se réveiller de ce cauchemar.

– Vous me faites honte ! Vous croyez qu'être blindé de fric vous donne tous les droits comme… comme acheter à un prix totalement démentiel une table bancale et moche que vous laisserez pourrir dans le jardin !

– Pourquoi vous nous l'avez vendue, alors ? fit remarquer Dupuis, qui en avait marre de se faire engueuler à la place du vrai fils d'Alice.

Qu'ils règlent leur affaire en famille et qu'ils le laissent travailler tranquille.

Le lieutenant ignorait comment il allait se dépatouiller de cette affaire trop complexe pour lui, et ce n'est pas son supérieur, qui psalmodiait dans son coin, qui allait l'aider. Malgré son embonpoint, Moelleux n'avait rien d'une bouée de sauvetage.

– Parce qu'on a besoin d'argent, vous n'avez pas remarqué que nous sommes fauchés comme les blés ? Vous ne savez pas ce que ça veut dire d'être pauvre, vous en avez tellement de la thune… Un peu plus ou un peu moins, ça ne change pas grand-chose pour vous ; alors que pour d'autres, c'est une question de vie ou de mort.

Le lieutenant hochait la tête, souriant, riant nerveusement, sans raison apparente, dépassé par la situation… Papa, époux, l'école de police ne l'avait pas préparé à affronter des situations aussi complexes. La vie commençait, et il trouvait que son existence s'engageait mal.

– Qu'est-ce que j'apprends ? Vous laissez votre mère faire la bonniche ? rebondit Peggy.

La professeure de théâtre était persuadée d'adopter la réaction correspondant au personnage qu'elle interprétait.

– Mais, je… je…, bafouilla Dupuis, à qui décidément le rôle de mari ne convenait pas – une totale erreur de casting.

Moelleux se rapprocha de son subordonné pour le pousser à exploiter la situation. En cinq minutes, Chloé lui avait lâché plus d'infos que pendant leurs interminables heures de surveillance.

Chloé remarqua la tentative du capitaine et lui lança une remarque vacharde.

– Et vous, le gigolo, vous pourriez peut-être défendre votre petite copine. Mais non, vous n'êtes qu'un lâche caché derrière votre tronche de faux cul !

Sur ces bons mots, elle quitta la cuisine en claquant les talons, sa colère momentanément étanchée.

– Mais qu'est-ce que je lui ai fait pour mériter ça ? se lamenta Moelleux.

– Je crois que j'étais convaincante dans le personnage, pérora Peggy, satisfaite de sa prestation. Qu'est-ce que vous en pensez, mon chéri ?

Dupuis leur lança un regard noir. Dans ce monde qui partait en vrille, plus personne ne pouvait l'aider.

Le lieutenant, trop las pour réfléchir, sortit prendre l'air en se méfiant des gosses qui pouvaient lui tomber dessus à tout instant. Il aurait bien grillé une clope pour se détendre, mais il ne fumait pas. Il retrouva son calme et sa sérénité en entendant Alice lire une histoire aux enfants dans une chambre de l'étage.

Moelleux était resté seul dans la cuisine. Thérèse arriva pour prendre la relève de Peggy. Le capitaine, en pleine crise existentielle, l'accueillit comme sa sauveuse.

– Ah, vous voilà, heu… (Il ne se rappelait pas le nom de la grande asperge et ne pouvait pas dignement l'interpeller par ce surnom débile.) Vous pourriez nous préparer de cette délicieuse tisane dont vous gardez farouchement la composition secrète ?

Thérèse le trouva particulièrement mal et affaibli. Elle s'exécuta sans se soucier de ce que penseraient les autres Panthères. Il en allait de la santé mentale d'un être humain, une affaire sérieuse, une question de vie ou de mort. La « Tisane spéciale des Panthères grises » l'aidait quand elle souffrait trop, peut-être sauverait-elle cet homme au bord de la dépression... En tout cas, elle décida d'essayer sans se poser plus de questions.

En fin de journée, Moelleux, qui n'avait pas quitté la cuisine, de peur de se retrouver ligoté au cerisier du jardin, scalp aux pieds, observait les enfants d'Alice venus chercher leur progéniture.

– Bon débarras...

Le capitaine retrouva le lieutenant dans le salon. Il s'installa dans le canapé.

– S'il se passe quelque chose d'intéressant, lieutenant, eh bien, vous... vous débrouillez tout seul ! Vous êtes assez grand pour prendre vos responsabilités.

Moelleux bâilla.

Il était mûr pour la sieste.

Enfin, il allait dormir, et avec un peu de chance, oublier tout ce délire.

19

Hyper, le retour

Après le départ de ses petits-enfants, Alice n'avait pas eu envie de se retrouver en tête à tête avec les policiers. Elle prétexta, pour s'échapper de chez elle, un rendez-vous avec Édith, qu'elle devait emmener faire ses courses à l'hypermarché.

– Tu n'achètes rien ?

– Je suis déjà venue cette semaine avec Jacqueline, répondit Alice. J'en ai profité pour faire mon ravitaillement.

– Si j'avais su, je vous aurais accompagnées, tu ne te serais pas déplacée deux fois de suite, c'est ballot…, râla Édith.

– Et t'aurais partagé le prix de ta course, t'es vraiment la reine des radines, souffla Alice.

Chloé passa dans une allée plus loin. Alice la reconnut tout de suite. Elle fonça dans sa direction en abandonnant Édith qui émergeait du bac à surgelés en tenant un paquet de poissons panés dans sa main décharnée, bleuie par le froid.

– Qu'est-ce que tu dis ?

Alice avait disparu, elle suivait Chloé qui l'emmena jusqu'au rayon vêtements. La Panthère voulait l'attraper et la faire parler. Peut-être répondrait-elle plus facilement à ses questions dans cet environnement neutre.

– Qu'est-ce qu'elle fabrique ? s'interrogea Alice à voix haute, en observant Chloé qui choisissait de nombreux habits qu'elle empila sur son bras.

La jeune femme entra dans une cabine d'essayage, en vérifiant que personne ne la surveillait. Alice se recula dans l'allée pour ne pas se faire repérer et se cogna dans quelque chose de dur et musclé.

– Vous m'avez fait peur, fit-elle en se retournant.

Le vigile du magasin ne se préoccupa pas d'elle. Concentré sur sa mission, il ne lâchait pas Chloé des yeux et parlait dans son talkie-walkie.

– Toujours la même, elle a pris un paquet de fringues, je te dis pas, que des produits chers ! Elle pourra jamais se payer tout ça ! Ce coup-ci, on ne la rate pas, oui… oui, je t'attends pour intervenir.

Alice reconnut le vigile. Chloé allait se faire prendre sur le fait, elle cherchait une idée pour lui sauver la mise. La Panthère chuchota pour attirer son attention.

– Chloé…

Rien.

La jeune femme se trouvait trop loin pour l'entendre. Alice eut une idée, elle piocha au hasard un habit sur un portant de vêtements soldés, puis se concentra pour se diriger le plus naturellement possible vers les cabines d'essayage. Elle avait la sensation qu'un million de pupilles étaient braquées sur elle.

Pendant ce temps, Chloé enfilait, les unes sur les autres, les affaires qu'elle n'avait pas l'intention de payer. Les multiples couches lui donnaient l'air du Bibendum Michelin. Alice entra dans la cabine attenante et chuchota à travers la fine cloison de contreplaqué.

– C'est moi, ta voisine… mamie Alice.

Chloé s'interrompit dans son habillage. Elle entendait des voix.

Deux minutes plus tard, les deux vigiles encerclaient Chloé à l'instant où elle sortait.

– Mademoiselle !

Chloé leva la tête, un grand sourire affiché sur les lèvres.

– Messieurs… à qui ai-je l'honneur ?

Le vigile ne se laissa pas perturber par son insolence.

– Si vous voulez bien nous montrer ce que vous cachez sous votre pull.

– Il est sérieux, lui ?

Chloé voulut avancer mais le grand gaillard lui bloquait le passage. Elle fit volte-face quand son collègue l'attrapa par le tee-shirt. Le premier vigile haussa le ton.

– Vous préférez qu'on appelle la police ?

Chloé tenta la provocation qui l'avait sauvée la dernière fois. Elle hurla pour attirer les clients qui faisaient leurs courses.

– Il veut mater mes fesses aussi ? Vas-y, rince-toi l'œil, gros dégueulasse !

Les deux vigiles ne surent comment réagir quand elle dégrafa son short.

– Mademoiselle, rhabillez-vous !

– Faudrait savoir ce que tu veux.

Alice profita de la confusion pour changer de cabine et entrer dans celle, mitoyenne, qu'occupait Chloé auparavant. Elle tira le rideau et contempla le tas d'habits abandonnés à même le sol. En détaillant son choix, Alice comprit que la gamine avait décidé de s'habiller sexy et classe, autant qu'on peut le faire dans un hypermarché.

À la caisse, Édith piocha un petit caraco fantaisie dans le fond du caddie de la Panthère.

– Tu mets ce genre de trucs… à ton âge ?

Alice le dissimula illico dans le chariot sous une botte de radis, à l'abri des regards indiscrets.

– Laisse, c'est pas pour moi, c'est… pour ma belle-fille.

Édith, dubitative, n'en croyait pas un mot. Elle soupçonnait Alice de lui mentir.

– Elle n'est pas capable de s'acheter ses dessous toute seule ?

– C'est à cause de mon fils…, expliqua Alice d'un ton de conspiratrice. Il est encore plus radin que toi.

– Ton fils ? Lequel, le grand, celui qui est dans les ordinateurs ?

– Il la rationne sur son argent de poche.

– Rien d'étonnant : plus on est riche, plus on est con.

Alice paya sans culpabiliser, elle était en colère après ce que lui avait appris sa petite Clémence.

La Panthère retrouva la Baccara sur le parking. Elle s'attendait à voir Chloé surgir de derrière une voiture en stationnement. Mais rien, personne en vue. Édith comprit, à son attitude nerveuse et excitée à la fois, qu'elle espérait une visite.

– Avoue, tu as rendez-vous avec ton amoureux ?

Ça ne fit pas rire Alice, qui imagina le capitaine Moelleux émerger de derrière une rangée de caddies. Un instant, elle se demanda si ses copines avaient mis tout le quartier au courant.

– Qui t'a collé une bêtise pareille dans la tête ?

– Personne, c'est toi qui…

– Allez, on y va.

Édith la dévisagea, persuadée qu'Alice achetait des dessous chics et coquins pour plaire à un homme. Elle la jalousait, trop facile pour une Panthère de plaire à ces messieurs.

Alice déposa sa passagère à son domicile en ignorant les nombreuses questions qu'elle lui posa durant le trajet.

– T'es pas sympa, tu pourrais nous faire partager tes histoires de cœur. On n'a pas grand-chose à se mettre sous les dents creuses en ce moment. À part les copines qui décèdent et faire les courses avec toi, je sors jamais. Vous, les Panthères, il vous arrive plein d'aventures, vous en avez de la chance.

Alice lui aurait bien répondu que son plus grand plaisir serait de se coucher et dormir, mais elle l'aurait déçue… Et il ne fallait pas ! Si leurs péripéties illuminaient d'un rayon de soleil la vie de personnes qui s'ennuyaient, elle était contente d'être épuisée.

Alice retrouva Peggy au pavillon. Thérèse et Maria arrivèrent à leur tour. Elle leur expliqua ce qui venait de se passer à l'hypermarché. Elle avait la conviction que Chloé volait des habits pour son casting à venir. Un mauvais pressentiment l'assaillait, la conversation qu'elle avait entendue entre les deux costauds du Paradise l'inquiétait. Elle se frottait les mains en parlant, mais ça ne l'aida pas à trouver une solution.

C'est Maria qui eut l'idée de la marche à suivre.

– Grâce à toi, on a récupéré les vêtements que Chloé voulait acheter. (Elle abattit son poing sur la table.) On coud un micro, et voilà le travail ! Nous aussi on peut les mettre sur écoute, il n'y a pas que les flics qui ont ce privilège.

Derrière le mur de séparation, Dupuis avait réinstallé leur poste de surveillance après leur déménagement précipité au sous-sol. Le lieutenant bougonnait sous son casque, mais les Panthères entendaient surtout les ronflements de Moelleux qui dormait dans le canapé. Une nouvelle fois, la « Tisane spéciale des Panthères grises » assumait parfaitement son rôle de somnifère naturel.

– Comment on procède ? demanda Thérèse qui se méfiait plus que tout des idées saugrenues de Maria.

Pour commencer, il fallait distraire le lieutenant Dupuis. Qui de mieux que Peggy pour effectuer cette opération délicate ? La professeure de théâtre accepta sa mission avec un plaisir non dissimulé.

– Il y a un problème avec Jean-Claude, c'est évident. Il faut qu'on parle. Merci à vous de me donner l'occasion de le résoudre.

Le cas Moelleux fut encore plus simple à régler. En fait, il n'y avait rien de spécial à faire, si ce n'est le moins de bruit possible pour ne pas l'arracher à sa sieste réparatrice.

Quant à Alice, elle récupéra le micro resté accroché sous la table de mémé Juju qui cloquait au soleil.

Maintenant, il fallait décider sur quel vêtement le coudre. Les Panthères optèrent pour une minijupe, courte, très courte, en imitation cuir.

Alice apporta le matériel qui avait servi à rapiécer l'oreille de Tupac. Il fallait que quelqu'un s'y colle. Maria, devant l'hésitation de ses collègues, saisit l'aiguille et commença à piquer dans la doublure en tissu de la jupe.

– C'est pas moi qui mettrais ce truc, observa Thérèse, en rattrapant une bobine de fil qui roulait sur la nappe.

Maria effectua un rapide signe de croix.

– Heureusement pour nous… Seigneur, préservez-nous de ce spectacle !

L'ancienne femme de ménage était croyante quand ça l'arrangeait. Thérèse l'était à plein temps. Elle tritura son médaillon en silence, refusant de tomber dans la provocation.

20

Vintage

Chez Alice

– La porte s'ouvre, annonça Thérèse, debout dans le salon.

– Alice, on compte sur toi.

Maria leva la main pour l'encourager, même si elle savait que son amie ne pouvait pas les voir.

Chez mémé Juju

– Qu'est-ce que vous voulez ?

Dan lui ouvrit en tee-shirt et caleçon, l'air assoupi d'un gars qui dort trop. Sa présence surprit Alice, qui s'attendait à tomber sur Chloé. Des restes de repas jonchaient la table, une pile de canettes de bière et de soda vides menaçait de s'effondrer.

– Je viens voir Chloé.

– Elle n'est pas là… Je ne sais pas où elle s'est barrée.

Dan n'avait pas envie de faire la conversation. Alice lui inspirait encore moins de sympathie que lors de leur première rencontre. Il voulut lui fermer la porte au nez mais un obstacle coinçait. La mamie avait glissé sa pantoufle de Panthère entre la porte et le mur. Elle sacrifiait ses mules qui ne risquaient plus grand-chose, depuis que le capitaine les avait agrandies en les forçant avec ses épais pieds de Hobbit.

– Vous lui donnerez ce paquet à son retour, continua-t-elle. C'est vintage, ça va lui plaire.

Dan ne bougea pas d'un cil, il ne la regardait même plus quand elle lui montra le sac. Alice se retrouva comme une andouille, le bras tendu ; sa peau flasque pendait à la place de ses muscles fondus.

Elle insista, secoua la poche en plastique dans laquelle les Panthères avaient entassé les vêtements qu'avait tenté de voler Chloé.

– Je vous les laisse, ce sont des habits qui ne servent plus depuis belle lurette.

Dan repoussa la porte du plat de la main de toutes ses forces. Alice réprima une envie de crier, il lui faisait sacrément mal, cet imbécile ! En plein sur l'hallux valgus qui la handicapait !

– On a besoin de rien, on s'est débarrassés d'un tas de merdes pendant le vide-grenier, c'est pas pour récupérer les vôtres.

– Quel petit con ! pesta Thérèse, qui lui aurait bien retourné une claque si elle l'avait eu à portée de main.

– Te laisse pas faire ! hurla Maria.

Elle oubliait qu'Alice ne pouvait pas l'entendre. Par contre, les cris des Panthères perturbèrent le sommeil de Moelleux, qui ne ronflait plus.

– Il s'est réveillé, s'inquiéta Nadia en se rongeant les ongles.

Elles se turent. Le souffle de locomotive redémarra progressivement. Les Panthères rassurées, reprirent leur écoute.

– Vous savez : vintage, c'est quand la mode d'une autre époque revient au goût du jour.

– Je sais ce que ça veut dire, me prenez pas pour un débile !

Alice répétait les dialogues que Peggy lui avait fait apprendre par cœur. Thérèse avait eu cette idée au dernier moment, dans le cas où la gamine ne serait pas rentrée chez elle. Comme toujours, les précautions de l'austère Thérèse leur avaient été utiles.

Dan avait compris qu'il allait avoir du mal à se débarrasser de son encombrante voisine s'il n'acceptait pas son cadeau. Il saisit le sac du bout des doigts en pinçant le nez comme s'il ramassait une crotte odorante de Tupac.

Alice retrouva les Panthères grises installées dans le salon de son pavillon.

– Alors, le micro fonctionne ? Vous avez entendu comment je m'en suis sortie ?

– Chut… Le téléphone sonne.

– T'as rêvé, j'entends rien.

L'action l'avait excitée, elle se dirigea sans réfléchir vers le combiné posé sur le guéridon de l'entrée.

– On a raccroché, une erreur.

– Pas chez toi, le téléphone de l'autre côté, chez les jeunes braqueurs.

– Braqueurs, ça reste à prouver.

Alice fit demi-tour, à moitié vexée de passer pour une idiote.

Les Panthères ne bougeaient plus, attentives au moindre son. Le micro cousu à l'intérieur de la jupe entassée avec le reste des vêtements captait faiblement. Dan les aida involontairement en mettant son téléphone sur la position haut-parleur.

– Mes amis ont visionné la bande démo que j'ai faite pour vanter la marchandise.

Alice identifia aussitôt la voix grave et désagréable.

– C'est Ramsès, je le reconnais.

– Ramsès ! Tiens, c'est le nom d'un pharaon, mais Ramsès combien ? Il y en a eu onze qui se sont succédé.

– C'est bon, Thérèse, on ne joue pas au Jeu des 1000 euros.

– Taisez-vous, on n'entend rien.

Alice avait parfois l'impression de servir d'arbitre quand les deux Panthères avaient décidé d'être insupportables, ce qui était fréquent en ce moment.

– Ils sont emballés. Ta meuf va rencontrer deux amis avec qui je suis en affaire, du gros biz. Si elle sait s'y prendre, comme tu t'en es vanté, adieu tes soucis d'argent. Tes emmerdes seront résolues en deux temps trois mouvements… de reins.

Ramsès éclata de rire. La bonne humeur du truand raviva les envies de meurtre de Maria qui bouillait de l'autre côté du parking.

– Après, je solde ta dette, parole d'honneur… Je me serais bien réservé une part du gâteau mais priorité aux invités… (Il s'esclaffa de nouveau à en faire trembler le haut-parleur du smartphone.) Tu dis rien, t'es toujours là ?

– Oui, oui.

Cette fois, Dan ne paradait plus devant Alice dans l'attitude du jeune coq, sa voix suintait l'incertitude.

– T'es sûr que ta nana ne va pas changer d'avis au dernier moment ?

– T'inquiète, elle va assurer.

C'était au tour de Ramsès de douter.

– Tu lui en as parlé au moins ?

– Mais oui, te fais pas de bile, je te dis que ça va aller…

– Si elle se défile, tu sais ce qui va se passer ?

– Puisque je te dis qu'elle est OK…

– Bon, c'est toi qui vois. Tu nous l'amènes fissa, mes amis ont horreur d'attendre.

À l'autre bout du fil, on raccrocha. Un énorme vacarme métallique succéda à la conversation.

– Qu'est-ce qui se passe ?

Dan venait d'envoyer valser la pile de canettes, les Panthères ne pouvaient pas le savoir, elles n'avaient pas l'image.

Maria se leva, hors d'elle.

– L'enfoiré, il prostitue sa copine pour payer ses dettes.

– Et la gamine qui croit qu'elle va passer un casting, c'est dégueulasse ! se lamenta Alice.

– C'est la vie qu'est dégueulasse..., philosopha Thérèse.

L'austère Panthère était l'exemple même de la personne à qui l'existence n'avait pas fait de cadeau.

Elles allaient abandonner leur écoute quand elles entendirent la porte s'ouvrir.

– Quelqu'un arrive !

Une nouvelle fois, Alice se dirigea vers l'entrée de son pavillon avant de comprendre que c'était en face que ça se passait. Toutes ces péripéties lui tourneboulaient le ciboulot, elle commençait à perdre les pédales.

– Où tu étais ?

Chloé, les joues en feu et la peau brillante de sueur, rentrait de l'hypermarché à pied, mais elle ne le lui dit pas.

– Il me faut ton autorisation pour me promener ?

Dan ne répliqua pas, il avait des choses importantes à lui annoncer.

– Tu tombes bien, je viens d'avoir mon pote Ramsès au téléphone. Les producteurs qu'il connaît ont jeté un œil à tes essais.

Le silence s'imposa dans le pavillon d'en face. Dan faisait durer le suspense par pur sadisme.

– Allez, crache le morceau ! Tu sais combien c'est important pour moi, le supplia Chloé qui n'avait jamais imaginé, même dans ses rêves les plus insensés, que des producteurs jetteraient un œil aussi vite sur ses essais.

– Ils aimeraient te voir… en chair et en os.

– Tu déconnes ? Quand ?

– De suite.

– Maintenant ? Génial… mais…

– Mais quoi ? Tu ne veux plus y aller ?

Dan, sur la défensive, craignait que sa copine ait changé d'avis ; mais non, elle pensait aux fringues qu'elle avait abandonnées dans la cabine d'essayage.

– J'ai rien à me mettre…, fit-elle, découragée.

Dans le pavillon d'Alice, les Panthères grises l'encourageaient en criant à l'unisson.

– Le sac. Le sac…

Dan se comporta comme s'il les avait entendues.

– La vieille conne d'en face est venue avec un paquet.

– Qu'est-ce que c'est ?

– Des fringues pourries, j'imagine… C'est vintage, qu'elle m'a sorti, comme si je n'avais pas pigé qu'elle avait déniché un tas de guenilles au fond de son armoire. Elle ne veut pas donner l'impression de nous faire l'aumône. Je ne sais pas ce que tu lui racontes, à être tout le temps fourrée chez elle… J'imagine que t'as pas pu t'empêcher de lui parler de nos soucis de fric ! Tu peux faire confiance à cette bande de commères, tout le quartier doit déjà être au courant.

Le visage de Chloé s'illumina quand elle reconnut les vêtements qu'elle avait abandonnés dans la cabine d'essayage.

– C'est pas trop bouffé par les mites ? demanda Dan.

– Non… je ne crois pas.

– Faudrait pas effrayer tes producteurs avec des fringues qui puent la vieille bique !

– Yes ! fit le chœur des Panthères grises.

– Des commères, des vieilles biques, tu vas voir si je le rencontre…

Maria ne décolérait pas. Elle cognait son poing serré dans la paume de sa main en anticipant la castagne.

Les filles firent le point. Cette écoute leur avait permis de comprendre ce qui se tramait. Cette affaire sentait mauvais.

Elles étaient encore sous le choc de la conversation quand Peggy déboula en pleurant.

– Qu'est-ce qui t'arrive ? s'inquiéta Alice.

– Je me suis vraiment fâchée avec mon mari…

Ses larmes redoublaient, la professeure de théâtre se perdait entre la vraie vie et la fiction. Les Panthères échangèrent des regards inquiets. En ce moment, elles avaient d'autres chats à fouetter que de s'occuper de ses peines de cœur, mais c'était leur amie, et à ce titre elle méritait qu'elles lui accordent toute leur attention.

– Peggy, écoute-moi et arrête de chialer, à la fin ! fit Maria en élevant la voix. Le lieutenant Dupuis n'est pas ton mari, c'est un officier de police. Vous vous tournez autour depuis un bon moment, mais pour l'instant c'est uniquement le flic qui a pris ta déposition pour coups et blessures à la suite de ton histoire à la noix avec ton abruti de prof de tennis. Pas plus, pas moins. Tu comprends ?

– Vous avez une relation platonique, précisa Thérèse qui préférait la concision.

– Si c'est pas ce que je viens de dire ! râla Maria en se retournant vers elle, des éclairs dans les yeux.

Peggy les fixait bouche bée, des torrents de larmes ruisselaient sur ses joues et gouttaient à l'extrémité de son charmant menton.

– Quand j'interprète un rôle, je le vis à fond, c'est la base…, hoqueta-t-elle. La moindre des choses, c'est de respecter le public.

– Mais le public, c'est nous ! Et ton public commence à se lasser.

Maria, à bout d'arguments, craquait.

– Dans la vraie vie, il ne s'est rien passé, je le jure… Mais dans la fiction, on pourrait… rien que pour la véracité des personnages… C'est trop dommage de gâcher des rôles aussi beaux.

Peggy recommença à pleurnicher. Les Panthères avaient fait de leur mieux, mais la partie semblait loin d'être gagnée ; et une autre, plus difficile encore, était sur le point de s'engager.

– Bon, on fait quoi ? demanda Alice, qui craignait que tout ce qu'elles avaient mis en place ne serve à rien.

– Dès que notre voisine passe la jupe équipée du micro, on la suit à la trace. Tu peux nous arranger le coup ? demanda Maria.

– Oui, c'est pas sorcier ! Mais vu comment tu l'as cousu, elle risque de le remarquer en passant la jupe, ajouta la perfide Thérèse qui profitait de la moindre occasion pour critiquer Maria.

– Si t'es pas satisfaite, t'avais qu'à le faire toi-même ! J'ai fait du mieux que j'ai pu, chacun son boulot, à toi de faire le tien. On attend de voir comment tu vas te débrouiller pour qu'on suive la gamine sans se faire repérer.

– Aucun problème, répondit Thérèse, piquée au vif. Mais…

– Mais quoi ? demanda Maria.

La Panthère rentre-dedans, coincée entre les remarques de Thérèse et les jérémiades de Peggy, n'en pouvait plus.

– Vous croyez vraiment que c'est à nous, des retraitées, de nous occuper de ça ?

– Tu veux attendre que la police s'en mêle ?

Les Panthères ne bronchèrent pas. Thérèse regarda ses chaussures en secouant la tête.

– Alors, on y va.

Maria organisa l'opération. Elle commença par récupérer le sac qu'elle avait apporté pour l'anniversaire d'Alice et abandonné dans une armoire de l'entrée. Elle avait acheté des masques à l'effigie de panthères des neiges qui n'avaient pas été utilisés. Elle les distribua à ses copines qui les passèrent sur-le-champ.

– J'ai du mal à respirer, là-dessous… Pourquoi on les met ? demanda Thérèse qui suffoquait, mal à l'aise.

– Pour ne pas être reconnues, lui répondit Maria.

– Pourquoi, on va faire quoi ? demanda-t-elle, terrorisée.

– Tu veux qu'on sorte cette jeune fille de ce piège ou pas ?

– Oui, mais… si c'est dangereux, je ne sais pas si je pourrai. Je suis pas très physique.

– Écoute, on sait toutes que tu es malade… t'as plus grand-chose à craindre. En plus t'es vieille, et ta sclérose en plaques ne te fait pas de cadeau. Qu'est-ce qui peut t'arriver de pire que mourir comme un légume ?

– Maria ! s'esclaffèrent Alice et Peggy, qui arrêta de pleurnicher pour l'occasion.

Thérèse n'était pas choquée par l'énoncé de son implacable futur. Elle était parfois chiante, souvent rabat-joie, sentencieuse, mais toujours réaliste.

Maria n'en avait pas terminé, elle reprit d'un ton mielleux pour s'adresser à Peggy :

– Qu'est-ce que tu as fait de ton costume de Panthère ?

– Tu veux dire l'épouvantable tenue que t'as dénichée dans un sex-shop ? Je l'ai laissée ici quand Chloé l'a rapportée. Attends, je te vois venir… Non, je ne mettrai jamais cet attirail, c'est trop vulgaire.

– J'en ai marre de vos états d'âme. Qu'est-ce qui vous arrive ? Alice est à moitié dans les vapes, Thérèse a peur de se faire bobo, Nadia s'occupe de ses petits-enfants comme une mamie gâteau, et toi, Peggy, tu n'arrêtes pas de chialer.

– C'est bien le problème, nous sommes des mamies, enchaîna Thérèse.

– Non, nous sommes des Panthères ! Et Panthères un jour ? clama Maria en se levant, le torse bombé.

– Panthères toujours.

Elles s'exécutèrent, mais le cœur n'y était pas.

Maria redoublait d'énergie comme si elle avait aspiré celle de ses copines.

– Pas de discussion ! Tu vas l'enfiler, ta tenue de Panthère. C'est maintenant que ça va te servir.

– Tu es sûre que ce n'est pas trop ?

– Tu veux te rabibocher avec ton lieutenant ou pas ?

Les ordres de Maria ne souffraient plus de contestation. Peggy disparut dans la pièce d'à côté.

Quand elle revint, elle n'avait pas changé.

– Comment vous trouvez ?

– Je ne vois pas la différence…, constata Thérèse, l'air blasé. Notre Peggy est bien assez jolie naturellement, pas la peine de lui faire porter ces conneries pour machos !

– Thérèse qui donne des conseils de séduction, on aura tout vu ! lança Maria, qui ne tolérait plus la moindre remarque.

Peggy baissa le bord de son pantalon pour laisser apparaître le fil tendu d'un string.

– Regarde…

– C'est sous la ceinture qu'on fait la différence… T'as raison, il ne faut pas l'énerver trop vite, le coco joli.

Maria blaguait de nouveau, signe du retour de sa bonne humeur.

Les Panthères étaient prêtes pour le départ quand le capitaine, réveillé de sa sieste par le raffut de ces dames, joua le rôle du grain de sable de dernière minute, celui qui grippe la machine.

– On peut savoir où vous partez ?

La tisane altérait le raisonnement du capitaine ; mais, même si ses capacités s'en trouvaient diminuées, il était loin d'être idiot. Il savait rester professionnel en toutes circonstances. Il s'acharna sur Alice car c'était l'élément faible de la bande. Il avait immédiatement repéré sa vulnérabilité en les surprenant dans le salon, et c'était aussi à elle qu'il avait le plus de questions à poser.

– Le combat de chiens, vous nous cachez quoi ? attaqua-t-il sans préambule.

– Je… quel chien ?

– Et cette histoire de femme de ménage, racontez-moi, vous travaillez au noir au lieu de profiter de votre retraite ?

Sous la pression du capitaine, Alice décrochait de la réalité. Elle se rassit, sa tête tournait. Elle n'avait pas besoin de faire semblant de paraître moins bien informée qu'elle ne l'était vraiment. La fatigue, la montée d'adrénaline pendant sa confrontation avec Dan, la pression de l'interrogatoire du flic la firent retomber dans ses pertes de mémoire récurrentes et impromptues. Elle retrouvait l'état qui l'avait fait confondre le capitaine avec le fantôme de son mari.

– Et ce casting dont vous parlez entre vous, c'est quoi ?

Maria vint à son secours pour assécher le flot de questions du policier.

– Nous allons jouer dans une comédie musicale.

– Parce qu'en plus de faire du théâtre, vous chantez ? Les Panthères grises en ont des cordes à leur arc !

– On vous fait une démonstration quand vous voulez.

Maria avait saisi la stratégie du flic. Elle voulait à tout prix détourner son attention d'Alice, qui perdait les pédales et risquait de tout avouer sans s'en rendre compte.

– Revenons à cette chère Alice.

– Non, maintenant vous allez la laisser tranquille. Vous avez vu dans quel état vous l'avez mise ? Vous vouliez savoir où on allait, eh bien, je vais vous le dire.

Les Panthères et le policier attendaient avec impatience ce qu'elle allait inventer. Maria se dirigea vers Alice qu'elle aida à se lever.

– Eh bien, nous allons la conduire chez son médecin… qui… qui l'auscultera en urgence. Tu viens, Alice, il faut pas traîner, il a dit qu'il allait te prendre entre deux rendez-vous.

– Je ne vous laisserai pas partir, s'insurgea le flic en se dressant devant la porte pour leur barrer le passage.

– Vous savez ce que veut dire non-assistance à personne en danger ?

Le capitaine Moelleux ne pouvait rien faire contre l'énergie d'une Panthère enragée.

– Il y va de sa santé, conclut Maria en lui claquant la porte au nez.

Moelleux se sentait las, très las. Il les aurait bien suivis mais il n'avait pas de voiture. Il y avait bien celle de Dupuis mais il n'avait pas les clés, et son adjoint avait disparu. Il était parti où, celui-là ? Impossible de lui mettre la main dessus ! Il s'assit à la place d'Alice et se prit la tête entre les mains. Il ne se sentait pas très bien, lui non plus. Pour une fois, la Panthère tarée ne mentait pas, Alice n'avait pas l'air en forme. Ses questions attendraient son retour.

Il clopina en direction du canapé, s'allongea et s'endormit comme une masse. Après cet accès de lucidité, la « Tisane spéciale des Panthères grises » reprenait la main.

21

Le Paradise

Chloé avait pris de l'avance, les Panthères l'avaient vue monter dans la limousine de Ramsès. Mais pas d'inquiétude : Thérèse s'était isolée pour faire son petit bricolage et était réapparue rapidement après, un sourire aux lèvres, signe que tout fonctionnait à merveille.

Elles se tassèrent dans la Baccara. Alice laissa le volant à Maria, l'interrogatoire de Moelleux l'avait achevée. Elle n'avait pas simulé les absences qui avaient servi de prétexte à leur fuite. Alice se sentait flotter sur un nuage, poussée par ses amies. Thérèse prit place sur la banquette arrière où elle avait un espace suffisant pour installer son matériel, en définitive pas si encombrant. Elle utilisait la fonction géolocalisation de son smartphone pour suivre à la trace la jupe en cuir de Chloé, rien de bien compliqué pour une geek de son niveau.

Peggy n'avait pas redonné signe de vie. Les Panthères ne cherchèrent pas à savoir où elle se cachait, ni ce qu'elle traficotait avec son pseudo-mari. L'important était qu'elle l'occupe. De son côté, Moelleux s'était enfermé dans le séjour après son interrogatoire suspendu, la cloison vibrait sous la force de ses ronflements.

Plus rien ne retenait les Panthères.

L'heure de passer à l'action sonnait.

Un gamin juché sur son skate frôla la limousine stationnée devant le Paradise.

– Tire-toi avec ta merde à roulettes ! brailla le chauffeur en levant un poing menaçant.

Dans son bureau, au premier étage, Ramsès se méfiait, ses activités illicites avaient renforcé son naturel prudent. En face de lui, Chloé comprenait trop tard la situation dans laquelle elle s'était laissé entraîner. Le piège se refermait sans qu'elle puisse plus rien y faire.

– Ton mec m'a dit qu'il ne fallait pas t'en promettre. Tu me déçois énormément.

Chloé croisa les jambes, le cuir remonta encore plus haut sur ses cuisses. Elle s'en voulait d'avoir choisi une jupe aussi courte. Qu'est-ce qu'elle avait dans le crâne en s'habillant provoc comme ça ? Et l'autre, en face, qui se la jouait Tony Montana à deux balles ! Elle devait se réveiller de ce mauvais feuilleton.

– Il me doit du fric, un paquet ! Si tu ne collabores pas, je bute ton copain, c'est pas compliqué, menaça Ramsès en ricanant.

Chloé avait reçu un tel choc qu'elle se sentait incapable de formuler la moindre objection. Contester lui sembla vain.

Le voyou fulminait face aux atermoiements de la fille qui se recroquevillait devant lui.

– Sers-lui un coup à boire qu'on en finisse, elle m'énerve à faire sa mijaurée !

Le garde du corps en baskets, adossé à la porte capitonnée, bougea sa large carcasse, attrapa la bouteille de whisky qui traînait sur la table basse et remplit un godet.

– Bois.

– L'alcool me rend malade !

Chloé repoussa le verre qui se renversa en partie sur le survêtement du gorille.

– Connasse ! (Il frotta le synthétique dans de petits gestes secs et rapides.) Je te demande pas ton avis, obéis au chef !

Que risquait-elle si elle refusait de se soumettre à leurs ordres ?

Le grand costaud refit le plein et lui tendit à nouveau le verre. Cette fois-ci, il était sur ses gardes en attendant sa réaction, prêt à se dégager si elle le renversait. Chloé se résigna et se força. Elle avala une gorgée et s'étouffa, elle ne bluffait pas, elle ne buvait jamais d'alcool. Ses yeux s'emplirent de larmes piquantes.

– Encore.

Effrayée, elle implora Ramsès du regard tandis que le garde du corps essayait de la forcer en appuyant le verre contre le rempart de ses dents fermées.

– Aide-le, vous allez saloper la moquette !

Le vigile la menaça de mort. Chloé resta murée dans le silence. La bouche close. Les yeux grands ouverts. Provocante dans son malheur.

– Pense une seconde à ce qui va arriver à ton connard de mec !

Ramsès se leva, désinvolte, comme si sa proie ne l'intéressait plus. Il ouvrit le tiroir de son bureau et attrapa un minuscule pistolet doré sur lequel il vissa un silencieux. Il sifflotait faux comme s'il avait l'éternité devant lui. Chloé comprit la menace muette. Elle desserra l'étreinte de sa mâchoire et laissa passer l'alcool qui lui brûla le palais. Ramsès attendit que le verre soit vide pour parler.

– Si tu n'es pas très partante…

Chloé reprit espoir, mais la fin de la phrase la doucha.

– Tu devrais en reprendre un autre, la gnôle permet de faire les choses qu'on a pas envie de faire.

Cette fois, le vigile lui pinça le nez entre ses doigts pour l'obliger à ouvrir la bouche. Chloé se débattit, secoua la tête, jusqu'au moment où elle sentit le métal froid du canon du revolver contre sa tempe.

– Bois, on t'a dit.

Elle se soumit. Le type en survêtement lui enfonça le goulot au plus profond de la bouche, elle eut un haut-le-cœur. La boisson coula en cascade dans sa gorge, elle suffoquait, avec l'horrible sensation de se noyer dans le whisky ; le surplus dévala son menton jusque sur son chemisier et sa jupe. Le garde du corps lécha le nectar qui dégoulinait sur ses doigts.

– Faut pas gâcher.

Chloé n'entendait plus rien. L'alcool ressortait par ses narines. Elle éternua des gouttelettes de feu.

– Emmène-la, j'ai pas l'habitude de tenir la chandelle.

Le balèze en survêt l'attrapa sous les bras pour la soulever de son siège. La tête de Chloé ballottait contre son épaule quand il l'emporta.

– Bye bye ! Amusez-vous bien !

Thérèse s'agitait à l'arrière de la Baccara.

– J'ai perdu le signal.

– Ton truc est tombé en rade ?

– Chloé a noyé le micro avec le whisky, il va falloir attendre qu'il sèche.

– Je sais où ils sont, fit Alice, qui sortait de sa torpeur.

– Si tu le savais depuis le début, pourquoi on a fait tout ce cirque ?

– Tu avais tellement l'air d'être sûre de toi, à tout prendre en main, à donner des ordres… Et puis, j'avais oublié, enfin, je crois bien. Je ne me souviens plus pourquoi.

– Indique-nous la route, concentre-toi !

Alice ne se trompa pas de chemin et bientôt, la Baccara arriva devant le cabaret le Paradise. Au même moment, Ramsès en sortit, précédé par son garde du corps en baskets. Les Panthères se couchèrent sur les sièges en les apercevant.

– On arrive trop tard, tu t'es gourée, c'est pas là que ça se passe, se désola Maria en frappant le volant pour se calmer.

– Chloé est là-dedans…, insista Alice. J'en suis certaine.

Dès que la limousine quitta leur champ de vision, Alice se présenta à l'entrée de la boîte. Le géant en costume et cravate la reconnut sur-le-champ.

– Tu ne manques pas de culot de te repointer dans le secteur. Si j'étais toi, je ferais demi-tour…

Paf.

– Tu causes de trop, tu nous fatigues.

Maria s'était glissée par-derrière et avait porté un coup de trique sur le crâne du bavard qui ne parlait plus.

– Tu l'as tué ? s'inquiéta Alice en enjambant le type, qui paraissait moins impressionnant couché que debout.

– Si ça t'intéresse tant que ça, tu lui demanderas quand il se réveillera.

Maria s'énervait en voyant ses copines désœuvrées, les bras ballants, aussi inutiles que des après-skis à la piscine. Elle secoua Alice, perdue dans ses pensées.

– Aide-moi à le planquer ! Allez, les Panthères, on réagit ! Restez pas plantées au milieu du trottoir. Je ne peux pas le bouger toute seule, je ne suis pas Superwoman. Il est lourd comme un âne mort, l'animal.

Une fois le planton rangé derrière un container de poubelles, elles suivirent Alice jusqu'en haut de l'escalier. Maria leur distribua les masques de panthères des neiges qu'elles placèrent sur leur visage sans manifester d'enthousiasme. Thérèse ne le colla pas sur sa bouche pour pouvoir respirer.

– S'il y a des caméras, on sera tranquilles, souffla Maria en ajustant le sien.

Les Panthères grises débouchèrent dans la salle de spectacle. La pièce, plongée dans la pénombre, puait le tabac froid malgré l'interdiction de fumer. Le Paradise ne faisait pas partie des établissements où l'on respectait la loi.

– On va par où, maintenant ? demanda Maria, la voix étouffée par son masque.

– J'en sais rien, il y avait de la lumière quand je suis venue. Dans le noir, je ne reconnais rien.

Alice avançait à tâtons. Elle se cogna contre une table et fit valser un vase qui explosa par terre. Les Panthères se figèrent, silencieuses et attentives. Rien ne bougea.

– On n'y voit rien.

– Si on allume, on va se faire repérer.

– Je sais où sont les toilettes, déclara Alice.

– Tu aurais pu y aller avant, pesta Thérèse, à qui le stress faisait dire n'importe quoi.

Au bout de quelques instants à slalomer entre les tables, elles s'habituèrent à la pénombre. Alice se repéra enfin.

– Par là, je reconnais le cagibi avec le matériel de nettoyage.

– Montre-nous.

Alice les devança jusqu'au réduit en prenant garde de ne pas se prendre les pieds dans un obstacle. Maria entra sans hésiter et ressortit avec des blouses de femmes de ménage dans les bras.

– Enfilez ça ! Avec nos masques, on sera complètement incognito.

Elle les distribua et glissa une bombe antipoussière dans une de ses poches.

– J'entends de la musique, suivez-moi.

Les Panthères laissèrent la grande pièce pour s'engager dans un couloir qui distribuait des pièces fermées. À son extrémité, un rai de lumière s'échappait de sous une porte.

– Elle est là, fit Thérèse.

La Panthère montra son smartphone, une boule rouge clignotait au milieu de l'écran.

– Je croyais que ton installation ne marchait plus, s'étonna Alice.

– Le micro a dû sécher…, fit Thérèse en relevant son masque pour parler.

– Baisse ça, fit Maria en tapant du plat de la main pour le faire retomber sur la bouche de la Panthère.

Elle posa son oreille contre la porte.

– On n'entend pas grand-chose, t'es certaine que…

– Maintenant, tu vas nous faire un strip-tease comme sur ta vidéo, déclara une voix d'homme.

Collée derrière Maria, Thérèse avait monté le son de son smartphone au maximum.

– Coupe, tu vas nous faire repérer.

Elle obéit et rangea l'appareil dans sa poche. La lumière de l'écran traversait le tissu de la blouse et éclairait faiblement les filles.

– Qu'est-ce qu'on va faire, une fois dedans ? chuchota-t-elle sans cacher son anxiété.

– La seule chose que je sais, c'est que plus on attend, plus on doute. Allez, on fonce !

Maria força la porte d'un coup d'épaule sans leur laisser le temps de souffler.

– Police ! hurla-t-elle en se précipitant dans la pièce.

Son omoplate lui faisait mal à s'évanouir mais l'adrénaline agissait comme un puissant antalgique.

Les Panthères déboulèrent dans un salon privé. Les murs étaient couverts de miroirs, la lumière filtrée tamisait l'ambiance, une petite scène se dressait, encerclée par un immense canapé en cuir. Le genre d'alcôve où les entraîneuses du Paradise faisaient des passes pendant les soirées.

Les deux hommes surpris, la soixantaine bedonnante et la calvitie avancée, ne se rebellèrent pas et se tinrent tranquilles. À leur décharge, une panthère des neiges habillée d'une blouse brandissait un Sig Sauer d'une main, et de l'autre exhibait une carte de police barrée d'un trait tricolore.

– Maria, qu'est-ce que tu fais ? demanda Thérèse, qui n'en croyait pas ses yeux.

La Panthère leur expliqua par le geste en poussant l'homme devant elle. Le type partit à la renverse et s'affala sur la moquette tachée. Son caleçon baissé sur les genoux ne l'aida pas à garder l'équilibre. Maria ne leur laissa pas l'occasion de réagir, elle attrapa Chloé par le bras et lui passa une blouse pour cacher sa poitrine. Elle ne portait plus que sa jupe avec le précieux micro. Thérèse, tétanisée par l'apparition du Sig Sauer, ne bougeait plus, tandis qu'Alice glissait le long du mur, en proie à un grand moment de faiblesse. Elle en avait trop fait ces derniers jours, son corps usé ne suivait plus. Thérèse remarqua son extrême pâleur.

– Dis, tu ne vas pas nous faire une attaque ?

– Occupe-toi d'elle, ordonna Maria.

Les deux hommes, la surprise passée, commençaient à douter devant ce commando de félins vêtus de blouses beiges brodées au nom d'une entreprise de nettoyage.

– Vous êtes de vrais flics ? demanda le type en remontant son pantalon.

– Tu parles que non ! répliqua son acolyte. On va

pas se laisser faire par une bande de vieilles femmes de ménage.

– Et ça, c'est pas un vrai flingue, peut-être ?

Maria agita le Sig Sauer sous le nez du gars qui se rapprochait dangereusement d'elle. Elle vociférait, son masque se décollait de sa bouche au risque de se décrocher.

– Justement, je me demande, cracha le type en sortant un couteau à cran d'arrêt, prêt à la planter.

Maria ne lui donna pas l'occasion de douter plus. Elle appuya sur la gâchette. Le type s'écroula en se tenant l'épaule. Elle enchaîna en aspergeant l'autre malfrat avec la bombe antipoussière qu'elle avait récupérée dans le cagibi. Le type se frotta les yeux en hurlant.

– Putain, je suis aveugle !

Alice assistait à la scène dans un brouillard épais.

Avant de partir, Maria profita de la panique pour faire main basse sur une liasse de billets posée sur la table qu'elle renversa pour protéger leur fuite.

– Qu'est-ce que vous faites à mes producteurs ? bavait Chloé, complètement ivre. Foutez le camp, je passe un essai.

Les Panthères prirent la fuite en laissant un des types l'épaule fracassée et l'autre aveuglé. Les deux beuglaient, mais il n'y avait personne pour les entendre.

Les Panthères ramenèrent Chloé en pleurs. La jeune femme, calée sur la banquette arrière de la Baccara entre Alice et Thérèse, se berçait légèrement, le pouce dans la bouche pour ne pas basculer dans l'enfer. Elle empestait l'alcool. Thérèse ouvrit la fenêtre en grand.

– On va être saoules rien qu'en respirant.

Puisque sa tentative d'humour tombait à plat et ne déridait pas ses camarades, elle reprit sur un ton nettement plus vindicatif à l'intention de Maria :

– Tu aurais pu nous tuer !

– Ouais, mais personne n'est mort !

– Ça ne va pas tarder, si tu ne ralentis pas !

– Y a juste un type qui a bobo à l'épaule et qui devra faire pas mal de séances de kiné s'il veut rejouer au tennis. Vous voulez le plaindre ? Pas moi, il a eu ce qu'il méritait.

Maria ne quittait pas le rétroviseur des yeux, affolée à l'idée de voir apparaître les truands au détour d'un virage.

Dans de brefs instants de lucidité, Chloé s'en prenait à Alice et ses copines. Sa manière de parler et ses propos trahissaient l'alcool qu'on l'avait forcée à avaler.

– Vous avez tout fait rater. Par votre faute, je ne participerai pas à la prochaine saison de téléréalité de…

La jeune femme piqua du nez avant de citer le nom d'une émission de la TNT qui n'aurait rien évoqué à ses sauveuses. Seule Nadia jetait un œil sur ces programmes de fin d'après-midi, mais elle n'était pas là pour les aider.

– Arrête-toi, vite ! cria Thérèse en ouvrant la porte.

Moins une. Chloé vomit dans le caniveau.

22

La colère du lieutenant

Depuis qu'elle avait vomi, Chloé se taisait et ne répondait plus aux questions posées par les Panthères grises. Les filles ne voulaient pas la laisser rentrer seule dans l'état où elle se trouvait. Elle allait se jeter dans les pattes de Dan dont elles aperçurent la vieille Peugeot 205 qui attendait des jours meilleurs sur le parking. Mais Chloé leur faussa compagnie, elle enjamba la frêle Thérèse avant de sauter de la Baccara et de rouler sur le bitume.

– Attends !

Maria pila et se préparait à la poursuivre à pied, quand elle vit Moelleux sortir du pavillon d'Alice, alerté par son freinage sportif. Le policier se planta devant l'entrée, l'air furieux.

La porte claqua dans le pavillon de mémé Juju, Tupac aboya dans son enclos. Trop tard pour intervenir, Chloé était rentrée retrouver son charmant petit copain.

– Reste là, je ne pense pas que ça soit raisonnable de la rejoindre.

Thérèse retenait Maria qui dégainait le Sig Sauer avec l'intention de s'en servir.

Moelleux accueillit le retour des Panthères avec un sourire glacial.

– Je m'inquiétais de l'état de notre pauvre Alice.

Elle allait mieux, lui apprit Maria, c'est ce qui comptait, mais elle devait prendre du repos. Le policier fut prié de travailler en silence tandis qu'elle emmenait la propriétaire se reposer dans sa chambre. Thérèse en profita pour prendre un sucre dans la cuisine. Les Panthères, pressées et anxieuses, s'enfermèrent, impatientes de savoir ce qui allait se passer en face.

– J'espère que le micro est toujours cousu à la jupe.

Thérèse mit son smartphone sur haut-parleur. En face, le ton montait.

– Pauvre salaud. Connard !

Chloé hurlait si fort qu'elles avaient l'impression que toute la rue les entendait se disputer. Dan tentait vainement de s'expliquer.

– Je savais pas ce qui t'attendait ; sinon je t'aurais jamais envoyée dans ce traquenard, tu peux me croire. Je suis pas un salaud !

– Menteur !

– Je croyais que tu passais un essai, c'est Ramsès qui…

– Arrête ! (Chloé avait retrouvé un peu de sa lucidité

depuis qu'elle avait vomi son whisky.) Tout ça parce que tu as parié ce qui nous restait de fric dans des combats de chiens et que tu as perdu. Tupac a manqué de crever, la pauvre bête n'y est pour rien.

– Non, enfin, oui… mais pas seulement.

– Quoi alors ?

– En prison, j'ai eu de gros ennuis. Des types me harcelaient, j'ai jamais compris pourquoi, mais ils voulaient me faire la peau. Un jour, ils m'ont chopé dans les douches et sans l'intervention d'un autre détenu, j'y serais passé. J'ai promis de payer pour qu'on me protège. J'avais pas le choix : si les mecs de Ramsès m'avaient pas défendu pendant mon incarcération, je serais pas là aujourd'hui.

– Pourquoi tu ne m'en as jamais parlé ?

– Tu m'aurais compris ?

– Putain, on vit ensemble, je ne suis pas ton ennemie… Faut vraiment que tu sois con… Ça sent le coup monté à plein nez, ton affaire.

– Qu'est-ce que t'y connais, à la zonzon ?

– Rien, et j'espère bien jamais rien en connaître. Mais s'il y a bien un truc facile à comprendre, c'est que des mecs t'ont foutu la trouille exprès pour que leurs copains te proposent leurs services… Protection payante, bien entendu. Tu t'es fait arnaquer, t'es vraiment qu'un pauvre débile…

– Ta gueule, me parle pas comme ça !

– Je te parle comme je veux, tu t'es fait niquer dans

les grandes largeurs… Et le pire, c'est que tu m'as vendue pour payer tes conneries !

– Ferme ta gueule, c'est pas vrai !

– C'est toi qui vas la fermer, ta gueule.

Une première gifle partit, puis une autre et d'autres encore. Chloé hurlait. Tupac aboyait dans sa niche de fortune en entendant sa maîtresse se lamenter sous les coups.

– On va pas laisser faire ce petit connard ! hurla Maria en tripotant le pistolet.

Moelleux ouvrit la porte derrière laquelle il avait tout écouté. Son menton tremblait de rage contenue, la tache sur son front bouillonnait comme un cratère de volcan sur le point d'éclater.

– C'est dommage de tout apprendre dans ces circonstances. Si vous aviez partagé vos informations, nous n'en serions pas là.

Maria n'avait pas envie d'écouter la leçon de morale du policier. Quand l'action s'imposait, il fallait y aller sans tarder.

– Poussez-vous, il y a une femme en danger.

– Restez tranquille !

– Faut bien que les honnêtes citoyennes se remuent, parce que si on attend que la police fasse son boulot, on peut crever deux fois !

– Avant d'aller jouer les justicières, si vous me racontiez d'où vous venez et ce qui s'est réellement passé chez le soi-disant docteur d'Alice. Après, j'aviserai. En attendant, vous allez immédiatement me rendre ce que vous m'avez volé.

Le capitaine n'attendit pas que Maria s'exécute. Il récupéra son arme de service. Heureusement que Dupuis n'était pas là pour se moquer de lui. D'ailleurs, où était fourré le lieutenant ? Cela faisait un sacré moment qu'il avait disparu des radars.

– Vous n'oubliez pas quelque chose ? rajouta Moelleux en tendant la main. Voler le pistolet d'un policier, c'est déjà très grave ; mais en plus, usurper son identité… Et pour faire quoi, exactement ?

Comme Maria n'entreprenait rien pour le satisfaire, Thérèse la secoua.

– Fais pas l'idiote, c'est sérieux ce que tu as fait !

La Panthère n'écoutait personne, rien ne la ferait renoncer à porter secours à Chloé. Elle surprit Moelleux, le bouscula… sans succès. Le corps massif et gras du flic était impossible à déplacer. L'air chaud et étouffant n'arrivait même pas à se faufiler dans la pièce pour faire courant d'air.

– Laissez-moi passer…

Maria le défiait, yeux dans les yeux, les mains sur les hanches. Alice, qui connaissait bien son amie, ne la sentait pas vraiment dans l'état d'esprit de collaborer. D'un instant à l'autre, la Panthère allait foncer dans le bide du bonhomme. Alice avait passé une nuit à discuter avec le flic, elle savait qu'« un homme qui danse des danses qui se dansent» ne pouvait pas être une mauvaise personne. Elle paria qu'il ne les accablerait pas.

Les Panthères entendirent la porte d'entrée claquer. Cette fois, le son ne provenait pas du haut-parleur du smartphone mais venait directement du pavillon d'Alice.

– Au secours !

Tous reconnurent la voix de Chloé.

Alice sauta dans ses chaussons panthère défoncés. Le morceau de sucre faisait des miracles, la forme revenait.

– Par ici ! appela-t-elle.

Chloé arriva en trombe et se réfugia dans ses bras.

– Mamie Alice, aidez-moi.

Au même instant, Dupuis réapparut miraculeusement, accompagné d'une Peggy décoiffée et silencieuse, ce qui n'était pas du tout une attitude normale, mais plus rien ne l'était dans ce pavillon.

– Le jeune mec arrive, annonça le lieutenant en refermant la porte d'entrée à clé. Il a un objet dans les mains, je n'ai pas réussi à identifier ce que c'était, mais ça sent pas bon.

– Où étiez-vous barré ?

Dupuis considéra que ce n'était pas le moment de répondre au capitaine. Il aboya des ordres que tous suivirent sans contester, même Moelleux obtempéra sans rechigner aux injonctions de son subordonné.

Trente secondes plus tard, Dan tambourinait à la porte d'entrée.

– Ouvrez ou je pète tout !

Alice arriva dans le couloir en traînant les savates.

– Une seconde. Y a pas le feu.

Dan l'entendait farfouiller de l'autre côté de la porte.

– Où j'ai fourré mes clés ? se demanda-t-elle.

Elle s'exprimait suffisamment fort pour que le voyou l'entende de l'extérieur.

– Magnez-vous ou j'enfonce la porte !

Elle prit le temps nécessaire à une vieille dame pour déverrouiller. Elle ouvrit à l'instant exact où Dan plongeait, épaule en avant.

– Où est-elle ?

Il la bouscula et courut dans le couloir du pavillon.

– Chloé !

Dan fouillait, persuadé que sa copine se cachait quelque part.

– Reviens, je ne vais pas te faire de mal !

– Ben tiens, on te croit, souffla Maria juste avant qu'il ne les découvre attablés dans la cuisine.

Le lieutenant Dupuis, Maria, Thérèse et Peggy prenaient une tisane ou plus exactement s'étaient installés pour faire semblant d'en prendre une. Si Dan avait réclamé une tasse, il se serait aperçu que la théière était vide. Mais il ne venait pas pour manger les biscuits mous de grand-mère qu'Alice proposait à la ronde.

– Un gâteau, ma chère ?

– Pourquoi pas ? répondit Maria en souriant de toutes ses dents refaites à neuf, sans prêter la moindre attention au nouvel arrivant.

Dupuis profita de ce moment de flottement pour identifier l'objet que le jeune tenait à la main. Il reconnut un tuyau de plomb d'une cinquantaine de centimètres de long, plus efficace pour fracasser les crânes que pour effectuer un raccordement de plomberie.

– Où vous cachez Chloé ? Je sais qu'elle est là ! Vous lui montez le bourrichon depuis que nous sommes installés chez sa grand-mère ! hurla Dan en essayant d'attirer l'attention à lui.

– Je prendrais bien un nuage de lait, continua Maria comme si le voyou n'existait pas.

– Écoutez-moi quand je vous parle, putain !

Comme personne ne lui obéissait, Dan leva le tube de plomb et l'abattit sur la table. La vaisselle d'Alice valsa aux quatre coins de la cuisine. Dupuis se leva, au ralenti, pour annoncer la séquence de la bagarre. Peggy, à fond dans son rôle quelles que soient les circonstances, essaya de le retenir.

– Mon chéri, restez assis, le jeune homme est énervé, il ne sait plus ce qu'il fait.

Sa louable tentative resta sans succès.

– Pourquoi votre copine serait-elle là ? Elle n'habite pas chez ma mère, il me semble ?

Dupuis, même terriblement énervé, n'oubliait pas

son personnage. Peggy n'était pas la seule à incarner son rôle avec sérieux.

Dan ne faisait pas peur au lieutenant qui n'en pouvait plus. À bout de nerfs, usé par cette épuisante surveillance, il ne se sentait plus capable de supporter les conneries de ce type. Depuis le temps qu'il en avait envie, il s'impatientait de lui dire ses quatre vérités, même si l'instant pouvait paraître mal choisi. Il aurait mieux valu attendre que Dan se soit un peu calmé. Mais la colère ne choisit pas quand elle explose… Et c'est maintenant qu'elle éclatait.

– Toi, le fils de famille friqué, tu te rassois, lui intima Dan, pas mécontent d'avoir gâché la partie de thé.

Le voyou venait de commettre une grossière erreur ; Dupuis avait envie de se confronter à lui, quitte à engager le combat, lui qui détestait se battre. D'un geste rapide et précis, qu'il avait maintes fois répété à la salle de sport où il s'entraînait, il lança son bras et frappa du poing le poignet de Dan qui lâcha son arme en hurlant de surprise et de douleur. La matraque artisanale roula jusqu'aux pieds de Maria qui la coinça, bien calée sous ses semelles.

Dupuis repoussa l'intrus vers la sortie en le frappant au plexus pour qu'il recule. Le lieutenant lui crachait tout ce qu'il avait sur le cœur depuis le début de leur enquête. À force de surveiller ses faits et gestes, il connaissait tous ses travers, petits et grands.

– Vous tapez votre femme, votre chien… Quand

vous aurez des gosses, vous les frapperez aussi ? Vous n'êtes qu'une merde ! Je ne sais pas ce qui me retient de vous écraser comme une mouche ; et encore, les mouches ne m'ont rien fait, alors que vous... vous me faites honte d'être un homme.

Le lieutenant Dupuis finit par foutre Dan à la porte.

– Bon débarras.

Soulagé, il retourna vers la cuisine où le silence religieux qui régnait fut bientôt remplacé par des applaudissements nourris.

– Peggy, tu seras gentille de nous faire un vrai thé cette fois. L'action me dessèche la gorge.

Peggy trouvait « son » Jean-Claude encore plus beau et séduisant quand il faisait son macho. En plus, il la tutoyait, elle lui sauta au cou et l'embrassa avec fougue. Cette fois, Dupuis ne la repoussa pas, bien au contraire, le contact de ses lèvres l'apaisait. Peggy eut la sensation gratifiante d'être à l'origine des tremblements incontrôlés de son mari, mais elle se trompait, ce n'était que l'adrénaline qui redescendait.

Pendant que le lieutenant s'occupait de Dan, Moelleux se cachait dans le garage en compagnie de Chloé.

– Arrêtez de jouer au plus malin, je suis dans la confidence, attaqua-t-elle.

Le capitaine était persuadé que les Panthères avaient parlé. Cette petite savait qu'il était flic, sa couverture tombait. Au point où en était l'enquête, ça n'avait plus vraiment d'importance. Tout avait foiré, un peu plus un peu moins, il n'en était plus là.

– C'est ridicule de continuer comme ça, admit-il, fataliste.

– Non, je suis pas d'accord avec vous, le fils d'Alice ne doit pas savoir.

Moelleux ne comprenait plus, il essaya de se faire une représentation claire de la situation. Pour Chloé, le lieutenant Dupuis était le fils de la Panthère. Pour l'instant, tout allait bien… mais pourquoi son subalterne ne devait pas savoir qu'il était flic ?

– J'ai lu dans un magazine que la découverte de la sexualité de leurs parents était traumatisante et nuisible pour le développement des enfants.

Oups ! Le policier était complètement largué. Elle racontait n'importe quoi ou alors elle était saoule. Voilà, elle était ivre, d'ailleurs elle empestait l'alcool à plein nez. Chloé battit des paupières, une question lui brûlait les lèvres.

– Comment vous faites pour qu'il ne s'aperçoive de rien ? Il est constamment fourré chez sa mère… et vous aussi.

Moelleux voulait comprendre, quitte à passer pour une andouille de compétition.

– Que son fils s'aperçoive de quoi ?

– Ben, que vous couchez avec sa mère, c'est pourtant pas compliqué !

Moelleux comprit seulement à partir de cet instant qu'elle le prenait pour l'amant d'Alice qui se cachait aux yeux de son subordonné, qu'elle prenait pour le fils fortuné de la même Alice. Il savait enfin pourquoi Chloé le dévisageait bizarrement et lui faisait des remarques incompréhensibles. Cette découverte le perturba, il s'attendait à tout sauf à ça.

Il s'assit, écrasé par le poids de la révélation.

– D'autres personnes sont au courant ? souffla-t-il – pour un peu, il en aurait pleuré.

– À part les Panthères, je ne crois pas.

Après quelques instants de réflexion, il se reprit.

– Les Panthères savent… que je…

Moelleux n'arrivait pas à dire le mot. Chloé termina la phrase à sa place.

– Que vous êtes l'amoureux d'Alice ? Ben oui, toutes. Mais vous pouvez leur faire confiance, votre petit secret ne s'ébruitera pas. On ne bave pas chez les Panthères grises.

Le capitaine se retint de lui avouer la vérité : il était le flic qui les surveillait, elle et son abruti de mec. Un réflexe professionnel, à la dernière seconde, l'empêcha de le faire. S'il déclinait sa véritable fonction, son enquête stopperait net et il aurait tout perdu d'un coup : avancement, réhabilitation – sans parler du ridicule qui l'accablerait sur plusieurs générations.

Il décida d'assumer la position que les événements lui avaient attribuée, il continuerait de passer pour le petit copain d'Alice tant que la situation ne se serait pas éclaircie. Il y avait pire après tout, il aurait pu passer pour le gigolo de Maria ou de l'asperge ; au moins avec Alice, ils avaient partagé une poignée de secrets qui les rapprochaient.

Plongé dans ses réflexions, le flic n'avait pas repéré que Chloé reniflait, le nez en avant, à la manière d'un chien de chasse à l'arrêt.

– Il y a comme une drôle d'odeur dans ce sous-sol, vous ne trouvez pas ?

Moelleux pensa aux effluves de whisky qu'elle dégageait mais elle avait raison, il n'y avait pas que ça. Il écarta un rideau et sortit une boîte à chaussures, l'odeur venait de là. Il l'ouvrit et découvrit la réserve d'herbe des Panthères.

– Alors comme ça, c'est ici que vous planquez votre beuh !? s'exclama Chloé en tripotant les feuilles et les têtes de marie-jeanne séchées.

– Mais c'est pas à moi !

Le capitaine se défendait comme un gosse pris en flagrant délit, la main dans un pot de confiture trop appétissante.

– J'en étais certaine depuis le début, avec votre allure... Je vous ai tout de suite trouvé louche.

Le look général de Moelleux n'avait pourtant rien à voir avec celui d'un baron de la drogue.

– Vous êtes fortiche, quand même ! Se planquer dans

le pavillon d'une mamie bien tranquille pour vous livrer à votre trafic, faut oser !

Amant de la Panthère qui perd la tête et dealer.

Le capitaine pouvait-il s'en sortir sans consulter ?

23

Pavillon témoin

Moelleux ne manquait pas de ressources et une fois encore, à l'image du vieil animal rusé qu'il était, il ne se laisserait pas abattre sans se défendre. Il fallait aller vite avant que Ramsès ne réagisse. Il connaissait l'individu, et pas seulement de réputation, pour l'avoir pratiqué dans une affaire de prostitution de mineures. Si la momie déboulait dans le quartier accompagnée de ses acolytes, leur aventure risquait de se terminer à la manière de la scène finale d'un film de Tarantino.

Le capitaine avait enfin compris que le jeune couple était incapable de monter un plan d'envergure. Pourtant, il s'était obstiné. Il avait tellement envie d'y croire qu'il avait cru son informateur sans réfléchir. Moelleux s'en voulait d'avoir été à ce point aveugle ; il avait une idée pour rattraper son initiative foireuse, mais il fallait agir vite, très vite.

Puisque le couple de jeunes d'en face était persuadé que le fils d'Alice avait fait fortune dans l'informatique, le capitaine décida de se servir de cette information pour organiser un piège dans lequel la professeure de théâtre et son lieutenant serviraient d'appât. Peggy accepta la proposition avec enthousiasme, elle ne cacha pas sa joie d'endosser le rôle principal du dernier chapitre de cette histoire. Elle n'avait pas réussi de casting depuis belle lurette et ne devait sa survie qu'aux cours qu'elle donnait par-ci par-là. Elle accepta la proposition avec enthousiasme, son personnage n'avait plus de secrets pour elle.

Moelleux ne prit pas la peine de demander l'avis du lieutenant, obéir aux ordres faisait partie de son boulot.

Un plan simple qu'il fallait appliquer promptement. La collaboration d'Alice était primordiale à son bon déroulement. Le capitaine lui demanda de lui prêter une bague sans valeur.

– De préférence avec un gros caillou qui brille pour en mettre plein la vue.

Alice en possédait une qui correspondait aux critères du policier. Elle accepta volontiers de lui confier.

– Je vous jure que vous la récupérerez, promit le capitaine.

– Si je peux aider à coincer cette crapule, je veux bien risquer de la perdre.

Il restait à convaincre Chloé d'attirer Ramsès dans le piège. Pour cela, Dupuis devait lui demander son avis de « femme » sur le bijou qu'il lui présenta comme valant une fortune. Il voulait l'offrir à son épouse pour leur anniversaire de mariage, et ne voulait pas prendre le risque de la décevoir, vu le prix.

– Parfaitement déraisonnable, quand on y pense !

Chloé s'extasia devant le brillant qu'elle prit dans sa main pour l'examiner de plus près. Le lieutenant ne put rien faire. La jeune femme comprit immédiatement la supercherie et le dévisagea, ahurie.

– Vous allez lui offrir ça ?

Dupuis ne savait pas comment redresser la situation.

– Heu, oui, pourquoi ?

– Parce que c'est du toc, elle ne vaut pas un clou, votre bague. Qu'est-ce que c'est que cette histoire ?

En entendant la conversation se tendre et grimper dans les aigus, Moelleux approcha et tenta de venir en aide à son subordonné bien mal embarqué.

– Faites voir ! (Il prit le bijou des mains de Chloé, qui ne s'y attendait pas.) Qu'est-ce que vous racontez ? Elle est magnifique, cette bague…

– Non, tu as raison, Chloé… C'est de la camelote, intervint Alice, cassant la tentative du capitaine. C'est un brillant de pacotille qui a une grande valeur sentimentale pour moi, mais qui ne vaut pas un kopeck. Marcel, mon mari, me l'a acheté pour me faire patienter, en attendant de m'offrir la vraie… ce qu'il n'a jamais fait. Le moment venu, nous avons convenu que l'argent serait plus utile pour remplacer notre électroménager qui montrait des signes de faiblesse. Voilà, trois enfants, le travail, la vie et ses priorités. Alors je me suis contentée de cette bague… que j'ai appris à aimer comme si elle valait une fortune. Quand on fait un cadeau, l'intention compte plus que le prix.

– Taisez-vous, Alice, vous allez tout faire foirer.

La Panthère se tourna vers la jeune femme touchée par son histoire.

– Non, au contraire, tu vas nous aider, bague ou pas. N'est-ce pas, Chloé ?

Alice lui expliqua le plan du capitaine qui consistait à attirer l'ignoble Ramsès, qui n'allait pas tarder à arriver, dans le traquenard qu'il avait élaboré. Alice avait raison, Chloé accepta d'y participer malgré les risques encourus.

Il ne restait plus qu'à trouver une adresse où loger le jeune couple et préparer une souricière en la truffant de policiers. Le capitaine habitait un appartement de divorcé où la poussière s'était accumulée depuis que sa femme l'avait plaqué ; le lieutenant, un minuscule studio de célibataire dont le désordre était la seule singularité ; les Panthères, il n'osait même pas y penser. Il perdait espoir quand une idée lui vint en regardant Thérèse feuilleter *Le Montreuillois*. Il lui arracha le journal des mains avec sa délicatesse habituelle.

– Faites voir !

Une annonce vantait, en quatrième de couverture du magazine d'informations municipales, une future résidence pavillonnaire construite en lieu et place d'un quartier insalubre fraîchement détruit. Le pavillon témoin, aménagé et décoré avec soin pour une famille de cadres supérieurs, ses deux enfants et son chien, était disponible à la visite.

– C'est exactement ce qu'il nous faut, proclama le capitaine en montrant les photos. Cette villa fera un parfait nid d'amour pour Peggy et Jean-Claude. Qu'est-ce que vous en pensez, les tourtereaux ?

Moelleux n'attendit pas la réponse du couple. Il avait vu juste, la limousine de Ramsès apparaissait sur le parking au moment où il referma le journal. Il restait à convaincre les Panthères, et surtout Maria, la folle, de laisser Chloé retrouver Dan.

– Pour que l'autre taré lui tombe dessus ? hurla-t-elle en entendant sa suggestion.

Pour la décider, Moelleux promit d'écouter ce qui se passait en face. Si Ramsès devenait méchant, ils interviendraient. Les Panthères n'avaient plus le choix car Chloé, qui sentait l'urgence de la situation, fonçait déjà en direction du pavillon de mémé Juju. Tous la virent traverser le parking sans se retourner.

– J'ai toujours su que cette petite était courageuse, affirma Alice.

– C'est quoi, ce délire ?

La puissante voix de Ramsès tonnait dans le haut-parleur du smartphone de Thérèse qui venait de pousser le volume à fond.

– Attrape-moi ce connard !

Les Panthères et les policiers ne voyaient pas l'image, le son leur suffit pour comprendre ce qui se passait en face. Les bruits sourds provenaient des coups ; les cris de douleur, de Dan.

– Arrêtez, vous allez le tuer !

Chloé venait de faire irruption dans la pièce.

– Il récolte ce qu'il mérite, cracha Maria.

Moelleux ne fit pas de commentaire et donna ses dernières instructions avant de partir avec Peggy et Dupuis.

– Vous, trouvez une idée pour retarder Ramsès pendant qu'on s'installe dans le pavillon témoin. Je vous fais confiance, nous on file, on a du boulot.

Les Panthères, restées seules, entendirent Chloé intervenir pour sauver Dan, qui encaissait les sévices de Ramsès et ses sbires avec d'abominables borborygmes. Elle parla du fils de la voisine qui avait fait fortune dans l'informatique. Le mari allait offrir un bijou à sa femme pour leur anniversaire de mariage. Elle n'avait jamais vu une pierre aussi grosse, la bague valait une fortune. Si elle la récupérait, ça serait un moyen de rembourser la dette de Dan. La pluie de coups ne tarissait pas. Chloé continuait, insistait, persuadée que le plan finirait par fonctionner. Ramsès lui donna raison.

– Laisse-le, finit-il par ordonner.

Le bourreau arrêta de frapper. Les Panthères n'entendaient plus Dan geindre, il semblait avoir perdu connaissance. En face, Chloé se jeta à ses pieds en pleurant. La petite interprétait magnifiquement sa partition. Elle n'avait pas besoin de cours de théâtre, elle se débrouillait très bien toute seule.

Quand Peggy découvrit le pavillon témoin, elle décréta que la couleur des murs ne convenait pas à un couple de cadres, la cuisine ne la satisfaisait pas plus, pas assez fonctionnelle à ses yeux.

– Avec deux gamins, vous n'imaginez pas ce qu'il y a comme boulot !

Justement, l'aménagement et l'exposition des chambres des enfants ne respectaient pas le feng shui. Moelleux dut taper sur la table pour la faire taire.

– Ce n'est que pour un soir.

– Et alors ? brailla-t-elle. Les décors, c'est comme les costumes : si on ne se sent pas bien dedans, on ne peut pas jouer avec la vraisemblance nécessaire… et si nous ne sommes pas crédibles, eh bien c'est toute votre opération qui échouera. Si je suis exigeante, c'est pour vous aider à coincer ce salaud !

– On a autre chose à faire que de s'occuper de… de vos…

Heureusement, Moelleux ne trouva pas les mots. Le policier ne voulut rien entendre et réussit, grâce à sa persévérance, à faire emménager le couple dans le pavillon témoin sans changer la tapisserie ni réaménager la cuisine.

– Des parents qui respectent leurs enfants ne fument pas.

Il consentit à retirer le cendrier par pure diplomatie. De cette manière, Peggy acceptait de faire quelques concessions sans avoir la sensation de perdre la bataille.

Son problème majeur, c'est qu'elle était possédée par son rôle avant, pendant et après. En fait, elle ne quittait jamais son personnage et c'est la principale raison pour laquelle elle ne trouvait pas de travail. Les réalisateurs et metteurs en scène, hommes et femmes, colportaient sa réputation d'emmerdeuse patentée.

Moelleux comptait sur l'intervention des Panthères pour retarder Ramsès. Il avait besoin d'un laps de temps suffisant pour organiser le démontage du panneau publicitaire qui vantait la visite du pavillon témoin.

Les renforts de police qu'il avait demandés arrivèrent dans la foulée, des hommes équipés pour donner l'assaut se positionnèrent, silencieux et disciplinés, prêts à intervenir.

Du côté des Panthères, Alice s'était recouchée, exténuée par les nombreuses péripéties de ces derniers jours. Les effets du morceau de sucre s'étaient évanouis, elle n'avait qu'une envie : dormir un siècle. Sa présence n'était pas indispensable pour ralentir Ramsès, ses copines étaient assez grandes pour se débrouiller sans elle.

Une fois Alice au lit, Maria s'installa au volant de la Baccara. Thérèse l'accompagnait et, pour la première fois depuis qu'elles se connaissaient, elle la surprit se signant. Maria s'abstint de faire des remarques, elle avait compris que Thérèse, morte de trouille, avait accepté de l'accompagner par pure solidarité de Panthère. En cas de grabuge, elle ne pourrait compter que sur son soutien moral, c'était mieux que rien.

Maria démarra et passa la première pile-poil à l'instant où la limousine de Ramsès débouchait devant elle. La Panthère l'avait fait exprès.

Clang. Le pare-chocs de la Renault 25 s'effondra sur le bitume dans un vacarme de ferraille tordue. Maria avait accéléré juste ce qu'il fallait pour engager la voiture sur la chaussée et bloquer la route à la limousine. Heureusement qu'Alice n'était pas là pour voir l'état de la Baccara de son Marcel, elle en aurait pleuré.

– Rien que de la tôle froissée, il n'y a pas mort d'homme, positiva Maria en sautant de la voiture. J'espère que vous avez un constat à l'amiable, parce que moi… j'en ai pas, j'ai jamais eu d'accident !

La nuit tombait quand la limousine des truands, un phare cassé à l'avant et quelques bosses sur l'aile, se rangea devant le pavillon témoin. Chloé en sortit la première. Les trois silhouettes qui la suivaient se cachèrent sur les côtés pour se rendre invisibles de la porte d'entrée. Moelleux, embusqué avec un groupe de collègues, distingua des armes à feu qui prolongeaient le bras des ombres.

– Faites gaffe, ils sont armés.

La sonnette de l'entrée tinta au moment où Peggy préparait le dîner.

– Mon chéri, allez donc voir qui cela peut être.

La professeure de théâtre avait mis de l'eau à chauffer dans une casserole pour faire vrai, mais comme elle n'avait rien à mettre dedans, elle touillait dans le vide. Elle avait tanné Moelleux pour qu'un de ses hommes aille chercher ne serait-ce qu'un paquet de pâtes, mais la patience du capitaine avait ses limites, et elle les avait dépassées.

Peggy, mortifiée par le trac, jouait mal ; elle souffrait le martyre de s'entendre parler aussi faux. Sur un tournage, elle aurait demandé l'autorisation de refaire la prise, mais ici, dans ce décor de pavillon témoin, elle n'avait pas droit à une deuxième chance. Elle jouait sans filet, impossible de reprendre si elle se trompait.

Le lieutenant Dupuis se leva et alla ouvrir.

– Mais c'est Chloé, la charmante voisine de maman. Que nous vaut cette visite tardive ?

Dupuis jouait encore plus mal que sa femme d'un soir. Chloé manqua de rire nerveusement en l'entendant, mais le sérieux de la situation lui interdisait de le faire. La jeune femme entra à l'invitation du lieutenant et…

Tout se passa extrêmement rapidement. Elle sentit une poussée derrière elle qui la propulsa dans le hall d'entrée. Ramsès surgit, pistolet en main. Le garde du corps géant attrapait déjà Peggy. Il lui bloqua le bras dans le dos, et la conduisit dans le salon sans se soucier de ses protestations. Bientôt, le faux couple se retrouva au milieu de la salle à manger, sous la menace des truands qui commencèrent à retourner le pavillon en tous sens. Ramsès afficha un rictus sardonique. La situation lui plaisait, il jouissait quand ses victimes tremblaient dans le viseur de son flingue.

– On m'a parlé d'une jolie petite bague surmontée d'un très gros caillou. Je me suis déplacé en personne pour admirer ce joyau, paraît-il extraordinaire.

– Patron ! C'est bizarre, cette baraque… Y a rien dans les tiroirs, les armoires sont vides… C'est comme si personne n'habitait ici.

Les bandits flairèrent le mauvais coup avec retard, le filet se refermait sur eux.

– Que personne ne bouge !

Des policiers sortirent de partout et envahirent le pavillon.

Ramsès attrapa Peggy par le cou et la menaça de son arme.

– Un pas de plus et je lui brûle la cervelle !

La comédienne sentit l'haleine glaciale du canon picoter sa joue, l'index du truand caressait la gâchette. Elle ferma les yeux. Dupuis, qui cette fois ne l'avait pas égaré, dégaina son Sig Sauer de service et tira dans la jambe du truand. Ramsès tomba la tête en avant entre deux coussins du canapé en faux cuir.

– Jean-Claude, vous m'avez sauvé la vie.

Peggy l'embrassa goulûment. Le lieutenant ferma les yeux. Il repensa au moment où elle l'avait rejoint dans ce recoin exigu du garage d'Alice qu'il détestait. Elle s'était littéralement jetée sur lui et ils avaient fait l'amour, comment dire… comme des bêtes. Aucune autre expression ne lui venait à l'esprit pour décrire la passion qui les avait consumés. Il était persuadé que le satyre peint sur les murs par Mirko lui avait donné des ailes, sinon plus.

Quand Moelleux releva le voyou, son visage était pâle, les pommettes saillantes. Le flic remarqua qu'il n'avait pratiquement pas de sourcils. Ramsès sourit d'un ultime rictus insouciant. Il s'effondra sur le sofa, les menottes aux poignets, le sang ruisselait sur ses mains.

Il s'était fait avoir comme un débutant.

24

Bracelet antichute

Pendant que les forces de police maîtrisaient Ramsès et sa bande, Dan reprenait connaissance, ligoté sur une chaise, dans la salle à manger de mémé Juju. Un épouvantable goût de sang lui emplissait la bouche, impossible d'ouvrir l'œil tuméfié qui le lançait. Son bras droit lui faisait horriblement mal. Il comprit pourquoi en découvrant un fragment d'os dépasser de sa chemise. Il ferma son œil valide, avala un litre d'air qui lui déchira les côtes et lui brûla les poumons... et prit une impulsion. Sa chaise avança d'une dizaine de centimètres. Chaque saut de puce lui faisait mal à en crever mais le rapprochait de son but. Il recommença, encore et encore, en essayant de ne pas écouter la douleur. Son obstination lui permit d'atteindre le tiroir du buffet qu'il ouvrit en se servant de ce qu'il lui restait de dents. Il allait tenter d'attraper un couteau quand il s'aperçut que les nœuds de ses liens étaient suffisamment distendus pour espérer se libérer. Il pouvait remercier Chloé. Grâce à elle, Ramsès ne l'avait pas achevé avant de partir. Sa copine avait refusé de lui donner l'adresse du couple de bourges, de peur qu'il le tue une fois sa destination connue. Avec ce genre de lascar, il était indispensable de souscrire une assurance-vie. Après, Dan ne savait plus ce qui s'était passé. Il s'était évanoui.

Tupac tira sur sa chaîne et aboya en voyant son maître sortir du pavillon. Dan l'ignora, il n'allait pas s'encombrer d'un pitbull en aussi piteux état que lui. Il boita jusqu'au parking, la grosse bagnole de Ramsès n'était plus là, par contre sa vieille voiture l'était toujours. Il s'avança avec le projet de fuir ce quartier maudit, mais ses quatre pneus crevés l'en dissuadèrent. Un vilain coup des nervis du truand pour protéger leur fuite. En revanche, l'imposante berline de la vieille sorcière d'en face était là, le pare-chocs en moins, mais ce n'est pas ça qui l'empêcherait de rouler.

– File-moi tes clés ou je te bute !

Alice ouvrit les yeux. Elle rêvait, non, elle cauchemardait. Un cyclope grimaçait au bout de son lit. Le monstre se retenait à une étagère qui allait se casser la figure s'il continuait à s'appuyer dessus. Dan s'approcha du lit et la força à en sortir en la tirant par les épaules. Elle ne rêvait pas, le copain de Chloé la secouait en souillant ses draps de sang.

Malgré son état déplorable, Dan était bien plus fort que la mamie. La Panthère alitée ne résista pas.

– Tes clés, file-moi tes clés de bagnole.

Alice ne chercha pas à ruser. Elle les rangeait dans la boîte à cigares posée sur le guéridon de l'entrée. Elle lui montra, mais le coffret était vide. Après l'accrochage de la Baccara avec la limousine de Ramsès, Maria ne les avait pas remises à leur place. Elle les avait gardées dans son sac, puis elle était rentrée chez elle, ainsi que Thérèse. Moelleux avait promis de les tenir au courant de l'issue de sa souricière.

– Y a rien là-dedans ! Tu te fous de ma gueule, vieille sorcière ?

Dan la violentait pour la faire parler. Alice leva la main pour protéger son visage des coups de poing. Dan tapait de son bras valide, l'autre pendait le long de son corps. En reculant, Alice ne vit pas la porte grande ouverte qui donnait accès au garage. Elle fit un pas de trop en arrière pour éviter une gifle et tomba à la renverse dans les escaliers.

Dan descendit les marches, posa sa main sur son épaule et la secoua.

– Tu vas pas crever sans me dire où sont tes clés.

Alice, effondrée sur le béton glacial, pelotonnée sur le flanc en position fœtale, était encore consciente mais ne pouvait pas bouger. En le regardant s'agiter, une vague de dégoût s'abattit sur elle. Elle qui avait ressenti de la pitié en le découvrant blessé le vit tel qu'il était : une ordure.

Ses petits-enfants partis, Nadia s'écroula dans son fauteuil et alluma la télévision. Il n'y avait pas mieux que son feuilleton quotidien pour lui nettoyer la tête. Elle se sentait vidée de son énergie et, même si elle était heureuse quand ils arrivaient, elle l'était encore plus quand ils rentraient chez eux. Elle se demandait si elle allait avoir le courage d'aller se chercher un verre d'eau quand le téléphone sonna. Elle fit le tour de la pièce d'un œil. Qu'est-ce que les gamins avaient oublié ?

Elle se leva, décrocha le combiné ; elle se trompait, ce n'était pas sa fille qui appelait. Nadia écouta attentivement le message d'alerte. Le bracelet antichute d'Alice s'était activé pendant sa dégringolade dans les escaliers. Son amie avait beau râler contre cette chaîne à la patte, c'était utile : la preuve.

Nadia composa le numéro de téléphone d'Alice, pas de réponse. Elle habitait à cinq minutes, c'est pour ça que le fils aîné de son amie l'avait mise en tête de la liste des personnes prévenues automatiquement en cas d'accident. Elle attrapa son sempiternel manteau écossais élimé, cala son béret sur sa tête, puis sortit sans perdre un instant.

Une Panthère courait un danger.

Lorsque Nadia arriva devant le pavillon, la porte battait avec les courants d'air. Elle entra prudemment en serrant son sac contre sa poitrine par réflexe. Une traînée de sang maculait le mur de l'entrée. Alice avait de sérieux problèmes. Elle allait l'appeler quand elle entendit une voix qui parvenait du sous-sol.

– Donne-moi tes clés, putain !

Les hurlements de Dan provenaient du garage. Nadia entendit un coup sourd suivi d'un râle de douleur.

– Prends ça, connasse !

Nadia aurait préféré ne pas comprendre ce qui se passait.

– Putain, où elles sont ?

Dan retournait le sous-sol à la recherche des clés de la Baccara.

Nadia eut un haut-le-cœur. Tout ce sang. Les coups. Alice qui geignait de douleur. Que pouvait-elle tenter pour sauver son amie ?

En entendant le pitbull aboyer, une idée lui traversa l'esprit, mais non, c'était complètement idiot et trop dangereux. Nadia prit sur elle. Elle ne pouvait pas laisser ce taré tabasser Alice jusqu'à la mort. Malgré la terreur que lui inspirait Tupac, elle décida d'aller le chercher, c'était la seule solution.

Le pitbull tenta de se jeter sur elle quand elle arriva devant la niche. Heureusement, la chaîne tendue le cloua dans son élan. La bête glapit de douleur et tourna sur elle-même comme un fauve enragé.

– Calme-toi, je ne te veux pas de mal.

Le pitbull se remit à aboyer en direction du pavillon d'Alice comme s'il comprenait le drame qui s'y déroulait. Nadia repensa au morceau de rap de NTM qui l'avait calmé pendant qu'elle le soignait. Elle ne se souvenait plus vraiment des paroles, quant à la mélodie, elle n'était pas certaine qu'il y en avait une.

– « Dans ma benne, benne, benne », fredonna-t-elle tout en détachant la chaîne.

Le pitbull, libéré, fonça directement vers le pavillon d'Alice sans s'intéresser à Nadia qui continuait de chanter les yeux fermés, tétanisée par la peur.

– « Jette-moi par terre… heu… comme une panthère, thère, thère… »

Tupac s'engouffra dans le couloir, renifla avec ce qu'il lui restait de truffe, et dévala les escaliers sans même s'arrêter. Il manqua une marche et s'étala sur la Panthère roulée en boule pour se protéger des coups. Tupac lécha le visage d'Alice pour la réconforter.

– Qu'est-ce que tu fous là, toi ?

Dan lui fila un vilain coup de pied dans les reins. Le pitbull grogna après son maître.

– Dégage !

Le molosse n'avait pas l'intention d'obéir. Il montra les crocs, prêt à se retourner contre Dan.

– Tu sais ce qu'on fait aux traîtres ?

Tupac bondit sur le voyou. Ils tombèrent sur le sol. Roulèrent en se battant. Nadia, qui descendait prudemment, profita de leur corps-à-corps pour aider sa copine à se relever. Alice, à moitié dans les vapes, boitait et crachait de la bile. Elle s'adossa contre le mur pour ne pas tomber. Elle se sentait aussi en forme qu'une morte-vivante.

Le pitbull prenait le dessus sur Dan. Il lui écrasait le coude, déjà mutilé, dans l'étau de sa puissante mâchoire.

– Tupac, au pied !

Le molosse obéit à l'ordre chuchoté par Alice. Il desserra sa prise et s'assit face au jeune qui se tenait le bras à angle droit, livide. Dès qu'il bougeait un cil, le chien grondait, affichant cette affreuse lippe de balafré qui le défigurerait jusqu'à la fin de ses jours. Tupac pouvait dire adieu aux concours de beauté canine.

Alice lui frotta le crâne en prenant soin de ne pas chatouiller ses nombreuses blessures.

– C'est bien, mon Toupacou. C'est fini.

Malgré la douleur, Dan était fou furieux.

– Mon Toupacou, putain… Tu touches pas à mon chien. J'y crois pas, elle embrasse mon pit !

Tupac lécha la joue d'Alice de sa langue râpeuse.

Les sirènes de police retentissaient au loin. La nuit s'illuminait de bleu. Alice aspira une profonde goulée d'air parfumé par les saveurs de l'été mélangées à celles de la ville. Elle resta immobile, son esprit fonctionnait au ralenti.

À ses côtés, Nadia pleurait doucement en tordant son béret, les nerfs de la courageuse Panthère lâchaient une fois l'action passée.

25

Alice junior

À peine sortie de l'hôpital, où elle s'était fait soigner après sa vilaine chute, Alice y retournait. Cette fois, elle quittait l'aile de la chirurgie pour celle de la maternité. La vieille femme clopinait, courbée sur sa canne, le fémur alourdi de quelques broches. Les pépiements des oiseaux annonçaient le printemps, le soleil réchauffait l'atmosphère.

Les Panthères au grand complet, Peggy incluse, visitaient Chloé, jeune maman d'une petite Alice de 3,8 kilogrammes.

– Je serais tellement contente si vous acceptiez d'être ses marraines…

Rien ne pouvait leur faire plus plaisir.

– Dis bonjour aux Panthères, mon amour.

La petite s'exécuta, et elles fondirent de joie. Alice s'avança, solennelle, et tendit un paquet emballé d'un magnifique papier imitation fourrure de panthère.

– Un présent pour la petite.

Les filles échangèrent un regard complice pendant

que Chloé déballait le cadeau. Elle pouffa de rire en découvrant un magnifique body rose décoré d'une panthère rugissante.

– Elle va être superbe, notre Alice junior, là-dedans.

– Une mini-Panthère que nous serons heureuses d'accueillir dans notre bande, affirma haut et fort Maria.

– Holà, pas si vite ! La petite « Cécette » a bien le temps de se bagarrer, de prendre des risques et je ne sais quoi encore, comme danser avec des messieurs tout nus, protesta sa maman.

– Si on t'écoute, on a l'impression d'être des pétroleuses inconscientes du danger ! râla Maria. Avec les Panthères, tout est organisé, calculé au millimètre, rien n'est laissé au hasard.

– C'est un point de vue qui se discute, contesta Thérèse.

– Qu'est-ce que tu entends par là ? lui répondit Maria, piquée au vif par la remarque.

– Explique-moi ce qui était organisé lors de notre escapade au Paradise.

C'était reparti pour un tour. Alice profita de cet interlude pour s'approcher du lit. Chloé lui prit la main. La petite « Cécette » gazouillait.

– Merci… Je ne sais pas comment je m'en serais sortie sans vous… Vous avez été géniales.

Alice ne trouvait pas ses mots, trop émue par la jeune femme qui les remerciait, par le bébé qui souriait, par la vie qui recommençait, par ses amies les Panthères qui se crêpaient le chignon, mais qu'elle adorait. Deux grosses larmes roulèrent sur ses joues.

– Faut pas pleurer, Alice.

Ses sanglots étouffèrent la dispute entre les deux meilleures ennemies. Maria en profita pour glisser une enveloppe sous le drap de la jeune maman.

– De la part de nous toutes, une aide pour élever Alice junior.

La liasse récupérée par Maria durant la bagarre, désormais mythique, du Paradise lui revenait. Elles l'avaient voté à l'unanimité.

Le capitaine Moelleux entra, accompagné de son fidèle adjoint. Voyant les policiers pénétrer dans la chambre, Peggy s'écarta le plus possible de celui qui avait été son mari sous les rayons de soleil des premiers jours de l'été. L'enquête policière désormais bouclée, elle ignorait le lieutenant, et s'enfuyait dès qu'il l'approchait de trop près. Peggy ne jouait plus le personnage de sa femme, ce n'était qu'un rôle. La vie reprenait son cours normal, elle redevenait la professeure de théâtre des Panthères grises, et lui un simple flic. Le lieutenant souffrait le martyre d'être repoussé par celle qui, il y a peu encore, lui sautait au cou et l'embrassait sans raison.

– Il ne faut pas confondre la fiction avec la vraie vie, lui avait-elle signifié avant de le laisser tomber comme une andouille, son bouquet de violettes à la main.

Jean-Claude ne s'en remettait pas. Triste comme les pierres, il regarda les filles cajoler le bébé, lui faire des risettes et des papouilles. Il imaginait Peggy à la place de Chloé, leur nouveau-né dans les bras ; lui, heureux papa qui la couvrait de bisous.

– Qu'est-ce qui vous arrive, lieutenant ? Des envies de biberon ?

La voix goguenarde de Moelleux le ramena brutalement à la réalité. Le capitaine lui envoya un coup de coude dans les côtes.

– Pour ça, il va falloir vous trouver une petite femme, mon garçon.

Alice insista auprès de Mylène pour qu'elle laisse sa fille Chloé s'installer dans la maison de mémé Juju en attendant que les papiers de la succession soient réglés. Elle profita de cet instant de concorde pour faire la paix avec son passé et les fantômes de la famille d'en face. Alice apprit que mémé Juju s'en était voulu toute sa vie de cette aventure avec Marcel qui lui avait fait perdre sa meilleure amie.

Les blessures de Tupac cicatrisaient. Ses oreilles asymétriques et cabossées tenaient sur son crâne grâce au raccommodage de Nadia et lui donnaient un air rebelle qui lui allait bien. Le molosse essayait désespérément d'attraper Minnie, qui lui filait des tôles en retour.

Alice, Nadia et Thérèse profitaient de la douce fin d'après-midi de printemps pour déguster une de leurs fameuses tisanes en regardant le joyeux duo d'animaux labourer le jardin, au risque d'abîmer les plantations, autorisées ou non. Maria buvait un verre de limonade.

Thérèse tendit sa tasse vide.

– Ressers-moi, j'ai soif.

– Tu ne crois pas que tu en as eu assez !

– C'est pas parce que t'aimes pas qu'il faut en dégoûter les autres !

Maria n'avait jamais été favorable à l'usage de la « Tisane spéciale des Panthères grises ». En sentant l'orage sur le point d'éclater, Alice poussa leur cri de ralliement, repris par le chœur des filles.

– Panthères un jour…

– Panthères toujours !

Les hostilités cessèrent sur-le-champ.

DU MÊME AUTEUR

Aux éditions Albin Michel

AMOUR ET VIEILLES DENTELLES, Les Panthères grises t. 1, 2022

Composition IGS-CP
Impression CPI Bussière en mai 2022
Éditions Albin Michel
22, rue Huyghens, 75014 Paris
www.albin-michel.fr
ISBN : 978-2-226-46667-9
N° d'édition : 24652/01 – N° d'impression : 2064335
Dépôt légal : juin 2022
Imprimé en France